STAR WARS™

Episode IV
Krieg der Sterne

George Lucas

Das Star-Wars-Universum im Blanvalet Verlag

Michael Reaves: Darth Maul - Der Schattenjäger (24315)
[Vorgeschichte der Episode I]
Terry Brooks: Episode I. Die dunkle Bedrohung (35243)
Greg Bear: Planet der Verräter (35886) [Übergang zur Episode II]
R. A. Salvatore: Episode II. Angriff der Klonkrieger (35761)
Matthew Stover: Mace Windu und die Armee der Klone (36009) [Klonkriege 1]
Steven Barnes: Obi-Wan-Kenobi und die Biodroiden (36125) [Klonkriege 2]
David Sherman & Dan Cragg: Die Feuertaufe (36163) [Klonkriege 3]
James Luceno: Das Labyrinth des Bösen (36226) [Vorgeschichte der Episode III]
Matthew Stover: Episode III. Die Rache der Sith (geb. Ausgabe bei Random House Entertainment, 3029)
George Lucas: Krieg der Sterne (35248) [Episode IV]
Donald F. Glut: Das Imperium schlägt zurück (35249) [Episode V]
James Kahn: Die Rückkehr der Jedi-Ritter (35250) [Episode VI]

Timothy Zahn: Erben des Imperiums (35251) · Die dunkle Seite der Macht (35252) · Das letzte Kommando (35253)

Alan Dean Foster: Skywalkers Rückkehr (25009)

Kevin J. Anderson (Hrsg.): Sturm über Tatooine (24927) · Palast der dunklen Sonnen (24928) · Kopfgeld auf Han Solo (25008) · *Peter Schweighofer (Hrsg.):* Flucht der Rebellen (24234) · *Peter Schweighofer & Craig Carey (Hrsg.):* Kampf um die Neue Republik (24235)

Brian Daley: *Han Solos Abenteuer.* Drei Romane in einem Band (23658)
L. Neil Smith: *Lando Calrissian* – Rebell des Sonnensystems. Drei Romane in einem Band (23684)

X-Wing: 1. Michael Stackpole: Angriff auf Coruscant (24929) · 2. Michael Stackpole: Die Mission der Rebellen (24766) · 3. Michael Stackpole: Die teuflische Falle (24801) · 4. Michael Stackpole: Bacta-Piraten (24819) · 5. Aaron Allston: Die Gespensterstaffel (35128) · 6. Aaron Allston: Operation Eiserne Faust (35142) · 7. Aaron Allston: Kommando Han Solo (35197) · 8. Michael Stackpole: Isards Rache (35198) · 9. Aaron Allston: Das letzte Gefecht (24231)

Kevin J. Anderson & Rebecca Moesta: *Young Jedi Knights:* 1. Die Hüter der Macht (24873) · 2. Akademie der Verdammten (24874) · 3. Die Verlorenen (24875) · 4. Lichtschwerter (24876) · 5. Die Rückkehr des Dunklen Ritters (24877) · 6. Angriff auf Yavin 4 (24878)

Das Erbe der Jedi-Ritter: 1. R. A. Salvatore: Die Abtrünnigen (35414) · 2. Michael Stackpole: Die schwarze Flut (35673) · 3. Michael Stackpole: Das Verderben (35620) · 4. James Luceno: Der Untergang (35822) · 5. James Luceno: Die letzte Chance (35883) · 6. Kathy Tyers: Planet der Verlorenen (35983) · 7. Greg Keyes: Anakin und die Yuuzhan Vong (36101) · 8. Greg Keyes: Die Verheißung (24302) · 9. Troy Denning: Das Ultimatum (24342)

Weitere Bände sind in Vorbereitung.

STAR WARS™

EPISODE IV

Krieg der Sterne

George Lucas

Roman nach dem Drehbuch
von George Lucas

Ins Deutsche übertragen von Tony Westermayr

LUCAS BOOKS

BLANVALET

Die Originalausgabe erschien unter dem Titel
»Star Wars«
bei The Random House Ballantine Publishing Group, New York.

Umwelthinweis:
Alle bedruckten Materialien dieses Taschenbuches
sind chlorfrei und umweltschonend.

Der Blanvalet Verlag ist ein
Unternehmen der Verlagsgruppe Random House.

Einmalige Sonderausgabe 4/05

Umschlaggestaltung: Design Team München
Umschlagillustration: © 2005 by Lucasfilm Ltd. & ® or ™ where indicated
Satz: deutsch-türkischer fotosatz, Berlin
Druck: GGP Media GmbH, Pößneck
Titelnummer: 36315
V. B. · Herstellung: wag
Printed in Germany
ISBN 3-442-36315-2
www.blanvalet-verlag.de

Vor langer Zeit,
in einer fernen Galaxis …

Prolog

Eine andere Galaxis, eine andere Zeit.

Die Alte Republik war die Republik der Legende, größer als Entfernung oder Zeit. Nicht nötig anzugeben, wo sie war, woher sie kam, nur zu wissen, daß Sie... *die* Republik war.

Einst blühte und gedieh die Republik unter der weisen Herrschaft des Senats und dem Schutz der Jedi-Ritter. Aber wie so oft, wenn Reichtum und Macht über das Bewunderungswürdige hinauswachsen und das Staunenerregende erlangen, tauchen jene Bösen auf, deren Habgier das gleiche Maß erreicht.

So war es bei der Republik auf ihrem Höhepunkt. Wie der mächtigste aller Bäume, fähig, jedem Angriff von außen zu widerstehen, verfaulte die Republik von innen heraus, wiewohl die Gefahr von außen nicht zu erkennen war.

Unterstützt und gefördert von ruhelosen, machthungrigen Figuren innerhalb der Regierung, von den einflußreichen Organen des Handels, erreichte der ehrgeizige Senator Palpatine, daß er zum Präsidenten der Republik gewählt wurde. Er versprach, die Mißvergnügten im Volk wieder zu vereinen und den schwindenden Ruhm der Republik wiederherzustellen.

Erst einmal gesichert im Amt, rief er sich zum Kaiser aus und verschloß sich vor der Bevölkerung. Bald wurde er von eben den Gehilfen und Stiefelleckern beherrscht, die er zu hohem Amt berufen. Die Rufe des Volkes nach Gerechtigkeit erreichten seine Ohren nicht mehr.

Die kaiserlichen Gouverneure und Bürokraten machten sich daran, eine Herrschaft des Terrors über die entmutigten Welten der Galaxis zu errichten, nachdem sie durch Verrat und Täuschung die Jedi-Ritter, Wächter über die Gerechtigkeit in der Galaxis, ausgelöscht hatten. Viele gebrauchten die kaiserlichen Streitkräfte und den Namen des zunehmend isolierten Kaisers dazu, ihrem persönlichen Ehrgeiz zu frönen.

Aber eine kleine Zahl von Systemen rebellierte gegen diese neuen Ausschreitungen. Sie erklärten sich zu Gegnern der Neuen Ordnung und nahmen den großen Kampf zur Wiedererrichtung der Alten Republik auf.

Von Beginn an waren sie den vom Kaiser versklavten Systemen gegenüber weit in der Minderzahl. In jenen ersten dunklen Tagen schien es deshalb gewiß zu sein, daß die helle Flamme des Widerstands ausgelöscht werden würde, bevor sie das Licht der neuen Wahrheit auf eine Galaxis unterdrückter und besiegter Völker zu werfen mochte...

Aus der Ersten Saga (*Tagebuch der Whills*)

1

Eine riesige, schimmernde Kugel, die flackerndes, topasfarbenes Licht in den Weltraum warf – aber keine Sonne. So hatte der Planet die Menschen lange genarrt. Erst beim Eintritt in eine enge Umlaufbahn begriffen dic Entdecker, daß dies eine Welt in einem Binärsystem war, nicht eine dritte Sonne.

Zunächst schien gewiß zu sein, daß auf einem solchen Planeten nichts existieren konnte, am wenigsten Menschliches. Dabei umkreisten die beiden riesigen Sterne von der Größe G1 und G2 ein gemeinsames Zentrum mit sonderbarer Regelmäßigkeit, und Tatooine umrundete sie weit genug außerhalb, um die Entwicklung eines recht stabilen, wenn auch ausgesprochen heißen Klimas zuzulassen. In der Hauptsache war das eine trockene Wüstenwelt, deren ungewöhnlich sternenähnliches gelbes Glühen daher rührte, daß verdoppeltes Sonnenlicht natriumgesättigten Sand und ebensolches Flachland aufheizte. Dasselbe Sonnenlicht schien plötzlich auf die dünne Hülle einer metallischen Form, die wild torkelnd zur Atmosphäre hinabstürzte.

Der regellose Weg, den der galaktische Kreuzer nahm, war von Absicht bestimmt; er war nicht die Folge eines Schadens, sondern einer verzweifelten Bemühung, ihn zu vermeiden. Lange Streifen gleißender Energie glitten nah an seinem Rumpf vorbei, ein vielfarbiger Sturm der Vernichtung, gleich einem Schwarm regenbogenbunter Schildfische, die einander bekämpften, um sich an einen größeren, widerwilligen Wirt zu heften.

Einem dieser suchenden, sondierenden Strahlen gelang es, das fliehende Schiff zu berühren und seine Hauptsolarflosse zu treffen. Juwelenartige Bruchstücke Metall und Kunststoff sprühten in den Weltraum, als das Ende der Steuerflosse zerbarst.

Die Quelle dieser Vielzahl von Energiestrahlen tauchte schlagartig auf – ein schwerfälliger kaiserlicher Kreuzer, der massive Rumpf starrend von Dutzenden großkalibriger Geschützbettungen. Das in Bogen sprühende Licht aus diesen Türmen erlosch, als der Kreuzer nah heranflog. In den Bereichen des kleineren Schiffes, die Treffer hingenommen hatten, konnte man in unregelmäßigen Abständen Explosionen und Lichtblitze sehen. Der Kreuzer schob sich in der absoluten Kälte des Weltraums an die verwundete Beute heran.

Wieder erschütterte eine ferne Explosion das Schiff – aber Artoo Detoo und See Threepio kam sie durchaus nicht fern vor. Die Druckwelle schleuderte sie in dem engen Korridor herum wie Lager in einem alten Motor.

Wenn man die beiden betrachtete, hätte man vermutet, daß die hohe, menschenähnliche Maschine, Threepio, die bestimmende sei und der gedrungene, dreibeinige Roboter Artoo Detoo ein Gehilfe. Aber während Threepio bei dem Gedanken verächtlich die Luft durch die Nase gesaugt hätte, waren sie in Wirklichkeit in jeder Beziehung gleichberechtigt, ausgenommen die Redseligkeit. Auf diesem Gebiet war Threepio eindeutig – und notwendigerweise – überlegen.

Die nächste Explosion erschütterte den Korridor und brachte Threepio aus dem Gleichgewicht. Sein kürzerer Begleiter war mit dem niedrigen Schwerpunkt seines gedrungenen, zylindrischen, auf dicken, klauenförmigen Beinen gut ausbalancierten Körpers in solchen Augenblicken im Vorteil.

Artoo sah hinauf zu Threepio, der sich an einer Korridorwand aufrecht hielt. Um ein einzelnes, mechanisches Auge blinkten rätselhafte Lichter, als der kleine Roboter das verbeulte Gehäuse seines Freundes betrachtete. Eine Patina aus Metall- und Faserstaub überzog die sonst glänzende Bronzepolitur, und es gab einige sichtbare Eindellungen – alles Folgen der schweren Schläge, die ihr Rebellenschiff hatte hinnehmen müssen.

Die letzte Attacke wurde begleitet von einem anhaltenden, tiefen Summen, das nicht einmal von der lautesten Explosion hätte übertönt werden können. Dann hörte ohne erkennbaren Grund das Baßdröhnen plötzlich auf, und die einzigen Geräusche in dem sonst verlassenen Korridor waren ein unheimliches Knacken kurzschließender Relais oder das Knallen defekter Schaltungen. Wieder hallten auch Explosionen durch das Schiff, aber weit entfernt vom Korridor.

Threepio drehte den glatten, menschenähnlichen Kopf auf die Seite. Metallohren lauschten angestrengt. Die Nachahmung einer menschlichen Haltung war kaum notwendig – Threepios Audiosensoren besaßen volle Rundumleistung –, aber der schlanke Roboter war darauf programmiert worden, mit einer menschlichen Umgebung ganz zu verschmelzen. Diese Programmierung erstreckte sich sogar auf die Nachahmung menschlicher Gestik.

»Hast du das gehört?« fragte er seinen geduldigen Begleiter rhetorisch, auf das pulsierende Geräusch anspielend. »Sie haben den Hauptreaktor und den Antrieb abgeschaltet.« Seine Stimme klang so ungläubig und besorgt wie die eines Menschen. Eine metallene Handfläche rieb mißmutig einen Fleck von stumpfem Grau an seiner Seite, wo eine abgebrochene Rumpfstrebe herabgestürzt war und die Bronzepolitur zerschrammt hatte. Threepio war eine anspruchsvolle Maschine, und solche Dinge störten ihn.

»Wahnsinn, das ist Wahnsinn.« Er schüttelte langsam den Kopf. »Diesmal werden wir ganz gewiß vernichtet.«

Artoo ging nicht gleich darauf ein. Den Zylinderrumpf nach hinten geneigt, die kraftvollen Beine fest am Deck verankert, war der einen Meter hohe Roboter in die Betrachtung der Decke über ihnen vertieft. Obwohl er keinen Kopf hatte, den er, wie sein Freund, in eine Lauschhaltung kippen konnte, gelang es Artoo auf irgendeine Weise trotzdem, diesen Eindruck zu erwecken. Eine

Reihe kurzer Piep- und Zirptöne drang aus seinem Lautsprecher. Selbst für ein empfindliches menschliches Ohr wären sie nichts anderes als statische Störungen gewesen, aber für Threepio bildeten sie Worte, die so klar und rein waren wie Gleichstrom.

»Ja, den Antrieb mußten sie wohl abschalten«, gab Threepio zu, »aber was machen wir jetzt? Ohne Höhenflosse können wir nicht in die Atmosphäre eintreten. Ich kann jedoch nicht glauben, daß wir uns einfach ergeben.«

Eine kleine Gruppe bewaffneter Menschen tauchte plötzlich auf, Gewehre im Anschlag. Ihre Mienen waren so zerknittert wie ihre Uniformen, und sie hatten die Haltung von Menschen, die sich auf den Tod vorbereiten.

Threepio beobachtete sie stumm, bis sie um eine ferne Biegung im Korridor verschwunden waren, dann schaute er sich nach Artoo um. Der kleine Roboter verharrte immer noch in Lauschhaltung. Threepios Blick richtete sich auch nach oben, obwohl er wußte, daß Artoos Sinne ein wenig schärfer waren als seine eigenen.

»Was ist, Artoo?«

Ein kurzer Piepston war die Antwort. Noch ein Augenblick, und scharf eingestellte Sensoren waren nicht mehr nötig. Der Korridor blieb noch eine oder zwei Minuten gänzlich still, dann war ein schwaches Scharren zu hören, wie von einer Katze an einer Tür; das Geräusch drang von oben herab. Das seltsame Scharren stammte von schweren Schritten und dem Schleifen großer Geräte irgendwo am Schiffsrumpf.

Als ein paar dumpfe Explosionen zu hören waren, murmelte Threepio: »Sie sind irgendwo über uns eingedrungen. Diesmal gibt es für den Kapitän kein Entkommen.« Er drehte sich herum und sah auf Artoo hinunter. »Ich glaube, wir sollten lieber –«

Das Kreischen überbeanspruchten Metalls erfüllte die Luft, bevor er zu Ende sprechen konnte, und das andere Ende des Korridors wurde erhellt von einem gleißenden Blitz. Dort unten mußte der kleine, bewaffnete Trupp, der Minuten zuvor vorbeigekommen war, auf die Angreifer gestoßen sein.

Threepio wandte Gesicht und empfindliche Photorezeptoren ab – gerade rechtzeitig, um den Metallsplittern auszuweichen, die durch den Korridor fetzten. Am anderen Ende war im Dach plötzlich ein klaffendes Loch zu sehen, und spiegelnde Objekte, wie große Metallperlen, fielen auf den Korridorboden herab. Beide Roboter wußten, daß keine Maschine der Beweglichkeit dieser Formen gewachsen war, und nahmen augenblicklich Kampfhaltung ein. Die Neuankömmlinge waren gepanzerte Menschen, keine Automaten.

Einer von ihnen blickte direkt auf Threepio – nein, nicht auf ihn, dachte der in Panik geratene Roboter wild, sondern an ihm vorbei. Die Gestalt drehte das große Gewehr mit gepanzerten Händen – zu spät. Ein Strahl grellsten Lichts traf den Kopf, und Bruchstücke von Panzerung, Knochen und Fleisch flogen in alle Richtungen.

Die Hälfte der eingedrungenen kaiserlichen Truppen fuhr herum und erwiderte das Feuer den Korridor hinauf – an den beiden Robotern vorbeizielend.

»Schnell – hierher!« befahl Threepio, entschlossen, den Rückzug vor den Kaiserlichen anzutreten. Artoo drehte sich mit ihm herum. Sie hatten kaum zwei Schritte getan, als sie vor sich die Rebellen-Besatzung sahen, den Korridor *hinab* feuernd. Binnen Sekunden war der Korridor erfüllt von Rauch und einander kreuzenden Energiestrahlen.

Rote, grüne und blaue Blitze prallten von polierten Wandtafeln und vom Boden ab oder rissen lange Furchen in Metallflächen. Schreie verwundeter und sterbender Menschen – ein sonderbar unrobotisches Geräusch, dachte Threepio – hallten durchdringend über der anorganischen Zerstörung.

Ein Strahl schlug im selben Augenblick vor den Füßen des Roboters ein, als ein zweiter die Wand unmittelbar hinter ihm aufriß und funkensprühende Schaltungen und Reihen von Isolierrohren freilegte. Die Wucht des Doppelblitzes schleuderte Threepio in das Gewirr zerfetzter Kabel, wo ein Dutzend verschiedener Ströme ihn in eine zuckende, umhergeschüttelte Puppe verwandelte.

Seltsame Empfindungen fegten durch seine metallenen Nervenenden. Sie verursachten keinen Schmerz, nur Verwirrung. Jedesmal, wenn er sich bewegte und zu befreien versuchte, gab es ein heftiges Knistern, und immer mehr Schaltteile barsten. Der Lärm und die Blitze von Menschenhand umtosten ihn unaufhörlich, während der Kampf weitertobte.

Dichter Rauch quoll durch den Korridor. Artoo Detoo eilte umher, bestrebt, seinen Freund zu befreien. Der kleine Roboter bewies den raubgierigen Energien im Korridor gegenüber eine phlegmatische Gleichgültigkeit. Er war so niedrig gebaut, daß die meisten Strahlen ohnehin über ihn hinwegzischten.

»Hilfe!« brüllte Threepio, von einer neuen Botschaft eines inneren Sensors plötzlich erschreckt. »Ich glaube, da schmilzt etwas. Befrei mein linkes Bein – das Problem ist in der Nähe des Becken-Servomotors!« Typisch für ihn wechselte sein Tonfall vom Flehen plötzlich zum Schelten. »Das ist alles deine Schuld!« schrie er wütend. »Ich hätte wissen müssen, daß man der Logik eines Thermokapsel-Umzugsgehilfenzwergs nicht trauen kann. Ich weiß nicht, warum du darauf bestanden hast, daß wir unsere zugeteilten Posten verlassen und in diesen dummen Zugangskorridor herunterkommen. Nicht, daß das jetzt noch wichtig wäre. Das ganze Schiff muß schon –« Artoo Detoo schnitt ihm mit zornigem Piepen und Tuten das Wort ab, wobei er aber fortfuhr, mit Präzision an den verwickelten Starkstromkabeln herumzureißen und -zuschneiden.

Eine ungewöhnlich heftige Explosion erschütterte den Korridor. Ein lungenerstickender Nebel aus verkohlten Stoffen erfüllte die Luft und hüllte alles ein.

Zwei Meter groß. Zweibeinig. Wallende schwarze Gewänder, an der Gestalt herabfließend, und ein Gesicht, für alle Zeit maskiert von einem funktionellen, wenn auch bizarren schwarzen Metall-Atemgitter – ein Schwarzer Lord der Sith war eine schreckenerregende, bedrohliche Erscheinung, die durch die Korridore des Rebellenschiffs schritt.

Angst folgte den Spuren aller Schwarzen Lords. Die Aura des Bösen, die diesen einen hier dicht umgab, war gewaltig genug, abgehärtete kaiserliche Truppen zu veranlassen, daß sie zurückwichen und ein nervöses Gemurmel unter ihnen ausbrach. Vorher noch zu allem entschlossene Rebellen-Besatzungsmitglieder gaben den Widerstand auf, verloren die Nerven und flüchteten in Panik beim Anblick der schwarzen Panzerung – einer Panzerung, die, so schwarz sie auch sein mochte, bei weitem nicht so finster war wie die Gedanken in diesem Gehirn.

Eine Absicht, ein Gedanke, eine Zwangsvorstellung beherrschte dieses Gehirn jetzt, brannte im Gemüt von Darth Vader, als er in einen anderen Korridor des eroberten Kampfschiffes einbog. Dort lichtete sich der Rauch bereits, wiewohl die Geräusche fernen Kampfes noch durch den Rumpf hallten.

Nur ein Roboter war übrig und bewegte sich nach dem Durchzug des Schwarzen Lords. See Threepio konnte sich endlich von dem letzten behindernden Kabel lösen. Irgendwo hinter ihm konnte man von dort, wo gnadenlose kaiserliche Truppen die letzten Nester des Rebellenwiderstands ausräucherten, menschliche Schreie hören.

Threepio blickte hinunter und sah nur zerschründetes Deck. Als er sich umsah, klang seine Stimme tief besorgt.

»Artoo Detoo – wo bist du?« Der Rauch schien sich ein bißchen mehr zu lichten. Threepio starrte den Korridor hinauf.

Artoo Detoo war da, aber er blickte nicht in Threepios Richtung. Statt dessen schien der kleine Roboter in einer Haltung der Aufmerksamkeit erstarrt zu sein. Über ihn beugte sich – selbst für

Threepios elektronische Photorezeptoren war es schwer, den ätzenden Rauch zu durchdringen – eine menschliche Gestalt. Sie war jung, schlank und nach den verworrenen menschlichen Maßstäben der Ästhetik, überlegte Threepio, von ruhiger Schönheit. Eine kleine Hand schien über die Vorderseite von Artoos Rumpf zu gleiten.

Threepio ging auf sie zu, als der Rauch wieder dichter quoll. Als Threepio das Ende des Korridors erreichte, stand dort aber nur Artoo und wartete. Threepio blickte unsicher an ihm vorbei. Roboter erlagen manchmal elektronischen Halluzinationen – aber warum sollte er sich einen Menschen vorgaukeln?

Auf der anderen Seite – warum auch nicht, vor allem, wenn man die verwirrenden Umstände der vergangenen Stunde und die starken Stromstöße bedachte, die Threepio eben vorhin erhalten hatte. Er durfte sich über nichts wundern, was seine verketteten inneren Schaltungen hervorzaubern mochten.

»Wo bist du gewesen?« fragte Threepio schließlich. »Du hast dich wohl versteckt?« Er beschloß, die menschliche Gestalt nicht zu erwähnen. Wenn es eine Halluzination gewesen war, würde er Artoo nicht die Befriedigung verschaffen, zu erkennen, wie sehr die kürzlichen Ereignisse seine Logikschaltungen beeinflußt hatten. »Sie werden diesen Weg zurückkommen«, fuhr er fort, nickte den Korridor hinunter und gab dem kleinen Automaten keine Gelegenheit zu antworten. »Auf der Suche nach überlebenden Menschen. Was machen wir nun? Sie werden den Worten von Maschinen in Rebellenbesitz, daß wir nichts von Wert wissen, nicht glauben. Man wird uns in die Gewürzgruben von Kessel schicken oder zur Ersatzteilbeschaffung für andere, weniger verdiente Roboter auseinandernehmen. Das heißt, wenn sie uns nicht für potentielle Programmierungsfallen halten und beim ersten Anblick in die Luft sprengen. Wenn wir nicht...« Aber Artoo hatte sich schon umgedreht und eilte den Korridor wieder hinunter. »Warte, wohin willst du? Hast du mir nicht zugehört?« Threepio stieß Flüche in mehreren Sprachen aus, manche rein mechanisch, und hastete hinter seinem Freund her. Das Artoo-Gerät konnte ausgesprochen kurzschlüssig sein, wenn es wollte, dachte er bei sich.

Vor dem Kontrollzentrum des galaktischen Kreuzers war der Korridor überfüllt mit mürrischen Gefangenen, die von kaiserlichen Truppen zusammengetrieben wurden. Manche lagen verwundet am Boden und stöhnten, andere starben stumm. Mehrere Offiziere waren von den Soldaten getrennt worden und standen als kleine Gruppe abseits, herausfordernden Blicks und Drohungen gegen das stumme Knäuel von Truppen ausstoßend, das sie in Schach hielt.

Wie auf Kommando verstummten alle – die kaiserlichen Truppen ebenso wie die Rebellen –, als hinter einer Biegung im Korridor eine massive, verhüllte Gestalt auftauchte. Zwei von den bislang beherzten, störrischen Rebellenoffizieren begannen zu zittern. Die hochragende Gestalt blieb vor einem der Männer stehen und streckte wortlos den Arm aus. Eine riesige Hand schloß sich um den Hals des Mannes und hob ihn hoch. Die Augen des Rebellenoffiziers traten aus den Höhlen.

Ein kaiserlicher Offizier, den Panzerhelm zurückgeschoben, so daß man eine frische Narbe sah, wo ein Energiestrahl seine Panzerung durchschlagen hatte, kletterte aus dem Kontrollraum herunter und schüttelte den Kopf.

»Nichts, Sir. Das Informations-Wiedergabesystem ist gelöscht.«

Darth Vader akzeptierte die Nachricht mit einem kaum wahrnehmbaren Nicken. Die undurchdringliche Maske wandte sich dem Offizier zu, den er marterte. Metallumkleidete Finger krümmten sich. Der Gefangene griff hinauf und versuchte sie zu öffnen, aber ohne Erfolg.

»Wo sind die Daten, die ihr abgefangen habt?« knurrte Vader drohend. »Was habt ihr mit den Informationsbändern gemacht?«

»Wir – haben keine – Information – abgefangen«, gurgelte der baumelnde Offizier, kaum fähig zu atmen. Tief aus seinem Innern holte er ein Quietschen der Empörung herauf. »Das ist ein... Rats-Fahrzeug... Habt ihr... unsere... Außenmarkierung... nicht gesehen? Wir sind unterwegs... in... diplomatischem Auftrag.«

»Das Chaos hole euren Auftrag!« knurrte Vader. »Wo sind die Bänder?« Er preßte stärker zu. Die Drohung in seinem Griff sagte genug.

Als der Offizier endlich antwortete, war seine Stimme nur noch zu einem dünnen, erstickten Flüstern fähig.

»Nur... der Commander weiß es.«

»Dieses Schiff trägt das Systemwappen von Alderaan«, knurrte Vader, und die grausige Atemmaske beugte sich vor. »Ist jemand von der königlichen Familie an Bord? Wen führt ihr mit?« Dicke Finger schlossen sich fester um den Hals, und die Bewegungen des Offiziers wurden immer schwächer. Seine letzten Worte waren so erstickt und verzerrt, daß man sie nicht mehr verstehen konnte.

Vader war nicht erfreut. Obwohl die Gestalt mit einer schrecklichen, unzweifelhaften Endgültigkeit erschlaffte, preßte die Hand sich immer fester zusammen und erzeugte ein schauriges Krachen und Brechen von Knochen wie bei einem Hund, der auf Plastik trabt. Dann warf Vader mit einem angewiderten Keuchen die Marionettengestalt des Toten an eine Wand. Mehrere kaiserliche Soldaten wichen gerade noch rechtzeitig dem grausigen Geschoß aus.

Die hochragende Gestalt fuhr unerwartet herum, und kaiserliche Offiziere zuckten unter dem düsteren, starren Blick zusammen.

»Nehmt dieses Schiff Stück für Stück auseinander, Teil für Teil, bis ihr diese Bänder findet. Was die Passagiere angeht, so will ich sie lebend haben, falls es überhaupt welche gibt.« Er schwieg einen Augenblick, dann fügte er hinzu: *»Schnell!«*

Offiziere und Mannschaften stürzten in ihrer Hast, das Weite zu suchen, beinahe übereinander – nicht unbedingt, um Vaders Befehl auszuführen, sondern einfach, um dieser bösartigen Präsenz zu entkommen.

Artoo Detoo blieb in einem leeren Korridor ohne Rauch und Kampfspuren endlich stehen. Ein besorgter, verwirrter Threepio hielt hinter ihm an und stieß hervor:

»Du hast uns durch das halbe Schiff geführt, und wofür...?« Er verstummte und glotzte ungläubig, als der gedrungene Roboter mit einem Klauenarm hinaufgriff und die Plombe einer Rettungsbootluke abriß. Augenblicklich leuchtete eine rote Lampe auf, und ein leises Heulen tönte durch den Korridor.

Threepio blickte wild in alle Richtungen, aber der Gang blieb leer. Als er den Kopf wieder nach vorn drehte, zwängte Artoo sich bereits in die enge Bootskapsel. Sie war gerade groß genug für mehrere Menschen, und ihre Konstruktion sah die Unterbringung von Automaten nicht vor.

»He«, rief ein verblüffter Threepio mahnend, »du darfst da nicht hinein! Das ist nur für Menschen zugelassen! Wir könnten die Kaiserlichen vielleicht davon überzeugen, daß wir nicht rebellen-programmiert und zu wertvoll sind, um demontiert zu werden, aber wenn dich jemand in der Kapsel sieht, haben wir keine Chance! Komm sofort heraus!«

Auf irgendeine Weise war es Artoo gelungen, seinen Rumpf vor die Miniatur-Steuerkonsole zu zwängen. Er verbog den Körper ein wenig und schoß einen Strom von lauten Piep- und Pfeiftönen auf seinen zögernden Begleiter ab.

Threepio lauschte. Er konnte die Stirn nicht runzeln, aber es gelang ihm, beinahe den Eindruck zu erwecken, als mache er das.

»Auftrag... was für ein Auftrag? Wovon redest du? Du hörst dich an, als hättest du kein integriertes Logik-Terminal mehr in deinem Gehirn. Nein... keine Abenteuer mehr. Ich wage es bei den Kaiserlichen – und ich steige *nicht* hier hinein.«

Das Artoo-Gerät gab ein zorniges elektronisches Schwirren von sich.

»Nenn du *mich* nicht einen hirnlosen Philosophen«, fauchte Threepio, »du übergewichtiger, un-stromlinienförmiger Fettklumpen!«

Threepio setzte zu einer ergänzenden Antwort an, als eine Explosion die Rückwand des Korridors herausriß. Staub und Metallfragmente zischten durch den engen Nebenflur, augenblicklich gefolgt von Sekundärexplosionen. Flammen zuckten gierig aus dem freigelegten Inneren der Wand und spiegelten sich auf Threepios vereinzelten Stellen polierter Haut.

Der schlaksige Roboter murmelte die elektronische Entsprechung zum Entschluß, seine Seele dem Unbekannten zu übergeben, und sprang in die Rettungskapsel.

»Das werde ich noch bereuen«, murrte er allerdings etwas lauter, als Artoo die Sicherungstür hinter ihm betätigte. Der kleinere Roboter kippte eine Reihe von Schaltern, klappte einen Deckel zurück und drückte drei Tasten in einer bestimmten Reihenfolge. Mit dem Donnern von Sprengklammern wurde die Kapsel aus dem demolierten Raumschiff hinausgeschleudert.

Als über die Kommunikatoren mitgeteilt wurde, daß das letzte Widerstandsnest im Rebellenschiff ausgeräumt sei, atmete der Kapitän des Kaiserlichen Kreuzers vernehmlich auf. Er hörte mit Vergnügen den Vorgängen auf dem eroberten Schiff zu, als ihm einer seiner Chefkanoniere etwas zurief. Er trat zu dem Mann und starrte auf den kreisrunden Bildschirm, wo er sah, wie ein winziger Punkt sich ablöste und auf die flammende Welt darunter hinabstürzte.

»Da ist wieder eine Kapsel, Sir. Befehle?«

Der Kapitän studierte ruhig die Meßergebnisse der Kapsel-Monitoren, vertrauend auf die Feuerkraft und Macht unter seinem Kommando. Alle Zeiger standen auf Null.

»Nicht schießen, Leutnant Hija! Die Instrumente zeigen an Bord keine Lebensformen an. Der Auslösemechanismus der Kapsel muß sich kurzgeschlossen oder falsche Anweisungen erhalten haben. Vergeuden Sie Ihre Energie nicht!« Er wandte sich ab und hörte zufrieden die Berichte über Gefangene und Material auf dem Rebellenschiff.

Gleißen von explodierenden Wandtafeln und aufflammenden Schaltungen spiegelte sich zuckend auf der Panzerung des führenden Sturmsoldaten, als er in den Korridor vor sich starrte. Er wollte sich umdrehen und den anderen zurufen, ihm zu folgen, als ihm an einer Seite eine Bewegung auffiel.

Eine kleine, fröstelnde Gestalt, in fließendes Weiß gekleidet, preßte sich an die Rückwand. Jetzt konnte er sehen, daß er einer jungen Frau gegenüberstand, und ihr Äußeres stimmte mit dem der einen Person überein, für die der Schwarze Lord sich am meisten interessierte. Der Soldat grinste hinter seinem Helm. Eine glückliche Begegnung für ihn. Er würde belobigt werden.

In seiner Panzerung drehte er den Kopf zu dem winzigen Kondensatormikrofon.

»Das ist sie!« rief er den anderen hinter sich zu. »Einstellen auf Betäub-« Er sprach den Satz nie zu Ende, so wenig, wie er die erhoffte Belobigung erhalten würde. Als seine Aufmerksamkeit sich von dem Mädchen weg auf seinen Kommunikator richtete, verschwand ihr Zittern mit erstaunlicher Schnelligkeit. Die Energiepistole, die sie hinter sich verborgen hatte, kam hervor, als sie aus ihrem Versteck stürzte.

Der Soldat, der das Pech gehabt hatte, sie zu finden, starb als erster. Dasselbe Schicksal ereilte die zweite gepanzerte Gestalt, die schnell hinter der ersten herangekommen war. Dann aber berührte ein leuchtend grüner Energiestab den Körper der Frau, und sie sank augenblicklich zu Boden, die Pistole noch fest in der kleinen Hand.

Metallumhüllte Gestalten drängten sich um sie. Eine, deren Arm die Abzeichen eines Offiziers trug, kniete nieder und drehte sie herum. Der Offizier betrachtete die gelähmte Gestalt mit geübtem Auge.

»Sie wird wieder zu sich kommen«, erklärte er und sah zu seinen Untergebenen auf. »Verständigt Lord Vader!«

Threepio starrte gebannt zu dem kleinen Sichtfenster an der Vorderseite der winzigen Rettungskapsel hinaus, als das heiße, gelbe Auge Tatooines sie zu verschlingen begann. Irgendwo hinter ihnen, so wußte er, schrumpften das demolierte Raumschiff und der Kaiserliche Kreuzer zur Unsichtbarkeit zusammen.

Das war ihm recht. Wenn sie in der Nähe einer zivilisierten Stadt landeten, würde er elegante Anstellung in einer friedlichen Atmosphäre suchen, etwas, das seiner Stellung und Ausbildung eher entsprach. Die vergangenen Monate hatten ihm viel zu viel Aufregung und Unvorhersehbares für eine bloße Maschine gebracht.

Artoos scheinbar wahllose Bedienung der Kapselsteuerung versprach jedoch alles andere denn eine glatte Landung. Threepio betrachtete seinen untersetzten Begleiter mit Besorgnis.

»Bist du sicher, daß du weißt, wie man dieses Ding lenkt?«

Artoo antwortete mit einem unverbindlichen Pfeifen, das nicht dazu angetan war, die wirre Gemütsverfassung des größeren Roboters zu verändern.

2

Es war ein alter Siedlerspruch, daß man schneller blind werden konnte, wenn man die sonnenversengten Ebenen von Tatooine anstarrte, als wenn man direkt in die beiden Sonnen selbst blickte, so gewaltig war das von diesen endlosen Wüsten widergespiegelte

Gleißen. Trotz des Glastes konnte Leben in den von längst ausgetrockneten Meeresbecken gebildeten Ebenen existieren und tat es auch. Eines machte es möglich: die Wiederzuführung von Wasser.

Für menschliche Zwecke war das Wasser von Tatooine jedoch nur am Rande zugänglich. Die Atmosphäre gab nämlich ihre Feuchtigkeit nur widerwillig ab. Das Naß mußte aus dem harten, blauen Himmel herabgelockt werden – gelockt, gezwungen, heruntergerissen auf die verdorrte Oberfläche.

Zwei Gestalten, deren Sorge es war, diese Feuchtigkeit zu beschaffen, standen auf einer leichten Anhöhe einer dieser unwirtlichen Ebenen. Der eine Teil des Paares war steif und metallisch – ein von vielen Einflüssen zerschründeter Verdunster, durch den Sand tief in Gestein hinabgelassen. Die Gestalt daneben war weitaus belebter, wenngleich nicht weniger sonnenverwittert.

Luke Skywalker war doppelt so alt wie der zehnjährige Verdunster, aber viel weniger sicher verankert. Im Augenblick fluchte er leise über einen widerspenstigen Ventilregler an dem launischen Gerät. Von Zeit zu Zeit verfiel er auf wütendes Hämmern, statt das richtige Werkzeug zu benutzen. Beide Methoden waren nicht sehr wirksam. Luke war überzeugt davon, daß die für die Verdunster verwendeten Schmiermittel sich eigens anstrengten, Sand anzuziehen, indem sie mit öligem Glänzen kleinen, kratzenden Teilchen verführerisch winkten. Er wischte sich den Schweiß von der Stirn und lehnte sich einen Augenblick zurück. Das Einnehmendste an dem jungen Mann war sein Name. Eine leichte Brise zerrte an seinen zottigen Haaren und dem ausgebeulten Arbeitsrock, als er das Gerät betrachtete. Sinnlos, sich dauernd darüber zu ärgern, ermahnte er sich. Ist doch nur eine intelligenzlose Maschine.

Während Luke über seine mißliche Lage nachdachte, tauchte eine dritte Gestalt auf, schoß hinter dem Verdunster hervor und tastete ungeschickt an dem beschädigten Teil herum. Nur drei der sechs Arme des Roboters, Modell Treadwell, funktionierten, und sie waren mehr strapaziert worden als die Stiefel an Lukes Füßen. Die Maschine vollführte unsichere, ruckartige Bewegungen.

Luke betrachtete sie traurig, dann hob er den Kopf, um zum Himmel hochzublicken. Noch immer keine Spur von einer Wolke, und er wußte, daß auch keine auftauchen würde, wenn er es nicht schaffte, den Verdunster in Betrieb zu nehmen. Er wollte eben wieder einen Versuch starten, als ihm ein kleiner, greller Lichtpunkt auffiel. Schnell zog er das sorgfältig gesäuberte Makro-Fernglas aus dem Arbeitsgürtel und richtete die Objektive himmelwärts.

Eine Weile starrte er hindurch und wünschte sich währenddessen ein richtiges Teleskop statt des Feldstechers. Als er hinaufblickte, waren Verdunster, Hitze und die verbleibende Arbeit des Tages vergessen. Er klemmte das Fernglas wieder an seinem Gürtel fest, drehte sich um und lief zu seinem Landgleiter. Auf halbem Weg zum Fahrzeug fiel ihm ein, etwas über die Schulter zu rufen.

»Beeil dich«, rief er ungeduldig. »Worauf wartest du? Mach schon.«

Der Treadwell bewegte sich auf ihn zu, zögerte und begann dann, sich in einem engen Kreis um sich selbst zu drehen, wobei aus allen Gelenken Rauch quoll. Luke schrie weitere Anweisungen und gab schließlich angewidert auf, als ihm klar wurde, daß es mehr als Worte brauchen würde, um den Treadwell wieder zu motivieren.

Einen Augenblick lang sträubte sich Luke, die Maschine zurückzulassen – aber die entscheidenden Teile waren offenbar defekt, sagte er sich. Er sprang in den Landgleiter, so daß das erst kürzlich reparierte Abstoßungs-Schwebefahrzeug bedrohlich auf die Seite kippte, bis er sich hinters Steuer schob und so die richtige Gewichtsverteilung wieder herstellte. Die Höhe knapp über dem Sandboden haltend, richtete sich das leichte Transportfahrzeug auf wie ein Boot in schwerer See. Luke gab Gas, der Motor heulte auf, und Sand spritzte hinter dem Gleiter heraus, als er das Fahrzeug in die Richtung der fernen Stadt Anchorhead lenkte.

Hinter ihm stieg eine armselige schwarze Rauchsäule von dem brennenden Roboter in die klare Wüstenluft empor. Sie würde nicht mehr da sein, wenn Luke zurückkehrte. Es gab in den weiten Wüsten von Tatooine Leichenfledderer auch für Metall, nicht nur für Fleisch.

Metall- und Steingebäude, vom Glast der Zwillingssonne Tatoo I und Tatoo II weißgebleicht, drängten sich dicht aneinander, zur Gesellschaft ebenso wie zum Schutz. Sie bildeten den Kern der weit ausgedehnten Landwirtschaftsgemeinde Anchorhead.

Zur Zeit lagen die staubigen, ungepflasterten Straßen still und verlassen da. Sandfliegen summten träge in den rissigen Giebeln von Gußsteingebäuden. In der Ferne bellte ein Hund, das einzige Anzeichen von Leben, bis eine einsame, alte Frau auftauchte und über die Straße ging. Ihr metallener Sonnenschal umhüllte sie eng.

Irgend etwas veranlaßte sie, den Kopf zu heben und mit müden Augen verkniffen in die Ferne zu starren. Das Geräusch wurde urplötzlich ganz laut, als ein glänzendes, rechteckiges Objekt um eine ferne Ecke fegte. Ihre Augen wurden riesengroß, als das Fahrzeug auf sie zuhielt und keine Anstalten machte, auszuweichen. Sie mußte sich zur Seite werfen, um nicht überfahren zu werden.

Keuchend und zornig die Faust hinter dem Landgleiter herschwingend, erhob sie die Stimme über das Röhren.

»Daß ihr jungen Leute nie lernt, langsam zu fahren!«

Luke mochte sie gesehen haben, aber hören konnte er sie gewiß nicht mehr. In beiden Fällen war seine Aufmerksamkeit auf etwas anderes gerichtet, als er hinter einer niedrigen, langen Betonstation hielt. Aus Dach und Wänden ragten Rohrschlangen und Stäbe. Tatooines unbarmherzige Sandwellen brachen sich in erstarrtem gelbem Gischt an den Mauern der Station. Niemand hatte sich die Mühe gemacht, sie wegzuräumen. Es hatte keinen Sinn. Am nächsten Tag wären sie wieder dagewesen.

Luke riß die Vordertür auf und schrie: »He!«

Ein robuster junger Mann in Mechanikerkleidung saß auf einem Stuhl vor dem unordentlichen Steuerpult der Station. Sonnenschutzöl hatte verhindert, daß seine Haut verbrannte. Die Haut des Mädchens auf seinem Schoß war gleichermaßen geschützt, und von den geschützten Bereichen waren große Teile dem Auge jedermanns zugänglich. An ihr sah sogar getrockneter Schweiß gut aus.

»He, Leute!« brüllte Luke noch einmal, als auf den ersten Ruf eine nicht gerade überwältigende Reaktion erfolgte. Er lief zum Instrumentenraum an der Rückseite der Station, während der Mechaniker mit der Hand über sein Gesicht fuhr und murmelte: »Hab' ich da einen jungen Orkan durchfegen hören?«

Das Mädchen auf seinem Schoß räkelte sich wollüstig, und ihre abgetragene Kleidung zerrte in verschiedene interessante Richtungen. Ihre Stimme klang träge und kehlig.

»Ach«, sagte sie gähnend, »das war nur Wormie als rasender Reporter.«

Deak und Windy sahen vom computerunterstützten Billardspiel auf, als Luke ins Zimmer stürzte. Sie waren ähnlich gekleidet wie Luke, wenngleich ihre Sachen besser paßten und noch nicht so abgetragen waren.

Die drei jungen Leute bildeten einen auffallenden Gegensatz zu dem stämmigen, gutaussehenden Spieler an der anderen Seite des Tisches. Von den säuberlich geschnittenen Haaren bis zur maßgeschneiderten Uniform stach er in dem Raum heraus wie Orientalischer Mohn in einem Haferfeld. Hinter den drei Menschen war ein leises Summen zu hören. Es stammte von einem Reparaturroboter, der geduldig an einem defekten Gerät arbeitete.

»Rafft euch auf, Leute!« schrie Luke aufgeregt, dann fiel ihm der ältere Mann in Uniform auf. Die Zielscheibe seines plötzlich entgeisterten Blicks erkannte ihn im selben Augenblick.

»Biggs!«

Das Gesicht des Mannes verzog sich zu einem halben Grinsen.

»Hallo, Luke!«

Die beiden umarmten einander herzlich.

Luke löste sich schließlich von ihm und bewunderte die Uniform.

»Ich wußte nicht, daß du zurück bist. Wann bist du angekommen?«

Die Selbstsicherheit in der Stimme des anderen grenzte fast an Überheblichkeit.

»Erst vorhin. Ich wollte dich überraschen, Wundertier.« Er wies auf das Zimmer. »Ich dachte, du wärst hier, zusammen mit den beiden anderen Nachtschwärmern.« Deak und Windy lächelten. »Ich habe jedenfalls nicht damit gerechnet, daß du draußen bist und arbeitest.« Er lachte fröhlich. Seinem Lachen konnten nur wenige widerstehen.

»Die Akademie hat dich kaum verändert«, meinte Luke. »Aber du bist so bald zurück.« Sein Gesicht nahm einen besorgten Ausdruck an. »He, was ist passiert – hast du die Ernennung nicht bekommen?«

Biggs wirkte ausweichend, als er zur Seite sah und erwiderte: »Natürlich hab' ich sie. Eingeteilt zum Dienst auf dem Frachter ›Rand Ecliptic‹, erst letzte Woche. Erster Offizier Biggs Darklighter, zu Ihren Diensten.« Er grüßte eckig, halb im Ernst und halb im Spaß, dann zeigte er wieder sein anmaßendes und doch gewinnendes Grinsen. »Ich bin nur zurückgekommen, um euch unglücklichen, simplen Landratten Lebewohl zu sagen.«

Sie lachten alle, bis Luke plötzlich einfiel, was ihn in solcher Eile hergeführt hatte.

»Beinah' hätt' ich's vergessen«, sagte er, nun wieder aufgeregt wie zuvor, »hier in unserem System findet eine Schlacht statt. Kommt und seht euch das an.«

Deak wirkte enttäuscht.

»Doch nicht wieder eine deiner alles entscheidenden Schlachten, Luke? Hast du nicht schon genug davon erfunden? Laß sein!«

»Von wegen laß sein – im Ernst! Es ist wirklich eine Schlacht.« Mit Worten und Stößen gelang es ihm, die anderen hinauszutreiben in das grelle Sonnenlicht. Vor allem Camie machte ein abwehrendes Gesicht.

»Sieh bloß zu, daß es sich lohnt, Luke«, warnte sie ihn und beschattete die Augen vor dem Glanz.

Luke hatte sein Makro-Fernglas schon an den Augen und suchte den Himmel ab. Er brauchte nur einen Augenblick, um eine ganz bestimmte Stelle zu finden.

»Ich hab's euch gesagt«, erklärte er mit Nachdruck. »Da sind sie!«

Biggs trat neben ihn und griff nach dem Fernglas, während die anderen ihre Augen anstrengten. Eine kleine Justierung lieferte gerade soviel an Vergrößerung, daß Biggs am dunklen Blau zwei silberne Punkte erkennen konnte.

»Das ist keine Schlacht, Wundertier«, entschied er, ließ das Glas sinken und sah seinen Freund an. »Die sitzen nur da oben. Zwei Schiffe, richtig – wahrscheinlich ein Leichter, der einen Frachter belädt, da Tatooine keine Orbitalstation hat.«

»Es ist wie wild geschossen worden – vorher«, sagte Luke. Seine ursprüngliche Begeisterung begann unter der ätzenden Sicherheit seines älteren Freundes zu schwinden.

Camie entriß Biggs das Fernglas und stieß dabei an eine Stützsäule. Luke nahm es ihr schnell wieder weg und untersuchte das Gehäuse nach Schäden. »Sei bloß vorsichtig damit!«

»Reg dich doch nicht auf, Wormie«, meinte sie verächtlich. Luke trat einen Schritt auf sie zu, blieb aber stehen, als der kräftigere Mechaniker sich vor sie stellte und Luke warnend anlächelte.

Luke überlegte und tat den Zwischenfall mit einem Achselzucken ab.

»Ich sag' dir immer wieder, Luke«, erklärte der Mechaniker in der Art eines Mannes, der es satt hat, erfolglos dauernd dieselbe Geschichte vorzutragen, »die Rebellion ist weit von hier. Ich bezweifle, ob das Reich kämpfen würde, um dieses System zu behalten. Glaub mir, Tatooine ist ein Riesenklumpen ohne Wert.«

Bevor Luke antworten konnte, drängte sein Publikum zurück in die Station. Fixer hatte den Arm um Camie gelegt, und die beiden lachten leise über Lukes Albernheit. Selbst Deak und Windy murmelten miteinander – über ihn, das stand für Luke fest.

Er folgte ihnen, aber nicht ohne einen letzten Blick hinauf zu den fernen Punkten. Etwas, das sie ihm nicht ausreden konnten, waren die Lichtblitze, die er zwischen den beiden Schiffen gesehen hatte. Sie rührten nicht davon her, daß die Sonnen Tatooines sich auf Metall gespiegelt hatten.

Die Fessel, mit der die Hände des Mädchens hinter ihrem Rücken festgehalten wurden, war primitiv, aber wirksam. Die ständige Aufmerksamkeit, mit welcher der Trupp schwerbewaffneter Soldaten sie beobachtete, mochte bei einem einzigen kleinen, weiblichen Wesen unangebracht scheinen, aber es hing das Leben der Soldaten davon ab, sie sicher abzuliefern.

Als sie absichtlich langsamer ging, zeigte sich, daß ihre Bewacher sich nichts dabei dachten, sie ein bißchen zu mißhandeln. Eine der gepanzerten Gestalten stieß sie brutal in den Rücken, so daß sie beinahe stürzte. Sie drehte sich um und warf dem Peiniger einen bösartigen Blick zu, konnte aber nicht beurteilen, ob er eine Wirkung hatte, da das Gesicht des Mannes durch den Panzerhelm völlig verborgen war.

Die Halle, in die sie schließlich hinaustraten, rauchte an den Rändern der schwelenden Öffnung, die in den Rumpf gesprengt worden war, immer noch. Man hatte einen tragbaren Zugang luftdicht anmontiert, und am anderen Ende des Tunnels, der den Raum zwischen Rebellenschiff und Kreuzer überbrückte, zeigte sich ein Kranz von Lichtern. Ein Schatten huschte über sie hinweg, als sie sich abwandte, und erschreckte sie trotz ihrer gewöhnlich unerschütterlichen Selbstbeherrschung.

Über ihr ragte die drohende, massige Gestalt Darth Vaders auf, mit roten Augen, die hinter der grausigen Atemmaske glühten. In ihrer glatten Wange zuckte ein Muskel, aber sonst verriet das Mädchen keine Reaktion. Auch schwankte ihre Stimme nicht im mindesten.

»Darth Vader... das hätte ich mir denken können. Nur Sie können so kühn und so dumm sein. Nun, der Kaiserliche Senat wird das nicht einfach hinnehmen. Wenn man erfährt, daß Sie einen Angriff auf eine diplomatische Miss-«

»Senatorin Leia Organa«, brummte Vader halblaut, aber doch kräftig genug, um ihre Proteste zu übertönen. Sein Vergnügen darüber, sie gefunden zu haben, zeigte sich daran, wie er jede Silbe auf der Zunge zergehen ließ. »Treiben Sie keine Spiele mit mir, Hoheit«, fuhr er drohend fort. »Diesmal sind Sie nicht in einer Hilfsmission unterwegs. Sie sind direkt durch ein Sperrsystem geflogen, haben zahlreiche Warnungen mißachtet und die Anweisung, beizudrehen, rundweg ignoriert – bis es nicht mehr darauf ankam.« Der riesige Metallschädel beugte sich nah heran. »Ich weiß, daß durch Spione in diesem System mehrere Botschaften an dieses Raumfahrzeug gesendet wurden. Als wir die Sendungen zu den Personen zurückverfolgten, von denen sie stammten, besaßen diese den geringen Anstand, sich umzubringen, bevor sie verhört werden konnten. Ich will wissen, was mit den Daten geschehen ist, die man Ihnen geschickt hat.«

Weder Vaders Worte noch seine bedrohliche Gegenwart schienen Eindruck auf das Mädchen zu machen. »Ich weiß nicht, was Sie da plappern«, fauchte sie und wandte den Blick ab. »Ich bin Mitglied des Senats und in diplomatischer Mission unterwegs –«

»Zu Ihrem Teil der Rebellen-Allianz«, beschuldigte Vader sie. »Sie sind außerdem eine Verräterin.« Sein Blick richtete sich auf einen neben ihm stehenden Offizier. »Führt sie ab.«

Es gelang ihr, ihn anzuspucken, und der Speichel zischte auf der noch heißen Kampfpanzerung. Er wischte ihn wortlos ab und beobachtete sie interessiert, als sie durch den Zugang in den Kreuzer geführt wurde.

Ein hochgewachsener, schlanker Soldat mit dem Abzeichen eines Kaiserlichen Commanders lenkte Vaders Aufmerksamkeit auf sich, als er auf ihn zutrat.

»Sie festzuhalten ist gefährlich«, meinte er und sah ihr ebenfalls nach, als sie zum Kreuzer begleitet wurde. »Wenn das bekannt wird, gibt es im Senat große Unruhe. Das erzeugt Sympathie für die Rebellen.« Der Commander sah auf zu dem unergründlichen Metallgesicht und fügte beiläufig hinzu: »Sie sollte auf der Stelle vernichtet werden.«

»Nein. Meine erste Pflicht besteht darin, die geheime Festung dieser Leute zu finden«, erwiderte Vader ruhig. »Alle Rebellen-Spione sind eliminiert – durch unsere Hand oder durch ihre eigene. Deshalb ist sie jetzt mein einziger Schlüssel zu der Festung. Ich gedenke das voll zu nützen. Notfalls wird sie das nicht überstehen – aber ich *werde* erfahren, wo der Stützpunkt der Rebellen ist.«

Der Commander spitzte die Lippen, schüttelte ein wenig den Kopf, vielleicht voll Mitgefühl, als er der Frau nachsah.

»Sie wird sterben, bevor sie Ihnen irgend etwas verrät.«

»Überlassen Sie das mir«, erwiderte Vader mit eisiger Sicherheit. »Senden Sie ein Allfrequenz-Notsignal. Deuten Sie an, daß das Schiff der Senatorin unerwartet einem Meteoritenhaufen begegnet ist, dem es nicht ausweichen konnte. Messungen zeigen, daß die Verschiebungs-Abschirmungen überfordert wurden und das Schiff ein Leck erlitt, bei dem fünfundneunzig Prozent der Atmosphäre entwichen. Teilen Sie ihrem Vater und dem Senat mit, daß alle an Bord befindlichen Personen getötet wurden.«

Ein Trupp müde aussehender Soldaten marschierte entschlossen auf ihren Commander und den Schwarzen Lord zu. Vader sah die Leute erwartungsvoll an.

»Die bewußten Datenbänder sind nicht an Bord. In den Speichern des Schiffes befindet sich keine Information von Wert, und es gibt keine Hinweise auf eine Löschung«, meldete der Offizier mit monotoner Stimme. »Von dem Zeitpunkt an, zu dem wir in Kontakt gekommen sind, wurde auch vom Schiff aus nicht mehr gesendet. Während der Kämpfe ist eine defekte Rettungsbootkapsel abgestoßen worden, aber zum fraglichen Zeitpunkt wurde bestätigt, daß sich keine Lebensformen an Bord befunden haben.«

Vader wirkte nachdenklich.

»Es *könnte* eine defekte Kapsel gewesen sein«, meinte er sinnend, »aber sie könnte auch die Bänder enthalten haben. Magnetbänder sind keine Lebensformen. Nach aller Wahrscheinlichkeit würde ein Eingeborener, der sie findet, von ihrer Bedeutung nichts ahnen und sie vermutlich für den eigenen Gebrauch löschen. Trotzdem... Schicken Sie eine Abteilung hinunter, die die Bänder holen oder sich vergewissern soll, daß sie nicht in der Kapsel sind«, befahl er schließlich dem Commander und dem aufmerksamen Offizier. »Verhalten Sie sich möglichst unauffällig. Es besteht keine Notwendigkeit, Aufmerksamkeit zu erregen, auch nicht auf dieser armseligen Vorpostenwelt.«

Als der Offizier mit den Soldaten abmarschierte, wandte Vader sich wieder dem Commander zu.

»Zerblasen Sie dieses Schiff – wir wollen keinerlei Spuren hinterlassen. Was die Kapsel angeht, so kann ich mich nicht auf das Risiko einlassen, daß es sich um einen simplen Defekt gehandelt hat. Die Daten, die sie vielleicht enthält, könnten sich als zu schädlich erweisen. Kümmern Sie sich persönlich darum, Commander. Wenn diese Datenbänder existieren, müssen sie um jeden Preis beschafft oder vernichtet werden.« Dann fügte er befriedigt hinzu: »Wenn das getan ist, und mit der Senatorin in unseren Händen, werden wir das Ende dieser absurden Rebellion erleben.«

»Es wird geschehen, wie Sie befehlen, Lord Vader«, bestätigte der Commander. Die beiden Männer betraten den Zugang zum Kreuzer.

»Was für eine gottverlassene Gegend!«

Threepio drehte sich vorsichtig um und blickte auf die halb im Sand vergrabene Kapsel. Seine inneren Stabilisatoren spürten die Nachwirkungen der rauhen Landung immer noch. Landung! Allein der Gebrauch dieses Ausdrucks schmeichelte seinem beschränkten Begleiter ungebührlich.

Andererseits mußte er wohl noch dankbar dafür sein, daß sie unbeschädigt heruntergekommen waren. Allerdings, so überlegte er, während er die nackte Landschaft betrachtete, war er immer noch nicht sicher, daß sie hier in einer besseren Lage waren, als wenn sie in dem gekaperten Schiff geblieben wären. Hohe Sandstein-Bergebenen beherrschten den Horizont an einer Seite. In jeder anderen Richtung sah man nur endlose Reihen von Wanderdünen, die sich wie lange, gelbe Zähne Kilometer um Kilometer in die Ferne erstreckten. Das Sandmeer ging in den Himmelsglast über, bis man nicht mehr zu unterscheiden vermochte, wo das eine begann und das andere aufhörte.

Eine dünne Wolke winziger Staubteilchen erhob sich hinter ihnen, als die beiden Roboter von der Kapsel fortmarschierten. Das Fahrzeug, dessen Funktion voll erfüllt war, hatte nun keinen Nutzen mehr. Keiner der beiden Roboter war aber für Fortbewegung zu Fuß in dieser Art Gelände konstruiert, so daß sie sich mühsam vorankämpfen mußten.

»Wir scheinen zum Leiden geschaffen zu sein«, stöhnte Threepio voller Selbstmitleid. »Ein elendes Dasein.« In seinem rechten Bein quietschte etwas, und er zuckte zusammen. »Ich muß rasten, bevor ich auseinanderfalle. Mein Inneres hat sich von dem Absturz, den du eine Landung nennst, noch nicht erholt.«

Er blieb stehen, aber Artoo nicht. Der kleine Automat hatte eine scharfe Wendung vollführt und watschelte nun langsam, aber beharrlich auf den nächsten Vorsprung des Tafellands zu.

»He!« schrie Threepio. Artoo beachtete den Zuruf nicht und marschierte weiter. »Wo willst du denn eigentlich hin?«

Nun blieb Artoo stehen und gab einen Strom elektronischer Erläuterungen von sich, während Threepio erschöpft zu ihm ging.

»Na, in diese Richtung gehe ich jedenfalls nicht«, sagte Threepio, als Artoo mit seiner Erklärung fertig war. »Das ist zu felsig.« Er wies in die Richtung, die sie vorher eingeschlagen hatten, schräg an den Felsen vorbei. »Dieser Weg ist viel leichter.« Eine Metallhand tat das Tafelland mit einer Geste ab. »Wie kommst du überhaupt darauf, daß es da Siedlungen geben könnte?«

Ein langanhaltendes Pfeifen drang aus Artoos Innerem.

»Komm mir nicht technisch«, warnte Threepio. »Von deinen Entscheidungen habe ich langsam genug.«

Artoo piepte einmal kurz.

»Na gut, geh du deinen Weg«, verkündete Threepio wütend. »Im Lauf eines Tages bist du durch und durch voller Sand, du kurzsichtiger Schrotthaufen.« Er gab dem Artoo-Gerät einen verächtlichen Stoß, daß der kleine Roboter eine Düne hinunterpurzelte. Als er sich unten mühte, wieder auf die Beine zu kommen, schritt Threepio auf den verschwommenen, gleißenden Horizont zu und warf einen Blick über die Schulter. »Laß dich ja nicht dabei erwischen, daß du mir folgst und mich um Hilfe anflehst«, sagte er warnend, »denn du bekommst keine.«

Unter dem Dünenkamm richtete sich Artoo auf. Er machte eine kurze Pause, um sein einziges Elektronenauge mit einem Hilfsarm zu säubern, dann stieß er einen schrillen, elektronischen Laut aus, der fast, wenn auch nicht gänzlich, eine menschliche Zornesäußerung war.

Mehrere Stunden später mühte sich Threepio, dessen Innenthermostat überlastet und der Abschaltung gefährlich nahe war, angestrengt die Steigung der hochragenden Düne hinauf, von der er hoffte, daß sie die allerletzte sei. In der Nähe bildeten Säulen und Strebepfeiler aus gebleichtem Kalzium, die Gebeine irgendeines riesigen Tieres, ein düsteres Merkzeichen. Threepio erreichte den Dünenkamm und blickte sorgenvoll nach vorn. Statt des erhofften Grüns menschlicher Zivilisation sah er nur einige Dutzend weiterer Dünen, die in Form und Verheißung denjenigen, die er eben erstiegen hatte, völlig glichen.

Threepio drehte sich um und schaute zurück nach dem jetzt weit entfernten Felsplateau, das durch Entfernung und Hitzeverzerrung zu verschwimmen begann.

»Du halb defekter kleiner Trottel«, murmelte er, selbst jetzt nicht fähig, sich einzugestehen, daß das Artoo-Gerät unter Umständen vielleicht doch recht gehabt haben könnte. »Das ist alles deine Schuld. Du hast mich durch einen Trick dazu gebracht, diesen Weg zu nehmen, aber dir wird es nicht besser gehen.«

Ihm aber auch nicht, wenn er nicht weitermarschierte. Er machte einen Schritt nach vorn und hörte in einem Beingelenk etwas dumpf knirschen. Er setzte sich voll elektronischer Angst und begann Sand aus seinen verkrusteten Gelenken zu picken.

Er konnte auf diesem Weg weitergehen, sagte er sich. Oder er konnte sich einen Fehler eingestehen und versuchen, Artoo Detoo wieder einzuholen. Beides behagte ihm wenig.

Aber es gab eine dritte Möglichkeit. Er konnte hier sitzenbleiben, schimmernd im Sonnenlicht, bis seine Gelenke sperrten, seine Innenteile sich überhitzten und die Ultraviolettstrahlung seine Photorezeptoren verbrannte. Er würde so ein weiteres Monument für die zerstörerische Kraft des Doppelsterns werden, wie der riesige Organismus, dessen abgenagte Überreste er eben gesehen hatte.

Schon ließen seine Rezeptoren in der Leistung nach. Plötzlich schien ihm, als sähe er in der Ferne etwas, das sich bewegte. Wahrscheinlich die Verzerrung durch die Hitze. Nein – es war eindeutig Licht auf Metall, und es bewegte sich auf ihn zu. Jähe Hoffnung regte sich in ihm. Ohne die Warnungen seines beschädigten Beins zu beachten, stand er auf und winkte wild.

Es war, wie er jetzt sah, ganz klar ein Fahrzeug, wenn auch eines ihm unbekannten Typs.

In seiner Aufregung kam er nicht auf die Möglichkeit, daß es nicht-menschlichen Ursprungs sein mochte.

»Ich schaltete also den Antrieb ab und die Nachbrenner aus und schoß auf Deaks Heck hinab«, schloß Luke, wild mit den Armen wedelnd. Er und Biggs gingen im Schatten vor der Energiestation hin und her. Aus dem Inneren drang das Klirren bearbeiteten Metalls, wo Fixer sich endlich seinem Robotergehilfen zu Reparaturarbeiten angeschlossen hatte.

»Ich war ihm so nah«, fuhr Luke aufgeregt fort, »daß ich schon dachte, meine Instrumente würden verbrennen. Tatsächlich habe ich den Himmelhüpfer auch ganz schön demoliert.« Er runzelte bei der Erinnerung die Stirn. »Onkel Owen regte sich mächtig auf. Für den Rest der Saison bekam ich Flugverbot.« Lukes Bedrükkung hielt nur kurz an. Die Erinnerung an seine Tat überwand das Unmoralische daran. »Du hättest dabeisein sollen, Biggs!«

»Du solltest dich ein bißchen mehr zurückhalten«, warnte sein Freund. »Du magst ja der tollste Buschpilot auf dieser Seite von Mos Eisley sein, Luke, aber die kleinen Himmelhüpfer können gefährlich sein. Für Troposphärenfahrzeuge sind sie verdammt schnell – schneller, als sie sein müßten. Spiel da weiter den Motorjockey und eines Tages – wumm!« Er knallte die Faust in seine Handfläche. »Dann bist du nicht mehr als ein dunkler Fleck an der feuchten Seite einer Schluchtwand.«

»Das mußt *du* sagen«, meinte Luke. »Seitdem du auf ein paar großen, automatisierten Sternschiffen gewesen bist, hörst du dich fast an wie mein Onkel. In den Großstädten bist du weich geworden.« Er holte mit der Faust aus, aber Biggs blockte geschickt ab und tat so, als wolle er zurückschlagen. Biggs' lässige Überheblichkeit verwandelte sich in Herzlichkeit.

»Du hast mir gefehlt, Kleiner.«

»Seit du fort warst, ist es auch nicht mehr so gewesen wie früher, Biggs. Es war so –« Luke suchte nach dem passenden Wort und sagte schließlich hilflos: »– so *still.*« Sein Blick glitt über die sandigen, verlassenen Straßen von Anchorhead. »Es ist eigentlich immer still gewesen.«

Biggs blieb stumm und dachte nach. Er schaute sich um. Sie waren allein hier draußen. Alle anderen waren zurückgegangen in die vergleichsweise kühle Station. Als Biggs sich vorbeugte, vernahm Luke eine ungewohnte Feierlichkeit im Tonfall seines Freundes.

»Luke, ich bin nicht einfach zurückgekommen, um mich zu verabschieden oder mich vor allen zu brüsten, weil ich die Akademie geschafft habe.« Wieder schien er zu zögern, dann stieß er schnell hervor, als wolle er dafür sorgen, daß er die Worte nicht mehr zurücknehmen konnte: »Aber ich möchte, daß es jemand weiß. Meinen Eltern kann ich es nicht sagen.«

Luke gaffte Biggs an und schluckte.

»Daß jemand was weiß? Wovon redest du?«

»Ich rede von den Dingen, über die in der Akademie gesprochen worden ist – und anderswo, Luke. Wichtige Dinge. Ich habe neue Freunde gefunden, von außerhalb des Systems. Wir waren uns einig darüber, wie gewisse Dinge sich entwickeln, und –« er senkte verschwörerisch die Stimme – »wenn wir eines der Systeme an der Peripherie erreichen, wollen wir von Bord gehen und uns der Allianz anschließen.«

Luke starrte seinen Freund an und versuchte sich Biggs – den lustigen, sorglosen, nur ans Heute denkenden Biggs – als einen von Rebellenfieber erfüllten Patrioten vorzustellen.

»Du willst dich der Rebellion anschließen?« sagte er. »Das muß ein Witz sein. Wie denn?«

»Leise, Mensch, ja!« zischte Biggs und schaute sich verstohlen nach der Station um. »Brüll nicht so!«

»Entschuldige«, flüsterte Luke. »Ich hör' nur noch zu. Los, erzähle!«

Biggs fuhr fort: »Ein Freund von mir in der Akademie hat einen Kameraden auf Bestine, der vielleicht dafür sorgen kann, daß wir Verbindung mit einer bewaffneten Rebelleneinheit bekommen.«

»Ein Freund von einem – du bist verrückt«, erklärte Luke voll Überzeugung, gewiß, daß sein Kumpel den Verstand verloren hatte. »Du könntest eine Ewigkeit herumwandern, auf der Suche nach einem echten Rebellen-Vorposten. Die meisten sind nur Legenden. Dieser Freund von einem Freund könnte ein kaiserlicher Agent sein. Du würdest auf Kessel landen, oder dort, wo es noch schlimmer ist. Wenn Rebellen-Vorposten so leicht zu finden wären, hätte das Imperium sie schon vor Jahren vernichtet.«

»Ich weiß, daß die Aussicht gering ist«, gab Biggs widerstrebend zu. »Wenn ich keine Verbindung bekomme, dann« – ein seltsames Licht glänzte in Biggs' Augen auf, zusammengesetzt aus neuerworbener Reife und... etwas anderem – »tue ich auf eigene Faust, was ich kann.« Er sah seinen Freund durchdringend an. »Luke, ich warte nicht ab, bis das Imperium mich zum Dienst in seinen Streitkräften verpflichtet. Trotz allem, was man über die amtlichen Informationskanäle hört, wächst die Rebellion und breitet sich aus. Und ich möchte auf der richtigen Seite stehen – auf der Seite, an die ich glaube.« Seine Stimme veränderte sich unangenehm, und Luke fragte sich, was Biggs vor seinem inneren Auge sah. »Du hättest etwas von den Geschichten hören sollen, die ich gehört habe, Luke, etwas von den Greueln, von denen ich erfahren habe. Das Imperium mag einmal großartig und wunderbar gewesen sein, aber die Leute, die jetzt bestimmen –« Er schüttelte heftig den Kopf. »Verrottet, Luke, völlig verrottet.«

»Und ich kann überhaupt nichts tun«, murmelte Luke. »Ich sitze hier fest.« Er stieß den Fuß in den allgegenwärtigen Sand von Anchorhead.

»Ich dachte, du gehst bald auf die Akademie?« meinte Biggs.

»Wohl kaum. Ich mußte meinen Aufnahmeantrag zurückziehen.« Luke sah zur Seite, unfähig, den ungläubigen Blick seines Freundes zu erwidern. »Ich mußte. Unter den Sandleuten hat es sehr viel Unruhe gegeben, seit du weggegangen bist, Biggs. Sie haben sogar die Außenbezirke von Anchorhead überfallen.«

Biggs schüttelte den Kopf.

»Dein Onkel kann eine ganze Kolonie von Angreifern mit einem einzigen Strahler aufhalten.«

»Vom Haus aus, sicher«, gab Luke zu, »aber Onkel Owen hat endlich genug Verdunster installiert und in Betrieb, so daß die Farm ordentlichen Gewinn bringt. Er kann das ganze Land jedoch nicht allein verteidigen, und er sagt, er braucht mich noch ein Jahr. Ich kann ihn jetzt nicht im Stich lassen.«

Biggs seufzte mitfühlend.

»Dann verstehe ich, wir dir zumute ist, Luke. Eines Tages wirst du aber lernen müssen, das, was wichtig zu sein scheint, von dem zu trennen, was wirklich wichtig ist.« Er machte eine ausholende Bewegung. »Was nützt die ganze Arbeit deines Onkels, wenn das Imperium alles übernimmt? Ich habe gehört, daß man anfängt, in allen Außensystemen den Handel zu verstaatlichen. Es wird nicht lange dauern, bis dein Onkel und alle anderen Leute auf Tatooine nur noch Pächter sind, die zum größeren Ruhm des Imperiums Sklavenarbeit verrichten müssen.«

»Hier kann das nicht passieren«, widersprach Luke mit einer Zuversicht, die er so nicht empfand. »Du hast es selbst gesagt – das Imperium wird sich mit diesem Felsklumpen nicht abgeben.«

»Die Dinge ändern sich, Luke. Nur die Drohung der Rebellion hält viele Machthaber davor zurück, gewisse Dinge zu tun. Wenn diese Drohung gänzlich beseitigt wird – nun, es existieren zwei

Dinge, die zu befriedigen den Menschen nie gelungen ist: ihre Neugier und ihre Habgier. Es gibt noch viel, worauf die hohen Bürokraten des Imperiums neugierig sind.«

Sie schwiegen. Eine Sandhose glitt in lautloser Majestät über die Straße, brach an einer Mauer in sich zusammen und schickte neugeborene Kleinzephire in alle Richtungen.

»Wenn ich nur mit dir gehen könnte«, murmelte Luke schließlich. Er hob den Kopf. »Bleibst du länger hier?«

»Nein. Um genau zu sein, ich muß schon morgen weg, um die ›Ecliptic‹ zu erreichen.«

»Dann schätze ich... werde ich dich nicht wiedersehen.«

»Eines Tages, vielleicht«, sagte Biggs. Sein Gesicht hellte sich auf und zeigte das entwaffnende Grinsen. »Ich werde Ausschau nach dir halten, Wundertier. Und inzwischen gib dir Mühe, keine Schluchtwände zu rammen.«

»Ich bin im nächsten Jahr auf der Akademie«, sagte Luke nachdrücklich, mehr, um sich selbst aufzumuntern. »Wer weiß, wo ich danach lande?« Seine Stimme klang entschlossen. »In die Sternflotte lasse ich mich nicht verpflichten, das steht fest. Paß auf dich auf. Du... wirst immer mein bester Freund sein.« Ein Händedruck war nicht nötig. Darüber waren die beiden längst hinaus.

»Dann adieu, Luke«, sagte Biggs schlicht.

Luke sah ihn durch die Tür verschwinden, und seine Gedanken waren so chaotisch und turbulent wie einer von Tatooines spontan entstehenden Staubstürmen.

Es gab eine große Anzahl ausgefallener Merkmale, mit denen Tatooines Oberfläche einzigartig versehen war. Herausragend unter ihnen waren die rätselhaften Nebel, die sich regelmäßig an den Stellen aus dem Boden erhoben, wo Wüstensand an unnachgiebige Hochebenen und Felsen grenzte.

Nebel in einer dampfenden Wüste schien so fehl am Platz zu sein wie Kakteen auf einem Gletscher, aber vorhanden war er trotzdem. Meteorologen und Geologen stritten untereinander über seinen Ursprung und murmelten kaum glaubhafte Theorien über Wasser, das in Sandsteinadern unter dem Sand ruhe, und unbegreifliche chemische Reaktionen, die das Wasser zum Steigen veranlaßten, wenn der Boden sich abkühlte, bevor es beim Aufgang der Doppelsonne wieder hinabsank. Das Ganze war sehr rückständig und sehr wirklich.

Jedoch störten weder der Nebel noch die fremdartigen Stöhnlaute nächtlicher Wüstenbewohner Artoo Detoo, als er vorsichtig den steinigen, trockenen Flußlauf hinaufstieg, auf der Suche nach dem leichtesten Weg zur Höhe des Tafellands. Seine quadratischen, breiten Fußplatten klickten laut im abendlichen Licht, als aus dem Sand am Boden langsam Kies wurde.

Er blieb einen Augenblick stehen. Er schien vor sich ein Geräusch gehört zu haben – wie Metall auf Gestein, statt Stein auf Stein. Das Geräusch wiederholte sich jedoch nicht, und er setzte seinen wackelnden Aufstieg eilig fort.

Oben in der Rinne, zu hoch, um von unten gesehen zu werden, löste sich ein Stein aus der Felswand. Die winzige Gestalt, die ihn aus Versehen losgetreten hatte, huschte wie eine Maus zurück in den Schatten. Zwei glühende Lichtpunkte zeigten sich einen Meter von der sich verengenden Schluchtwand unter übereinanderfallenden Falten braunen Kapuzenstoffs.

Nur die Reaktion des ahnungslosen Roboters zeigte das Vorhandensein des pfeifenden Strahls an, als er ihn traf. Einen Augenblick lang flimmerte Artoo Detoo unheimlich im verblassenden Licht. Ein abgehacktes, elektronisches Quietschen ertönte, dann verlor die Dreinbeinstütze das Gleichgewicht, und der kleine Automat kippte auf den Rücken, während die Lampen an der Vorderseite durch die Wirkung des lähmenden Strahls unregelmäßig blinkten.

Drei Karikaturen von Menschen huschten hinter tarnenden Felsblöcken hervor. Ihre Bewegungen glichen eher denen von Nagetieren als von Menschen, und die Wesen waren nur wenig größer als Artoo. Als sie sahen, daß der eine Strahl entnervender Energie den Roboter gelähmt hatte, steckten sie ihre sonderbaren Waffen ein. Trotzdem näherten sie sich der bewegungslosen Maschine vorsichtig, mit dem Zittern erblich belasteter Feiglinge.

Ihre Umhänge trugen eine dicke Schicht Staub und Sand. Ungesunde rötlichgelbe Pupillen glühten katzenartig aus den Tiefen ihrer Kapuzen, als sie ihren Gefangenen betrachteten. Die Jawas verständigten sich mit tiefen, kehligen Krächzlauten und wirren Entsprechungen menschlicher Sprache. Wenn sie, wie Anthropologen behaupteten, je menschlich gewesen waren, so hatten sie sich inzwischen längst auf entartete Weise über alles hinausentwickelt, was menschenähnlich war.

Noch mehr Jawas tauchten auf. Gemeinsam gelang es ihnen, den Roboter durch das vertrocknete Flußbett hinabzuschleppen und -zuzerren.

Am Grund der Schlucht stand wie ein gigantisches prähistorisches Tier – ein Sandraupenschlepper, so riesig, wie seine Besitzer und Lenker winzig waren. Mehrere Dutzend Meter hoch, ragte das Fahrzeug über den Boden auf Vielfachketten empor, die größer waren als ein hochgewachsener Mann. Die Metallhaut war von unzähligen Sandstürmen zerschrammt und zernarbt.

Als die Jawas den Raupenschlepper erreichten, schnatterten sie wieder miteinander. Artoo Detoo konnte sie hören, vermochte aber kein Wort zu verstehen. Sein Versagen brauchte ihm nicht peinlich zu sein. Wenn Jawas es wünschten, konnten nur sie andere Jawas verstehen und umgekehrt, denn sie gebrauchten eine willkürlich zu verändernde Sprache, die Linguisten zur Verzweiflung brachte.

Einer von ihnen nahm eine kleine Scheibe aus einem Beutel an seinem Gürtel und klebte sie Artoo an die Seite. Aus dem titanenhaften Fahrzeug ragte seitlich ein großes Rohr heraus. Sie rollten ihn dorthin, und der kleine Roboter wurde ins Innere des Sandraupenschleppers gesaugt wie eine Erbse durch einen Strohhalm. Als dieser Teil der Arbeit bewältigt war, verfielen die Jawas wieder in lautes Geschnatter, worauf sie über Rohre und Leitern in den Schlepper hasteten, ganz so wie ein Rudel Mäuse, das in seine Löcher zurückkehrt.

Das Saugrohr beförderte Artoo nicht gerade sanft in ein Abteil. Zusätzlich zu verschiedenen Stapeln zerbrochener Instrumente und Haufen von Schrott bevölkerte ein gutes Dutzend Roboter unterschiedlicher Form und Größe das Gefängnis. Einige waren in elektronischer Unterhaltung begriffen. Andere tappten ziellos herum. Als Artoo in die Kammer purzelte, entrang sich jedoch einer Stimme ein überraschter Ausruf.

»Artoo Detoo – du bist es, du bist es!« rief ein erregter Threepio aus dem Halbdunkel. Er zwängte sich zu dem noch immer regungslosen Reparaturgerät durch und umarmte es auf höchst unmechanische Weise. Threepio entdeckte die kleine Scheibe an Artoos Rumpf und richtete den Blick nachdenklich auf seinen eigenen Brustkorb, wo eine gleichartige Scheibe angebracht war.

Massive, schlecht geschmierte Getriebe setzten sich in Bewegung. Mit Knirschen und Knarren drehte sich der Riesenschlepper und schwankte in die Wüstennacht hinaus.

3

Der polierte Konferenztisch war so seelenlos und unnachgiebig wie die Stimmung der acht Imperial-Senatoren und Offiziere, die daran Platz genommen hatten. Soldaten des Kaisers hielten Wache am Eingang zum Saal, der spartanisch eingerichtet und von Lampen auf dem Tisch und an den Wänden beleuchtet war. Einer der Jüngsten der Acht hatte das Wort. Er zeigte die Haltung eines Menschen, der mit Methoden, die am besten nicht näher untersucht wurden, schnell hochgestiegen war. General Tagge besaß wirklich eine pervertiert-geniale Begabung, aber es lag nur zum Teil an dieser Fähigkeit, daß er seine jetzige hohe Stellung erreicht hatte. Andere Talente hatten sich als ebenso wirkungsvoll erwiesen.

Obwohl seine Uniform so gut saß und sein Körper so sauber war wie der aller anderen im Raum, zeigte keiner der sieben Neigung, ihn zu berühren. Eine gewisse Schleimigkeit haftete auffällig an ihm. Trotzdem achteten ihn viele. Oder fürchteten ihn.

»Ich sage Ihnen, diesmal ist er zu weit gegangen«, betonte der General nachdrücklich. »Dieser Sith-Lord, der uns auf Drängen des Kaisers aufgebürdet wurde, wird unser Ruin sein. Bis die Kampfstation voll in Betrieb ist, bleiben wir verwundbar.

Manche von Ihnen scheinen immer noch nicht zu begreifen, wie gut ausgerüstet und organisiert die Rebellen-Allianz ist. Ihre Raumfahrzeuge sind hervorragend, ihre Piloten noch besser. Und sie werden angetrieben von etwas Mächtigerem als bloßen Maschinen: von ihrem perversen, reaktionären Fanatismus. Sie sind gefährlicher, als die meisten von Ihnen begreifen.«

Ein älterer Offizier mit so tief gefurchten Narben, daß selbst die beste kosmetische Chirurgie sie nicht hatte völlig beseitigen können, bewegte sich nervös auf seinem Stuhl.

»Gefährlich für Ihre Sternflotte, General Tagge, aber nicht für diese Kampfstation.« Welke Augen blickten von Mann zu Mann. »Ich bin der Meinung, Lord Vader weiß, was er tut. Die Rebellion wird nur so lange anhalten, wie diese Feiglinge einen Schlupfwinkel besitzen, einen Ort, wo ihre Piloten sich erholen und ihre Maschinen repariert werden können.«

»Ich erlaube mir, anderer Meinung zu sein, Romodi«, widersprach Tagge. »Ich glaube, die Errichtung dieser Station hat mehr mit Gouverneur Tarkins Anspruch auf persönliche Macht und Anerkennung zu tun als mit irgendeiner zu rechtfertigenden militärischen Strategie. Die Rebellen werden innerhalb des Senats fortfahren, ihren Anhang zu vermehren, solange –« Das Geräusch der sich öffnenden Tür und das Strammstehen der Wachen unterbrach ihn. Er drehte den Kopf wie alle anderen.

Zwei Personen betraten den Sitzungssaal, äußerlich so verschieden, wie in ihren Zielen einig. Der eine war ein hagerer Mann mit scharfgeschnittenem Gesicht und dem Ausdruck eines regungslosen Pirayas. Es war der Groß-Moff Tarkin, Gouverneur zahlreicher abgelegener Territorien des Imperiums. Er erschien neben der breiten, gepanzerten Massivgestalt von Lord Darth Vader wie ein Zwerg.

Tagge, uneingeschüchtert, aber zahmer, setzte sich langsam, als Tarkin seinen Platz am Ende des Konferenztisches einnahm. Vader stand neben ihm, eine beherrschende Figur hinter dem Stuhl des Gouverneurs. Tarkin starrte Tagge eine ganze Minute an, dann wandte er sich ab, als habe er nichts gesehen. Tagge kochte innerlich, blieb aber stumm.

Während Tarkin seinen Blick um den Tisch kreisen ließ, lag ein hauchdünnes Lächeln der Befriedigung wie erstarrt auf seinen Zügen.

»Der Senat des Imperiums wird uns künftig nicht mehr beschäftigen, meine Herren. Ich habe eben die Nachricht erhalten, daß der Kaiser dieses irregeleitete Gremium aufgelöst hat.«

Ein erstauntes Raunen ging durch die Runde.

»Die letzten Überreste der Alten Republik sind damit endlich weggefegt«, fuhr Tarkin fort.

»Das ist unmöglich«, warf Tagge ein. »Wie will der Kaiser die Kontrolle über die Bürokratie des Imperiums behalten?«

»Die Vertretung durch Senatoren ist nicht für immer beseitigt worden, wohlgemerkt«, erklärte Tarkin. »Sie ist lediglich für die –« er lächelte schief – »Dauer des Notstands abgeschafft. Die Regional-Gouverneure erhalten nun direkte Kontrolle und freie Hand bei der Verwaltung ihrer Territorien. Das bedeutet, daß die Präsenz des Imperiums bei den schwankenden Welten des Reiches endlich richtig zur Geltung gebracht werden kann. Von jetzt an wird die Furcht potentiell verräterische Lokalregierungen zur Linientreue anhalten. Furcht vor der Flotte des Imperiums – und Furcht vor dieser Kampfstation.«

»Und was ist mit der bestehenden Rebellion?« fragte Tagge.

»Wenn es den Rebellen auf irgendeine Weise gelänge, Zugang zu einem vollständigen technischen Plan dieser Kampfstation zu erhalten, bestünde die entfernte Möglichkeit, daß sie eine Schwäche fänden, die sie in bescheidenem Maße ausnützen könnten.« Aus Tarkins Lächeln wurde ein böses Grinsen. »Selbstverständlich wissen wir alle, wie gut bewacht, wie sorgfältig geschützt solche lebenswichtigen Daten sind. Sie könnten auf keinem Weg in die Hände der Rebellen fallen.«

»Die technischen Daten, auf die Sie anspielen«, knurrte Darth Vader zornig, »werden bald wieder in unseren Händen sein. Wenn –«

Tarkin fertigte den Schwarzen Lord ab, etwas, das sonst niemand am Tisch gewagt hätte: »Unwichtig. Jeder Angriff der Rebellen auf diese Station wäre ein selbstmörderisches Unternehmen, selbstmörderisch und nutzlos – ohne Rücksicht auf irgendwelche Informationen, die sie sich beschafft haben mögen. Nach vielen, langen Jahren geheimer Bautätigkeit ist diese Station zur entscheidenden Kraft in diesem Teil des Universums geworden. Die Ereignisse in diesem Bereich der Galaxis werden nicht länger vom Schicksal oder durch Dekret oder durch irgendwelche anderen Faktoren bestimmt, sondern allein durch diese Station!«

Eine große, metallumhüllte Hand rührte sich knapp, und einer der gefüllten Becher auf dem Tisch bewegte sich hinein. Mit mahnendem Unterton sagte der Schwarze Lord: »Seien Sie nicht zu stolz auf dieses technologische Schrecknis, das Sie hervorgebracht haben, Tarkin. Die Fähigkeit, eine Großstadt zu vernichten, eine Welt, ein ganzes System, ist immer noch bedeutungslos, wenn man sie gegen die Macht stellt.«

»›Die Macht‹«, höhnte Tagge. »Versuchen Sie nicht, *uns* mit Ihren Zaubermethoden zu schrecken, Lord Vader. Ihre bedauernswerte Anhänglichkeit an diese uralte Mythologie hat Ihnen nicht geholfen, die gestohlenen Bänder herbeizuzaubern, oder Sie so hellsehend zu machen, daß Sie die versteckte Festung der Rebellen gefunden hätten. Das ist doch einfach lachhaft –« Tagges Augen traten plötzlich aus den Höhlen, und seine Hände krallten sich um seine Kehle, als er beunruhigend blau anlief.

»Ich finde diesen Mangel an Glauben bestürzend«, meinte Vader mit milder Stimme.

»Genug davon«, knurrte Tarkin verärgert. »Vader, geben Sie ihn frei. Diese internen Zänkereien sind nutzlos.«

Vader zuckte gleichgültig die Achseln. Tagge sank in seinem Sessel zusammen und rieb sich die Kehle, ohne den wachsamen Blick von dem schwarzen Riesen abzuwenden.

»Lord Vader wird uns den Ort der Rebellenfestung liefern, bis diese Station für betriebsbereit erklärt wird«, sagte Tarkin. »Sobald er ihn weiß, werden wir uns daran machen, sie völlig zu zerstören und diesem kläglichen Aufstand mit einem blitzschnellen Schlag ein Ende zu machen.«

»Wie der Kaiser es wünscht«, sagte Vader nicht ohne Sarkasmus, »so soll es geschehen.«

Wenn irgendeiner der mächtigen Männer am Tisch Einwände gegen seinen respektlosen Ton hatte, genügte ein Blick auf den malträtierten Tagge, um zu verhindern, daß sie ihnen Ausdruck verliehen.

Das düstere Gefängnis stank nach ranzigem Öl und schalen Schmiermitteln. Es war ein echtes Metallwesen-Totenhaus. Threepio ertrug die bedrückende Atmosphäre, so gut er konnte. Es war ein ständiger Kampf, zu verhindern, von jedem unerwarteten Rumpeln an die Wände oder gegen einen Maschinengenossen geschleudert zu werden.

Um Energie zu sparen – und auch, um den steten Strom von Klagen seines größeren Begleiters zu vermeiden – hatte Artoo Detoo alle Außenfunktionen abgeschaltet. Er lag regungslos in einem Haufen von Altteilen.

»Wird das nie aufhören?« stöhnte Threepio, als wieder ein heftiger Stoß die Insassen der Zelle wild durcheinanderwarf. Er hatte bereits ein halbes Hundert schrecklicher Untergänge kommen sehen und sie wieder beiseitegeschoben. Absolut sicher war er aber, daß ihr schließliches Schicksal sicherlich schlimmer sein würde als alles, was er sich vorstellen konnte.

Dann ereignete sich ganz ohne Vorwarnung etwas noch Beunruhigenderes als selbst der härteste Stoß. Das Heulen des Sandschleppers erstarb, und das Fahrzeug kam zum Stillstand – beinahe wie als Antwort auf Threepios Frage. Ein nervöses Summen erhob sich von den Automaten, die noch über einen Rest von Denkvermögen verfügten, als sie Spekulationen über ihren gegenwärtigen Aufenthalt und ihr vermutliches Schicksal anstellten.

Threepio war wenigstens nicht mehr im ungewissen über seine Gegner und ihre mutmaßlichen Motive. Erfahrenere Gefangene hatten die Natur der quasi-menschlichen mechanischen Wanderer, der Jawas, schon erklärt. Unterwegs in ihren riesigen, fahrbaren Heimfestungen, durchzogen sie die unwirtlichsten Gegenden Tatooines auf der Suche nach wertvollen Mineralen – und ausschlachtbaren Maschinen. Ohne ihre Schutzmäntel und Sandmasken hatte man sie nie gesehen, so daß niemand genau wußte, wie sie aussahen. Man raunte jedoch, daß sie ungewöhnlich häßlich seien. Threepio brauchte nicht erst lange überzeugt zu werden.

Er beugte sich über seinen noch immer bewegungslosen Begleiter und begann den zylindrischen Rumpf kräftig zu schütteln. Am Artoo-Gerät schalteten sich Hautsensoren ein, und die Lichter an der Vorderseite des kleinen Roboters erwachten der Reihe nach.

»Aufwachen, aufwachen«, drängte Threepio. »Wir haben irgendwo angehalten.« Wie bei mehreren der anderen, phantasievolleren Roboter, suchten seine Augen wachsam Metallwände ab, in der Erwartung, jeden Moment werde sich eine Geheimöffnung auftun und ein riesiger, mechanischer Arm werde tastend nach ihm greifen.

»Kein Zweifel, wir sind verloren«, sagte er traurig, als Artoo sich aufrichtete und wieder voll aktiv wurde. »Glaubst du, sie werden uns einschmelzen?« Er schwieg einige Minuten, dann fügte er hinzu: »Was mich so fertigmacht, ist das Warten.«

Schlagartig glitt die gegenüberliegende Wand der Zelle zur Seite, und das blendend weiße Gleißen eines Morgens auf Tatooine flutete zu ihnen herein. Threepios empfindliche Photorezeptoren hatten alle Mühe, sich rechtzeitig anzupassen und schwere Schäden zu verhindern.

Mehrere der abstoßend aussehenden Jawas kletterten gewandt in die Zelle, eingehüllt noch immer in die dicken Gewänder und den Schmutz, die Threepio zuvor bei ihnen beobachtet hatte. Mit Handfeuerwaffen unbekannter Konstruktion stießen sie die Maschinen an. Manche von diesen regten sich nicht mehr, wie Threepio feststellte.

Die Jawas ließen die regungslosen Maschinen unbeachtet und trieben die noch der Bewegung fähigen hinaus, darunter Artoo und Threepio. Die beiden Roboter sahen sich in einer unregelmäßigen Reihe von Automaten.

Threepio schirmte seine Augen gegen das grelle Licht ab und sah, daß sie zu fünft an dem riesigen Sandschlepper standen. Gedanken an eine Flucht kamen ihm nicht. Eine solche Vorstellung war für einen Roboter undenkbar. Um so intelligenter ein Roboter war, desto abstoßender und undenkbarer war dieser Begriff für ihn. Außerdem hätten bei einem Fluchtversuch eingebaute Sensoren den kritischen Defekt der Logik entdeckt und alle Schaltungen in seinem Gehirn zum Schmelzen gebracht.

Statt dessen betrachtete Threepio die kleinen Kuppeln und Verdunster, die das Vorhandensein einer größeren menschlichen Heimstatt unter dem Boden anzeigten. Obwohl er mit dieser Art von Konstruktion nicht vertraut war, deuteten alle Anzeichen auf eine bescheidene, wenn auch isolierte Siedlung hin. Gedanken daran, zur Gewinnung von Ersatzteilen zerstückelt zu werden oder in einem glühend heißen Bergwerk Sklavenarbeit verrichten zu müssen, verblaßten langsam. Im gleichen Maße besserte sich seine Stimmung.

»Vielleicht wird es doch nicht so schlimm werden«, murmelte er hoffnungsvoll. »Wenn wir dieses zweibeinige Ungeziefer dazu bringen können, uns hier abzuladen, können wir vielleicht auch wieder in vernünftigen menschlichen Dienst treten, statt zu Schlacke eingeschmolzen zu werden.«

Artoos einzige Antwort war ein unverbindliches Zirpen. Die beiden Maschinen verstummten, als die Jawas anfingen, um sie herumzuhuschen, bemüht, eine arme Maschine mit arg verbogenem Rückgrat aufzurichten, eine Beule oder Schramme mit Flüssigkeit und Staub zu verdecken.

Während zwei Jawas sich um seine sandverkrustete Haut bemühten, kämpfte Threepio darum, einen Ausdruck des Ekels zu unterdrücken. Eine seiner vielen menschlich-analogen Funktionen war die Fähigkeit, auf unangenehme Gerüche natürlich zu reagieren. Anscheinend war Hygiene bei den Jawas unbekannt. Aber er war überzeugt davon, daß es nichts Gutes bringen würde, wenn man sie darauf hinwies.

Kleine Insekten schwebten in Schwärmen um die Gesichter der Jawas, die sie aber nicht beachteten. Offenbar betrachtete man die kleinen Pestwolken einfach als ein weiteres Anhängsel, wie einen zusätzlichen Arm oder ein Bein.

Threepio war in diese Beobachtung so vertieft, daß er die beiden Gestalten nicht bemerkte, die von der größten Kuppel her auf sie zugingen. Artoo mußte ihn anstoßen, bevor er aufsah.

Der erste Mann zeigte einen Ausdruck grimmiger, beinahe immerwährender Erschöpfung, der ihm von zu vielen Jahren Auseinandersetzung mit einer feindlichen Umwelt ins Gesicht gemeißelt schien. Sein ergrauendes Haar war zu wirren Strähnen förmlich erstarrt, gleich Gipsspiralen. Staub überzog sein Gesicht, die Kleidung, die Hände und Gedanken. Aber der Körper war noch immer kraftvoll, wenn auch der Geist das nicht mehr war.

Neben dem Ringerkörper seines Onkels vergleichsweise zwergenhaft erscheinend, schritt Luke mit hängenden Schultern im Schatten des Verwandten. Seine jetzige Haltung entsprang weniger einer Erschöpfung als tiefer Bedrücktheit. Er beschäftigte sich mit schweren Gedanken, und mit der Landwirtschaft hatten sie wenig zu tun. Hauptsächlich befaßten sie sich mit dem Rest seines Lebens und der Verpflichtung, die sein bester Freund eingegangen war, bevor er durch den blauen Himmel hindurch vorstieß zu einer rauheren, aber lohnenderen Laufbahn.

Der größere Mann blieb vor der Versammlung stehen und begann mit dem führenden Jawa einen seltsam quietschenden Dialog. Wenn sie es wollten, konnten die Jawas sich auch verständlich machen.

Luke stand dabei und hörte gleichgültig zu. Dann schlurfte er hinter seinem Onkel her, als dieser anfing, die fünf Maschinen zu besichtigen, und nur gelegentlich wieder stehenblieb, um seinem Neffen das eine oder andere Wort zuzurufen. Es fiel Luke schwer, aufzupassen, obwohl er wußte, daß er sich bemühen sollte, etwas zu lernen.

»Luke – oh, Luke!« rief eine Stimme.

Luke wandte sich ab, ging zum Rand des unterirdischen Hofes und schaute hinunter.

Eine Frau mit dem Ausdruck eines verirrten Sperlings arbeitete eifrig zwischen Schmuckpflanzen. Sie sah zu ihm hinauf.

»Vergiß nicht, Owen zu sagen, wenn er einen Dolmetscher kauft, soll er sich vergewissern, daß er Bocce spricht, Luke.«

Luke drehte den Kopf, schaute über die Schulter und betrachtete die zusammengewürfelte Gruppe müder Maschinen.

»Viel Auswahl scheinen wir nicht zu haben«, rief er hinunter, »aber ich erinnere ihn jedenfalls daran.«

Sie nickte ihm zu, und er ging zurück zu seinem Onkel.

Owen Lars hatte sich offenbar schon für einen kleinen Agrikultur-Halbroboter entschieden. Dieser hatte Ähnlichkeit mit Artoo Detoo, nur waren seine vielen Nebenarme mit verschiedenen Funktionen ausgestattet. Auf einen Befehl hin war er aus der Reihe herausgetreten und wackelte hinter Owen und dem vorübergehend schweigsamen Jawa her.

Der Farmer ging bis zum Ende der Reihe und verengte die Augen, als er die sandverschrammte, aber noch immer glänzende Bronzepolitur des hochgewachsenen, menschenähnlichen Threepio sah.

»Ich nehme an, du funktionierst«, sprach Owen Lars den Roboter an. »Kennst du Gebräuche und Etikette?«

»Kenne ich Etikette?« wiederholte Threepio, als der Farmer ihn von oben bis unten betrachtete. Threepio war entschlossen, den Jawa zu beschämen, wenn es darauf ankam, seine Fähigkeiten zu verkaufen. »Kenne ich Etikette! Na, das ist meine Primärfunktion. Außerdem bin ich sehr bewandert –«

»Brauche keinen Etikette-Androiden«, knurrte der Farmer trocken.

»Kann ich Ihnen nicht übelnehmen, Sir«, stimmte Threepio rasch zu. »Völlig meine Meinung. Was könnte in einem Klima wie diesem ein unrentablerer Luxus sein? Für jemanden von Ihren Interessen, Sir, wäre ein Etikette-Android sinnlose Geldverschwendung. Nein, Sir – Vielseitigkeit, das ist mein Metier. See Vee Threepio – ›Vee‹ für Vielseitigkeit – zu Ihren Diensten. Ich bin programmiert für über dreißig Sekundärfunktionen, die nur erfordern ...«

»Ich brauche«, unterbrach ihn der Farmer, herrische Gleichgültigkeit für Threepios noch unaufgezählte Sekundärfunktionen an den Tag legend, »einen Androiden, der etwas von der Binärsprache unabhängig programmierbarer Feuchtigkeitsverdunster versteht.«

»Verdunster! Da haben wir beide Glück«, gab Threepio zurück. »Mein erster nach-primärer Auftrag galt der Programmierung von Binär-Lastenhebern. In Konstruktion und Speicherfunktion Ihren Verdunstern sehr ähnlich. Man könnte beinahe sagen...«

Luke tippte seinem Onkel auf die Schulter und flüsterte ihm etwas ins Ohr. Sein Onkel nickte, dann wandte er sich dem aufmerksamen Threepio wieder zu.

»Sprichst du Bocce?«

»Gewiß, Sir«, erwiderte Threepio zur Abwechslung einmal ehrlich. »Für mich wie eine zweite Sprache. Ich spreche Bocce so fließend wie –«

Der Farmer schien entschlossen zu sein, ihn keinen Satz vollenden zu lassen.

»Mund halten.« Owen Lars sah auf den Jawa hinab. »Den nehme ich auch.«

»Mund wird gehalten, Sir«, erwiderte Threepio schnell, nur mühsam in der Lage, seine Freude zu unterdrücken.

»Bring sie hinunter zur Garage, Luke«, sagte sein Onkel. »Bis zum Abendessen müssen beide sauber sein.«

Luke sah seinen Onkel verdrossen an.

»Aber ich wollte zur Station Tosche, um ein paar neue Energieumwandler zu holen und –«

»Lüg mich nicht an, Luke«, sagte sein Onkel streng. »Es stört mich nicht, wenn du deine Zeit mit deinen faulen Freunden vergeudest, aber erst, wenn du deine Arbeit gemacht hast. Mach dich ran, jetzt, noch vor dem Abendessen, wohlgemerkt!«

Luke drehte sich um und sprach gereizt mit Threepio und dem kleinen Landwirtschaftsroboter. Er hütete sich, seinem Onkel zu widersprechen.

»Kommt mit, ihr beiden.« Sie machten sich auf den Weg zur Garage, während Owen mit dem Jawa über den Preis diskutierte.

Andere Jawas führten die drei verbleibenden Maschinen zurück in den Sandschlepper, als ein fast jämmerliches Piepen ertönte. Luke drehte sich um und sah ein Artoo-Gerät aus der Reihe treten und auf sich zukommen. Es wurde sofort von einem Jawa mit einem Kontrollstab zurückgehalten, der die Scheibe an der Vorderplatte der Maschine aktivierte.

Luke betrachtete den rebellierenden Roboter neugierig. Threepio wollte etwas sagen, bedachte die Umstände und überlegte es sich anders. Er blieb also stumm und starrte vor sich hin.

Eine Minute später klirrte etwas laut in nächster Nähe. Luke sah auf den Boden. Von der Oberseite des Landwirtschaftsroboters war eine Kopfplatte abgesprungen. Einen Augenblick danach schleuderte die Maschine Innenteile ringsum auf den Sandboden.

Luke beugte sich vor und starrte in den spuckenden Automaten. Er rief: »Onkel Owen! Das Servomotor-Zentrum bei dem Kultivator-Gerät ist kaputt. Schau...« Er griff hinein, versuchte das Gerät zu verstellen und zuckte zurück, als ein Funkenregen heraussprühte. Der Geruch nach versengter Isolierung und schmelzenden Schaltungen erfüllte die klare Wüstenluft mit dem Gestank mechanischen Todes.

Owen Lars funkelte den nervösen Jawa an.

»Was für Schrott wollt ihr uns da andrehen?«

Der Jawa antwortete laut und empört, während er gleichzeitig vorsichtshalber ein paar Schritte von dem großen Menschen zurücktrat. Es bereitete ihm sichtlich Pein, daß der Mann zwischen ihm und der beruhigenden Sicherheit des Sandschleppers stand.

Inzwischen war Artoo Detoo aus der Gruppe der Maschinen gehuscht, die zu der fahrbaren Festung zurückgeführt wurde. Das zu tun, erwies sich als einfach genug, weil die Aufmerksamkeit aller Jawas dem Streit zwischen ihrem Anführer und Lukes Onkel galt.

Da ihm die geeigneten Armaturen für wildes Gestikulieren fehlten, gab Artoo plötzlich einen schrillen Pfiff von sich, den er abbrach, als sich zeigte, daß er Threepios Aufmerksamkeit gefunden hatte.

Der große Android tippte Luke leicht auf die Schulter und flüsterte im Verschwörerton in sein Ohr: »Wenn ich das erwähnen darf, junger Herr, dieses Artoo-Gerät ist wirklich ein gutes Geschäft. In erstklassigem Zustand. Ich glaube, diese Wesen haben gar keine Ahnung, in welch guter Verfassung er wirklich ist. Lassen Sie sich von Sand und Staub nicht täuschen.«

Luke hatte die Gewohnheit, augenblicklich Entscheidungen zu treffen, egal, ob gute oder schlechte.

»Onkel Owen!« rief er.

Dieser verstummte und schaute sich nach Luke um. Luke deutete auf Artoo Detoo.

»Wir wollen keinen Ärger haben. Wie wär's, wenn wir das hier –« er zeigte auf den ausgebrannten Roboter – »gegen den dort tauschen?«

Der ältere Mann betrachtete Artoo prüfend, dann sah er die Jawas an. Wenngleich von Natur aus Feiglinge, ließen sich die kleinen Wüstenfledderer nicht gerne zu weit treiben. Der Sandraupenschlepper konnte die Heimstatt zerquetschen – auf die Gefahr hin, die menschliche Gemeinschaft zu tödlicher Rache herauszufordern.

Angesichts einer für beide Seiten problematischen Lage, wenn er zu starken Druck ausübte, nahm Owen um des Scheines willen den Streit wieder auf, bevor er mürrisch zustimmte. Der Jawa-Anführer erklärte sich widerstrebend mit dem Tausch einverstanden, und sowohl Owen als auch der Jawa atmeten innerlich erleichtert auf, weil Feindseligkeiten vermieden worden waren.

Während der Jawa Verbeugungen machte und vor ungeduldiger Habgier winselte, zahlte Owen ihn aus.

Inzwischen hatte Luke die beiden Roboter zu einer Öffnung im trockenen Boden geführt. Ein paar Sekunden später schritten sie eine Rampe hinunter, die durch elektrostatische Abstoßung von Sand freigehalten wurde.

»Daß du mir das nie vergißt«, murmelte Threepio, zu der kleineren Maschine hinübergebeugt. »Warum ich meinen Hals für dich riskiere, während du mir nichts als Ärger bringst, übersteigt mein Begriffsvermögen.«

Der Gang weitete sich zur eigentlichen Garage, die mit Werkzeugen und Teilen von landwirtschaftlichen Maschinen vollgestopft war. Viele sahen überbeansprucht aus, manche schienen dem Ruin nahe. Aber die Beleuchtung wirkte auf beide Roboter tröstlich, und der Raum hatte etwas Heimeliges an sich, das auf eine Friedlichkeit hindeutete, die beide Maschinen lange nicht mehr kennengelernt hatten. In der Mitte der Garage stand eine große Wanne, und bei dem Geruch, der von ihr ausströmte, zuckten Threepios Riechsensoren.

Luke grinste, als er die Reaktion des Roboters bemerkte.

»Ja, ein Schmierbad.« Er sah den großen Bronzeroboter abschätzend an. »Und so, wie du aussiehst, könntest du eine Woche Untertauchen vertragen. Aber das können wir uns nicht leisten, also mußt du dich mit einem Nachmittag begnügen.« Luke wandte seine Aufmerksamkeit Artoo Detoo zu, ging zu ihm und öffnete eine Klappe vor einer Vielzahl von Meßgeräten. »Was dich angeht«, sagte er mit einem Pfiff des Staunens, »weiß ich nicht, wie du noch in Betrieb sein kannst. Kein Wunder, wenn man den Widerwillen der Jawas kennt, jeden Erg-Bruchteil herauszurücken, der nicht unbedingt sein muß. Du bist dran zum Aufladen.« Er deutete auf einen großen Energiespender.

Artoo Detoo folgte Lukes Hinweis, piepte einmal und watschelte zu dem Kasten. Er fand das richtige Kabel, öffnete automatisch eine Klappe und schob den Dreifachstecker in sein Gesicht.

Threepio war zu dem großen Behälter gegangen, der fast bis

zum Rand mit aromatischem Reinigungsöl gefüllt war. Mit einem bemerkenswert menschlichen Seufzen ließ er sich langsam in den Tank gleiten.

»Benehmt euch, ihr beiden«, warnte Luke, während er zu dem kleinen Zweimann-Himmelhüpfer ging. Dieser war ein leistungsstarkes, kleines Suborbital-Raumschiff und stand im Hangarteil der Werkstatt und Garage. »Ich habe selbst zu tun«, fügte Luke hinzu.

Unglücklicherweise galten Lukes Gedanken noch immer der Abschiedsbegegnung mit Biggs, so daß er Stunden später erst einen kleinen Teil seiner Arbeit hinter sich gebracht hatte. Luke dachte über die Abreise seines Freundes nach und fuhr mit zärtlicher Hand über die beschädigte Backbordflosse – jene Flosse, die er demoliert hatte, während er in den scharfen Windungen und Biegungen einer engen Schlucht einen eingebildeten Tie-Jäger verfolgt hatte. Dabei hatte der vorspringende Sims ihn so wirksam getroffen wie ein Energiestrahl.

Plötzlich brodelte etwas in ihm auf. Mit untypischer Heftigkeit schleuderte er einen Motor-Schraubenschlüssel auf einen Arbeitstisch.

»Das ist einfach unfair!« rief er einer unbestimmten Adresse zu. Seine Stimme senkte sich bedrückt. »Biggs hat recht. Hier komme ich nie weg. Er plant den Aufstand gegen das Imperium, und ich sitze auf der vermaledeiten Farm fest.«

»Verzeihen Sie, Sir.«

Luke fuhr bestürzt herum, aber hinter ihm stand nur der große Android Threepio, dessen Anblick im Gegensatz zu dem des Roboters bei seiner ersten Begegnung mit Luke verblüffend war. Die bronzefarbene Legierung glänzte im Licht der Deckenlampen, durch das wirkungsvolle Öl von Narben und Staub gereinigt.

»Gibt es irgendeine Möglichkeit, wie ich Ihnen helfen kann?« fragte der Roboter fürsorglich.

Luke betrachtete die Maschine und spürte, wie sein Zorn verrauchte.

»Das bezweifle ich«, erwiderte er, »es sei denn, du kannst die Zeit verändern und die Ernte beschleunigen. Oder mich vor Onkel Owens Nase von diesem Sandhaufen fort-teleportieren.«

Sarkasmus war selbst für einen hochmodernen Roboter schwer zu erkennen, so daß Threepio objektiv über die Frage nachdachte, bevor er schließlich antwortete: »Ich glaube nicht, Sir. Ich bin nur ein Android dritter Klasse und verstehe von Dingen wie trans-atomarer Physik wenig.« Plötzlich schienen die Ereignisse der letzten beiden Tage ihn auf einen Schlag einzuholen. »Um ganz offen zu sein, junger Herr«, fuhr Threepio fort, während er seinen Blick herumwandern ließ, »ich weiß nicht einmal genau, auf welchem Planeten ich bin.«

Luke lachte verächtlich und sagte: »Wenn es in diesem Universum ein funkelndes Zentrum gibt, dann bist du auf der Welt, die am weitesten davon entfernt ist.«

»Ja, Luke... Sir.«

Der junge Mann schüttelte gereizt den Kopf.

»Laß das ›Sir‹ – Luke genügt. Und diese Welt heißt Tatooine.«

Threepio nickte.

»Danke. Luke, S... Luke. Ich bin See Threepio, Spezialist für Beziehungen Mensch–Android.« Er zeigte mit dem Metalldaumen über die Schulter auf den Energiespender. »Das ist mein Begleiter Artoo Detoo.«

»Freut mich, dich kennenzulernen, Threepio«, sagte Luke gelassen. »Dich auch, Artoo.« Er ging durch die Garage, prüfte eine Anzeige an der Vorderseite der kleineren Maschine und brummte befriedigt. Als er das Ladekabel herausziehen wollte, fiel ihm etwas auf. Er runzelte die Stirn und beugte sich vor.

»Stimmt etwas nicht, Luke?« fragte Threepio.

Luke ging zu einer nahen Werkzeugwand und griff nach einem kleinen vielarmigen Gerät.

»Ich weiß noch nicht, Threepio.«

Er kehrte zum Aufladegerät zurück, beugte sich über Artoo und begann mit einem verchromten Stichel an einigen Erhebungen oben auf dem kleinen Roboter herumzukratzen. Ab und zu zuckte er zurück, wenn das kleine Werkzeug korrodierte Schuppen in die Luft schleuderte.

Threepio sah Luke bei der Arbeit interessiert zu.

»Da ist eine Menge Kohleverschlackung von einer Art, die ich nicht kenne. Ihr beiden scheint allerhand Ungewöhnliches mitgemacht zu haben.«

»Allerdings, Sir«, gab Threepio zu, die geforderte Anrede wieder vergessend, und diesmal war Luke auch zu beschäftigt, um ihn zu korrigieren. »Manchmal verblüfft es mich, daß wir noch in so guter Verfassung sind.« Ergänzend fügte er hinzu, der direkten Frage Lukes immer noch ausweichend: »Mit der Rebellion und allem.«

Trotz seiner Vorsicht kam es Threepio so vor, als habe er etwas verraten, denn in Lukes Augen glühte beinahe etwas Jawahaftes auf.

»Du weißt von der Rebellion gegen das Imperium?« stieß Luke hervor.

»Sozusagen«, gestand Threepio. »Die Rebellion war verantwortlich dafür, daß wir in Ihren Dienst gekommen sind. Wir sind Flüchtlinge, wissen Sie.« Er sagte nicht, von woher.

»*Flüchtlinge!* Dann hab' ich also doch einen Weltraumkampf gesehen!« Aufgeregt sprach Luke weiter: »Sag mir, wo ihr gewesen seid – in wie vielen Gefechten. Wie steht es mit der Rebellion? Nimmt das Imperium sie ernst? Habt ihr die Vernichtung vieler Raumschiffe gesehen?«

»Ein bißchen langsamer, bitte, Sir«, flehte Threepio. »Sie sehen uns falsch. Wir waren unbeteiligte Augenzeugen. Mit der Rebellion sind wir nur ganz am Rande in Berührung gekommen.

Was Gefechte angeht, so sind wir in mehrere geraten, glaube ich.

Man kann das schwer beurteilen, wenn man mit der eigentlichen Kampfmaschinerie nicht direkt in Berührung steht.« Er zuckte elegant die Achseln. »Darüber hinaus gibt es nicht viel zu sagen. Vergessen Sie nicht, Sir, ich bin wenig mehr als ein Dolmetscher und nicht sehr gut im Erzählen von Geschichten oder Darstellen von Historie und noch weniger erfahren in ihrer Ausschmückung. Ich bin eine sehr wortwörtliche Maschine.«

Luke wandte sich enttäuscht ab und fuhr fort, Artoo Detoo zu reinigen. Weiteres Abkratzen förderte etwas zutage, das so verwirrend war, daß es Lukes volle Aufmerksamkeit in Anspruch nahm. Zwischen zwei Leitschienen, die normalerweise miteinander verbunden waren, steckte ein kleines Metallfragment. Luke legte den dünnen Stichel weg und nahm ein größeres Instrument zur Hand.

»Hm, mein kleiner Freund«, murmelte er, »da hat sich bei dir aber etwas ganz schön eingeklemmt.« Während er drückte und hebelte, richtete Luke seine Aufmerksamkeit halb auf Threepio. »Seid ihr auf einem Sternfrachter gewesen, oder war es –«

Metall gab mit einem mächtigen Krachen nach, und durch den gewaltigen Schwung wäre Luke fast gestürzt. Er taumelte, begann zu fluchen und – erstarrte zur Regungslosigkeit.

Die Vorderseite Artoos hatte zu leuchten begonnen und übertrug ein dreidimensionales Bild, keine dreißig Zentimeter im Quadrat, aber von schärfster Klarheit. Das Bild im Kasten war so wunderbar, daß Luke fast zu atmen vergaß.

Manchmal zuckte und tanzte das Bild unsicher, als sei die Aufzeichnung voller Hast hergestellt und eingebaut worden. Luke starrte auf die fremden Farben, die in die prosaische Atmosphäre der Garage projiziert wurden, und wollte eine Frage stellen, kam aber nie dazu. Die Lippen der Gestalt bewegten sich, und das Mädchen begann zu sprechen – oder vielmehr, schien zu sprechen. Luke wußte, daß die akustische Begleitung irgendwo in Artoos gedrungenem Rumpf erzeugt wurde.

»Obi-wan Kenobi«, flehte die Stimme heiser, »helfen Sie mir! Sie sind die einzige Hoffnung, die mir noch bleibt.« Eine Störung verwischte das Gesicht für einen Augenblick, dann fügte es sich wieder zusammen, und noch einmal sagte die Stimme: »Obi-wan Kenobi, Sie sind die einzige Hoffnung, die mir noch bleibt.«

Mit schnarrendem Summen blieb das Hologramm erhalten. Luke war fasziniert und überdachte, was er da vor sich sah, dann blinzelte er und sagte zu Artoo: »Worum geht es dabei, Artoo Detoo?«

Der kurzbeinige Roboter trat von einem Bein aufs andere, das kubische Bild verschob sich mit ihm, und er piepte eine, wie es schien, linkische Antwort.

Threepio schien so verwirrt zu sein wie Luke.

»Wie war das?« sagte er scharf, deutete auf das sprechende Bild und dann auf Luke. »Man hat dich etwas gefragt. Was und wer ist das, wie bringst du das hervor – und warum?«

Artoo erzeugte einen überraschten Ton, ganz so, als falle ihm das Hologramm erst jetzt auf. Dann folgte ein Pfeifstrom von Informationen.

Threepio übernahm die Daten, versuchte die Stirn zu runzeln, konnte nicht, und gab sich keine Mühe, seine eigene Verwirrung zu verbergen.

»Er behauptet, es sei nichts, Sir. Nur ein Defekt – alte Daten. Ein Band, das hätte gelöscht werden sollen und übersehen wurde. Er besteht darauf, daß wir es nicht beachten.«

Das war so, als fordere man Luke auf, ein Versteck von Durindfeuer unbeachtet zu lassen, auf das er in der Wüste gestoßen war.

»Wer ist sie?« sagte er, verzückt auf das Hologramm starrend. »Sie ist schön.«

»Ich weiß wirklich nicht, wer sie ist«, gestand Threepio offen. »Oder warten Sie, sie könnte eine Passagierin bei unserer letzten Reise gewesen sein. Soviel ich mich erinnere, war sie eine Persönlichkeit von einiger Bedeutung. Das könnte mit der Tatsache zusammenhängen, daß unser Kapitän Attaché bei –«

Luke schnitt ihm das Wort ab und genoß die Art, wie sinnliche Lippen das Satzfragment bildeten und immer wieder neu hervorbrachten.

»Gibt es da noch mehr von der Aufzeichnung? Sie hört sich so an, als sei sie unvollständig.« Luke stand auf und griff nach dem Artoo-Gerät.

Der Roboter trat zurück und stieß Pfiffe von derart verzweifelter Unruhe aus, daß Luke zögerte, nach der Innensteuerung zu greifen.

Threepio war entsetzt.

»Benimm dich, Artoo«, rügte er seinen Begleiter. Er sah schon vor sich, wie sie beide als ungehorsam verpackt und zu den Jawas zurückgeschickt wurden, was ausreichte, um einen Schauder bei ihm hervorzurufen. »Alles in Ordnung – er ist jetzt unser Herr.« Threepio zeigte auf Luke. »Du kannst ihm vertrauen. Ich fühle, daß er unser ureigenstes Interesse im Sinn hat.«

Detoo schien zu zögern. Dann pfiff und schrillte er aber seinem Freund eine komplizierte Mitteilung zu.

»Nun?« sagte Luke ungeduldig.

Threepio schwieg einen Augenblick, bevor er antwortete.

»Er sagt, er sei das Eigentum von einem gewissen Obi-wan Kenobi, einem Bewohner dieser Welt. Sogar dieser Region, um genau zu sein. Das Satzbruchstück, das wir hören, ist Teil einer privaten Mitteilung für diese Person.«

Threepio schüttelte langsam den Kopf.

»Ganz offen gesagt, Sir, ich weiß nicht, wovon er redet. Unser letzter Inhaber war Kapitän Colton. Von einem früheren Inhaber habe ich Artoo nie reden hören. Einen Obi-wan Kenobi kenne ich ganz gewiß nicht. Aber bei allem, was wir durchgemacht haben«, schloß er bedauernd, »fürchte ich, daß seine Logik-Schaltungen etwas durcheinandergeschüttelt worden sind. Manchmal wird er ausgesprochen exzentrisch.« Und während Luke über diese Antwort nachdachte, benützte Threepio die Gelegenheit, Artoo einen zornigen Warnblick zuzuwerfen.

»Obi-wan Kenobi«, sagte Luke nachdenklich. Sein Gesicht hellte sich plötzlich auf. »Warte mal... ich frage mich, ob er nicht vielleicht den alten Ben Kenobi meint.«

»Verzeihen Sie vielmals«, sagte Threepio stockend, über alle Maßen erstaunt, »aber Sie kennen eine solche Person wahrhaftig?«

»Nicht direkt«, räumte Luke mit ruhigerer Stimme ein. »Ich kenne niemanden, der Obi-wan heißt – aber der alte Ben lebt draußen irgendwo am Rand des Westlichen Dünenmeers. Er ist eine Art lokaler Berühmtheit – ein Einsiedler. Onkel Owen und ein paar seiner Kollegen sagen, er sei ein Zauberer. Ganz vereinzelt kommt er vorbei, um Tauschhandel zu betreiben. Ich rede jedoch selten mit ihm. Mein Onkel jagt ihn meist fort.« Er machte eine Pause und sah wieder zu dem kleinen Roboter hinüber. »Aber ich habe nie gehört, daß dem alten Ben irgendein Roboter gehören soll. Jedenfalls keiner, den man je vor mir erwähnt hätte.« Lukes Blick wurde unwiderstehlich wieder von dem Hologramm angezogen. »Ich möchte wissen, wer sie ist. Sie muß von Bedeutung sein – vor allem, wenn das zutrifft, was du mir eben erzählt hast, Threepio. Sie redet und sieht so aus, als sei sie in Schwierigkeiten. Vielleicht ist die Nachricht wirklich wichtig. Wir sollten sie uns ganz anhören.« Er griff wieder nach der Innensteuerung des Roboters, der erneut zurückwich und wild vor sich hinpfiff.

»Er sagt, es gebe einen behindernden Trennbolzen, der seine Selbstmotivationsanlagen ausschaltet«, dolmetschte Threepio. »Er meint, wenn Sie den Bolzen entfernen, könnte er in die Lage versetzt werden, die ganze Mitteilung zu wiederholen«, schloß Threepio unsicher. Als Luke das Bild weiterhin unverwandt anstarrte, fügte Threepio lauter hinzu: *»Sir!«*

Luke wachte auf.

»Was...? Oh, ja.« Er überlegte, dann ging er hin und starrte in die Öffnung des Roboters. Artoo zog sich nicht zurück.

»Ich glaube, ich sehe ihn. Na, ich denke, du bist zu klein, um vor mir davonzulaufen, wenn ich ihn herausnehme. Möchte wissen, weshalb jemand dem alten Ben eine Nachricht schicken sollte.« Luke griff nach dem passenden Werkzeug, langte hinab in die bloßliegenden Schaltungen und stemmte den Hemmbolzen heraus. Die erste wahrnehmbare Folge dieser Handlung war, daß das Bild verschwand.

Luke trat zurück.

»So, also.« Es gab eine peinliche Pause, in der das Hologramm keine Anstalten machte, wieder aufzutauchen. »Wo ist sie hingekommen?« sagte Luke schließlich. »Mach, daß sie wiederkommt. Spiel die ganze Aufzeichnung ab, Artoo Detoo.«

Ein unschuldig klingender Ton entrang sich dem Roboter. Threepio wirkte verlegen und nervös, als er übersetzte:

»Er hat gesagt: ›Was für eine Aufzeichnung‹?« Threepio wandte sich halb zornig an seinen Begleiter. »Was für eine Aufzeichnung? Du weißt, was für eine Aufzeichnung! Die, von der du uns eben ein Bruchstück abgespielt hast. Diejenige, die du in deinem störrischen, verrosteten Inneren herumschleppst, du eigensinniger Schrotthaufen!«

Artoo blieb hocken und summte leise vor sich hin.

»Es tut mir leid, Sir«, sagte Threepio langsam, »aber er läßt Anzeichen erkennen, daß er in seiner Gehorsam-Anlage ein alarmierendes Schwanken entwickelt. Vielleicht, wenn wir –«

Eine Stimme vom Korridor her unterbrach ihn.

»Luke... hallo, Luke, komm zum Essen!«

Luke zögerte, dann stand er auf und wandte sich von dem rätselhaften kleinen Roboter ab.

»Okay«, rief er, »ich komme, Tante Beru!« Er senkte die Stimme und sagte zu Threepio: »Sieh zu, was du mit ihm machen kannst. Ich bin bald wieder zurück.« Er warf den eben entfernten Hemmbolzen auf die Werkbank und eilte hinaus.

Als der Mensch fort war, fuhr Threepio blitzschnell herum. »Du solltest dich lieber dazu bereit finden, ihm die ganze Aufzeichnung vorzuspielen«, knurrte er und wies mit dem Kopf vielsagend auf eine Werkbank voller Maschinenteile. »Sonst greift er wieder nach dem Reinigungsstichel und sucht danach. Er wird vielleicht nicht sehr darauf achten, was er durchschneidet, wenn er annimmt, daß du ihm bewußt etwas vorenthältst.«

Artoo gab ein klagendes Piepen von sich.

»Nein«, erwiderte Threepio, »ich glaube, er mag dich überhaupt nicht.«

Ein zweiter, schriller Ton vermochte die Strenge in der Stimme des großen Roboters nicht zu beschwichtigen: »Nein, ich mag dich auch nicht.«

4

Lukes Tante Beru füllte einen Krug mit blauer Flüssigkeit aus einem gekühlten Behälter. Hinter ihr drang aus dem Eßraum die Unterhaltung in die Küche.

Sie seufzte traurig. Die Diskussionen zwischen ihrem Mann und Luke beim Essen waren immer schärfer geworden, seit die Ruhelosigkeit des Jungen ihn in andere Richtungen als die Arbeit auf der Farm zog. In Richtungen, für die Owen, ein schwerfälliger Mann der Scholle, keinerlei Verständnis hatte.

Sie stellte den großen Behälter wieder in den Kühlschrank und den Krug auf ein Tablett, dann eilte sie zurück ins Eßzimmer. Beru war keine übermäßig intelligente Frau, aber sie verfügte über eine instinktive Erkenntnis ihrer wichtigen Rolle im Haushalt. Sie erfüllte die Funktion von Bremsstäben in einem Atomreaktor. Solange sie dabei war, erzeugten Owen und Luke zwar eine Menge Hitze, aber erst wenn sie zu lange außer Reichweite blieb – *wumm!*

Kondensatoren an der Unterseite jedes Tellers hielten das Essen auf dem Eßzimmertisch heiß. Die beiden Männer senkten ihre Stimmen sofort auf zivile Lautstärke, als Beru erschien, und wechselten das Thema. Beru tat so, als bemerke sie davon nichts.

»Ich glaube, das Artoo-Gerät könnte gestohlen sein, Onkel Owen«, sagte Luke, als sei das die ganze Zeit das Gesprächsthema gewesen.

Sein Onkel pfiff nach dem Milchkrug und sagte mit vollem Mund: »Die Jawas neigen dazu, alles mitzunehmen, was nicht angenagelt ist, Luke, aber vergiß nicht, daß sie im Grunde Angst vor ihren eigenen Schatten haben. Um sich offen dem Diebstahl zuzuwenden, müßten sie die Folgen bedenken, daß man ihnen nachsetzt und sie bestraft. Theoretisch sollten sie deshalb dazu nicht fähig sein. Wie kommst du darauf, daß der Roboter gestohlen ist?«

»Zum einen ist er für ein Gerät, das jemand weggeworfen hat, in enorm gutem Zustand. Er hat, während ich ihn saubermachte, eine Hologrammaufzeichnung abgesp-« Luke versuchte sein Entsetzen über den Versprecher zu verbergen und fuhr hastig fort: »Aber das ist nicht wichtig. Der Grund, warum ich glaube, daß er gestohlen wurde, ist der, daß er behauptete, das Eigentum von jemandem zu sein, den er Obi-wan Kenobi nennt.«

Vielleicht lag es am Essen, an der Milch, daß Lukes Onkel plötzlich würgte. Es mochte aber auch ein Ausdruck des Ekels sein, mit dem Owen seine Meinung über diese Person kundtun wollte. Jedenfalls aß er weiter, ohne seinen Neffen anzusehen.

Luke tat so, als sei diese Darstellung krasser Abneigung gar nicht vorgefallen.

»Ich dachte, er meint damit vielleicht den alten Ben«, fuhr er entschlossen fort. »Der Vorname ist anders, aber der Nachname stimmt.«

Als sein Onkel beharrlich schwieg, sprach Luke ihn direkt an. »Weißt *du*, von wem er redet, Onkel Owen?«

Sein Onkel wirkte erstaunlicherweise verlegen, statt zornig.

»Das ist nichts«, murmelte er, ohne Lukes Blick zu erwidern. »Ein Name aus einer anderen Zeit.« Er rutschte auf seinem Stuhl nervös hin und her. »Ein Name, der nur Ärger bedeuten kann.«

Luke weigerte sich, die Warnung zu beachten und drängte weiter: »Also ist es jemand, der mit dem alten Ben verwandt ist? Ich wußte gar nicht, daß der Verwandte hat.«

»Du bleibst weg von dem alten Zauberkünstler, verstanden!« stieß sein Onkel hervor, ungeschickt Vernunft durch Drohung ersetzend.

»Owen...« sagte Tante Beru sanft, aber der massige Farmer schnitt ihr das Wort ab.

»Nein, das ist wichtig, Beru.« Er wandte sich wieder seinem Neffen zu. »Ich habe dir früher schon über Kenobi Bescheid gesagt. Er ist ein verrückter alter Mann, er ist gefährlich und führt nichts Gutes im Schild. Am besten hält man ihn sich vom Leib.« Berus flehender Blick veranlaßte ihn, sich ein wenig zu beruhigen. »Der Roboter hat nichts mit ihm zu tun. Ausgeschlossen«, murrte er. »Aufzeichnung – ha! Ich will, daß du das Gerät morgen nach Anchorhead bringst und sein Gedächtnis löschen läßt.« Owen schnaubte und beugte sich über seinen Teller. »Dann hat der Unfug ein Ende. Mir ganz egal, woher die Maschine zu stammen glaubt. Ich habe hartes Geld dafür bezahlt, und sie gehört jetzt uns.«

»Aber wenn sie nun doch jemand anderem gehört«, sagte Luke. »Wenn dieser Obi-wan nun auftaucht und seinen Roboter sucht?«

Ein Ausdruck zwischen Trauer und Verachtung huschte über das faltige Gesicht seines Onkels.

»Macht er nicht. Ich glaube nicht, daß es den Mann noch gibt. Er ist etwa zur selben Zeit gestorben wie dein Vater.« Er schaufelte eine große Portion in seinen Mund. »Vergiß das jetzt.«

»Dann war es also eine *wirkliche* Person«, murmelte Luke und starrte auf seinen Teller. Langsam fügte er hinzu: »Hat er meinen Vater gekannt?«

»Ich habe gesagt, du sollst es vergessen«, knurrte Owen. »Was die beiden Roboter angeht, ist deine einzige Aufgabe, sie morgen für die Arbeit bereitzumachen. Vergiß nicht, in den beiden stecken unsere letzten Ersparnisse. Ich hätte sie gar nicht gekauft, wenn die Ernte nicht vor der Tür stünde.« Er wedelte mit dem Löffel. »Ich möchte, daß du sie morgen bei den Bewässerungsgeräten auf dem Südkamm arbeiten läßt.«

»Weißt du«, erwiderte Luke halblaut, »ich glaube, diese Roboter werden sehr gute Arbeit leisten. Eigentlich –« Er zögerte und funkelte seinen Onkel verstohlen an. »Eigentlich habe ich über unsere Vereinbarung nachgedacht, daß ich noch ein Jahr bleibe.«

Sein Onkel reagierte nicht, und Luke sprach hastig weiter, bevor ihn sein Mut wieder im Stich ließ:

»Wenn die neuen Roboter einschlagen, möchte ich meinen Antrag auf Annahme in die Akademie stellen.«

Owen machte ein finsteres Gesicht und versuchte nicht, sein Mißvergnügen zu verbergen.

»Du meinst, du willst den Antrag nächstes Jahr stellen – nach der Ernte?«

»Du hast jetzt mehr als genug Roboter, und sie sind in gutem Zustand. Sie halten sich.«

»Roboter, ja«, bestätigte sein Onkel, »aber Roboter können einen Mann nicht ersetzen, Luke, das weißt du. Bei der Ernte brauche ich dich am nötigsten. Es ist nur noch für einmal, nach diesem Jahr.« Er blickte zur Seite. Zorn und Unmut waren verschwunden.

Luke schob sein Essen auf dem Teller herum und schwieg.

»Hör mal«, sagte sein Onkel, »zum erstenmal haben wir Aussicht, wirklich ein Vermögen zu machen. Wir verdienen so viel, daß wir für das nächstemal ein paar zusätzliche Leute einstellen können. Keine Roboter – Menschen! Dann kannst du auf die Akademie gehen.« Er sprach stockend, da er es nicht gewöhnt war, zu bitten. »Ich brauche dich hier, Luke, das verstehst du doch, oder?«

»Es ist wieder ein Jahr«, wandte sein Neffe mürrisch ein. »*Noch* ein Jahr.«

Wie oft hatte er das nun schon gehört? Wie oft wiederholten sie genau diese Scharade, mit immer dem gleichen Ergebnis?

Erneut überzeugt, daß Luke sich zu seiner Ansicht wieder hatte bekehren lassen, tat Owen den Einwand mit einem Achselzucken ab und sagte: »Die Zeit wird vergangen sein, bevor du es merkst.«

Luke stand plötzlich auf und schob seinen kaum berührten Teller weg.

»Das hast du letztes Jahr auch gesagt, als Biggs weggegangen ist.« Er drehte sich auf dem Absatz um und stürmte hinaus.

»Wohin gehst du, Luke?« rief ihm seine Tante besorgt nach.

Lukes Antwort klang dumpf und bitter:

»Sieht so aus, als ginge ich nirgends hin.« Dann fügte er aus Rücksicht auf die Gefühle seiner Tante hinzu: »Ich muß die Roboter saubermachen, wenn sie morgen früh einsatzbereit sein sollen.«

Als Luke gegangen war, herrschte Stille im Eßzimmer. Mann und Frau aßen mechanisch. Schließlich hob Tante Beru den Kopf und sagte ernsthaft: »Owen, du kannst ihn hier nicht ewig festhalten. Die meisten seiner Freunde sind fort, die Leute, mit denen er aufgewachsen ist. Die Akademie bedeutet ihm so viel.«

Ihr Mann erwiderte teilnahmslos: »Ich mache es nächstes Jahr wieder gut an ihm. Das verspreche ich. Wir werden Geld haben – oder vielleicht im Jahr darauf.«

»Luke ist einfach kein Farmer, Owen«, fuhr sie mit Entschiedenheit fort. »Er wird nie einer werden, gleichgültig, wie sehr du dich anstrengst.« Sie schüttelte langsam den Kopf. »Er hat zu viel von seinem Vater.«

Zum erstenmal an diesem Abend wirkte Owen Lars nicht nur

sorgenvoll, sondern auch nachdenklich, als er zur Tür starrte, durch die Luke verschwunden war.

»Das fürchte ich eben«, flüsterte er.

Luke war zur Oberfläche hinaufgegangen. Er stand auf dem Sand und beobachtete den doppelten Sonnenuntergang, als zuerst die eine, dann die andere von Tatooines Zwillingssonnen langsam hinter der fernen Dünenkette versank. Im verblassenden Licht wurde der Sand goldfarben, rostbraun und flammend orangerot, bevor die nahende Nacht die grellen Farben für einen weiteren Tag in Schlaf versetzte. Bald würden auf dem Sand zum erstenmal Nahrungspflanzen erblühen. Die ehemalige Wüste würde einen Ausbruch von Grün erleben.

Der Gedanke hätte in Luke einen Schauer der Vorfreude auslösen sollen. Er hätte so erregt sein sollen wie sein Onkel es immer war, wenn er die kommende Ernte beschrieb. Statt dessen fühlte aber Luke nichts als eine riesige, gleichgültige Leere. Nicht einmal die Aussicht darauf, zum erstenmal in seinem Leben viel Geld zu haben, munterte ihn auf. Was sollte man mit Geld in Anchorhead anfangen – oder sonst irgendwo auf Tatooine?

Ein Teil von ihm, ein immer größer werdender Teil, wurde von Tag zu Tag unruhiger, weil er keine Erfüllung fand. Bei jungen Leuten in seinem Alter war das nichts Ungewöhnliches, aber aus Gründen, die Luke nicht verstand, war es bei ihm viel stärker als bei allen seinen Freunden.

Als die nächtliche Kälte über den Sand und an seinen Beinen hinaufkroch, wischte er den Grus von seiner Hose und stieg in die Garage hinab. Vielleicht würde die Arbeit an den Robotern den Unmut in seinem Innern ein wenig lindern. Ein schneller Blick zeigte, daß sich nichts bewegte. Keine der beiden neuen Maschinen war zu sehen. Luke runzelte ein wenig die Stirn, nahm einen kleinen Steuerkasten vom Gürtel und betätigte zwei Schalter.

Ein leises Summen drang aus dem Kasten. Das Rufgerät veranlaßte den größeren der beiden Roboter, zum Vorschein zu kommen: Threepio. Tatsächlich stieß er sogar einen Schrei der Überraschung aus, als er hinter dem Himmelhüpfer aufsprang.

Luke ging verblüfft auf ihn zu.

»Warum versteckst du dich denn da hinten?«

Der Roboter kam um den Bug des Flugzeugs gestolpert, in einer Haltung, die Verzweiflung verriet. Luke fiel auf, daß trotz des Rufs das Artoo-Gerät immer noch nirgends zu sehen war.

Den Grund für seine Abwesenheit – oder etwas, das ihr nahekam – erfuhr Luke rasch.

»Es war nicht meine Schuld«, stammelte Threepio flehend. »Bitte, schalten Sie mich nicht ab! Ich habe ihm gesagt, er soll nicht gehen, aber er ist defekt. Er funktioniert nicht richtig. Irgend etwas hat seine Logikschaltungen demoliert. Er plapperte ständig etwas von irgendeinem Auftrag, Sir. Ich habe bisher noch nie einen Roboter mit Anwandlungen von Größenwahn erlebt. Solche Dinge sollten nicht einmal in den Denktheorie-Anlagen enthalten sein, bei einem Gerät, das so schlicht ist wie ein Artoo, und –«

»Du meinst...?« Luke riß die Augen auf.

»Ja, Sir... er ist fort.«

»Und ich habe die Hemmkupplung selbst entfernt«, murmelte Luke. Er sah schon das Gesicht seines Onkels vor sich. Die letzten Ersparnisse in den zwei Robotern angelegt, hatte dieser gesagt.

Luke hetzte zur Garage hinaus und suchte nach nicht vorhandenen Gründen dafür, daß das Artoo-Gerät zum Berserker geworden war. Threepio folgte ihm auf den Fersen.

Von einem schmalen Kamm aus, der den höchsten Punkt in der Nähe der Heimstatt bildete, hatte Luke einen Panoramablick auf die Wüste ringsum. Er griff nach dem kostbaren Makro-Fernglas und suchte die sich rasch verdunkelnden Horizonte nach etwas Kleinem, Metallischen, Dreibeinigen ab, das den Verstand verloren hatte.

Threepio mühte sich durch den Sand hinauf zu Luke.

»Dieses Artoo-Gerät hat nie etwas anderes als Ärger verursacht«, stöhnte er. »Astromech-Androiden werden in solchem Maß zu Ikonoklasten, daß manchmal nicht einmal mehr ich sie verstehen kann.«

Luke ließ das Fernglas sinken und sagte: »Er ist nirgends zu sehen.« Er stieß wütend mit dem Fuß in den Boden. »Verdammt – wie kann ich nur so dumm gewesen sein, mich dazu verleiten zu lassen, die Hemmung zu entfernen! Onkel Owen wird mich umbringen.«

»Bitte um Verzeihung, Sir«, meinte Threepio hoffnungsvoll, dem Visionen von Jawas im Kopf herumtanzten, »aber können wir ihn nicht verfolgen?«

Luke drehte sich um. Prüfend betrachtete er die dunkle Wand, die sich heranschob.

»Nicht nachts. Es ist zu gefährlich. Die Jawas machen mir keine großen Sorgen, aber Sandleute... nein, nicht im Dunkeln. Wir müssen bis zum Morgen warten, bevor wir versuchen können, ihn aufzuspüren.«

Aus der Heimstatt unter dem Bogen drang ein Ruf herauf.

»Luke – Luke, bist du mit den Robotern schon fertig? Ich schalte die Nacht über den Strom ab.«

»Schon gut!« erwiderte Luke, der Frage ausweichend. »Ich bin in ein paar Minuten unten, Onkel Owen!« Er drehte sich um zu Threepio. »Der kleine Roboter wird mich in die größten Schwierigkeiten bringen.«

»Oh, darin zeichnet er sich aus, Sir«, bestätigte Threepio mit gespielter Fröhlichkeit. Luke warf ihm einen säuerlichen Blick zu und gemeinsam strebten sie der Treppe zu und stiegen in die Garage hinunter.

»Luke... Luke!« Owen rieb sich den Morgenschlaf aus den Augen und drehte den Kopf hin und her, um seine Halsmuskeln zu lokkern. »Wo kann der Junge sich nur wieder herumtreiben?« fragte er sich laut, als keine Antwort kam. In der Heimstatt regte sich nichts, und oben hatte er schon nachgesehen. »Luke!« brüllte er wieder. *Luke, luke, luke...* hallte das Echo von den Wänden spöttisch wider. Owen drehte sich zornig um und stapfte zurück in die Küche, wo Beru das Frühstück herrichtete. »Hast du Luke heute schon gesehen?« fragte er so leise, wie es ihm möglich war.

»Ja. Er sagte, er habe noch einiges zu tun, bevor er zum Südkamm muß, und deshalb ging er früh weg.«

»Vor dem Frühstück?« Owen zog die Brauen zusammen. »Das sieht ihm nicht ähnlich. Hat er die neuen Roboter mitgenommen?«

»Ich glaube schon. Ich bin sicher, daß ich wenigstens einen davon bei ihm gesehen habe.«

»Na«, meinte Owen, der sich unbehaglich fühlte, aber nichts Konkretes fand, worüber er sich aufregen konnte, »er soll zusehen, daß die Kammgeräte bis Mittag repariert sind, sonst ist der Teufel los.«

Ein unsichtbares Gesicht, verhüllt von glattem, weißem Metall, tauchte aus der halb vergrabenen Rettungskapsel auf, die jetzt das Rückgrat einer höheren Düne als ihre Nachbarn bildete. Die Stimme klang präzise, aber müde.

»Nichts«, sagte der Soldat zu seinen Begleitern. »Keine Bänder und keine Anzeichen für Bewohntheit.«

Starke Handfeuerwaffen senkten sich bei der Nachricht, daß die Kapsel verlassen war. Einer der gepanzerten Männer drehte sich herum und rief einem Offizier, der abseits stand, zu: »Das ist eindeutig die Kapsel aus dem Rebellenschiff, Sir, aber an Bord befindet sich nichts.«

»Aber sie hat trotzdem unbeschädigt aufgesetzt«, sagte der Offizier halblaut vor sich hin. »Das *könnte* mit der Automatik geschehen sein, aber wenn es ein echter Defekt war, hätte diese nicht eingeschaltet sein dürfen.« Irgend etwas stimmte nicht.

»Da ist der Grund, warum nichts an Bord und keine Anzeichen von Leben zu finden ist, Sir«, sagte eine Stimme.

Der Offizier ging auf einen der Soldaten zu, der im Sand kniete. Er hielt etwas hoch, das in der Sonne schimmerte.

»Roboterbeplattung«, sagte der Offizier nach einem schnellen Blick auf das Bruchstück. Vorgesetzter und Untergebener sahen sich bedeutsam an. Dann richteten sie gleichzeitig ihren Blick auf das hohe Tafelland im Norden.

Kies und feiner Sand bildeten einen Grusnebel unter dem Landgleiter, als er auf surrenden Abstoßungsgeräten über die gewellte Wüste von Tatooine glitt. Gelegentlich schwankte das Fahrzeug ein wenig, wenn es einer Senke oder leichten Anhöhe begegnete.

Luke lehnte sich im Sitz zurück und genoß die ungewohnte Entspannung, während Threepio das Landfahrzeug um Dünen und Felsvorsprünge lenkte.

»Für eine Maschine beherrschst du einen Landgleiter recht gut«, meinte Luke bewundernd.

»Danke, Sir«, erwiderte Threepio erfreut, ohne den Blick von der Landschaft abzuwenden. »Ich habe Ihren Onkel nicht angelogen, als ich Vielseitigkeit für mich in Anspruch nahm. Bei Gelegenheit bin ich sogar aufgerufen worden, unerwartete Funktionen unter Umständen auszuüben, bei denen meine Konstrukteure entsetzt gewesen wären.«

Hinter ihnen klirrte etwas, dann ein zweitesmal.

Luke runzelte die Stirn und klappte die Kanzel des Gleiters hoch. Nach einigem Herumtasten im Motorgehäuse verschwand das störende Geräusch.

»Wie ist das?« schrie er nach vorn.

Threepio zeigte an, daß die Justierung zufriedenstellend war. Luke schob sich ins Cockpit zurück und klappte die Kanzel wieder zu. Stumm strich er sich die windzerzausten Haare aus den Augen und achtete wieder auf die vertrocknete Wüste vor ihnen.

»Der alte Ben Kenobi soll ungefähr in dieser Richtung wohnen. Obwohl niemand genau weiß, wo, begreife ich nicht, wie das Artoo-Gerät so schnell so weit gekommen sein kann.« Seine Miene wirkte bedrückt. »Wir müssen es irgendwo in den Dünen übersehen haben. Hier kann es weiß Gott wo sein. Und Onkel Owen wird sich fragen, warum ich mich nicht inzwischen vom Südkamm gemeldet habe.«

Threepio überlegte kurz und sagte dann: »Würde es etwas nützen, Sir, wenn Sie ihm sagen, daß es meine Schuld war?«

»Sicher... jetzt braucht er dich nämlich noch einmal so dringend. Wahrscheinlich schaltet er dich deshalb nur einen Tag ab oder macht eine teilweise Gedächtnisspülung mit dir.«

Abschalten? Gedächtnisspülung? Threepio fügte hastig hinzu: »Wenn ich es mir recht überlege, Sir, wäre Artoo noch da, wenn Sie seine Hemmkapsel nicht entfernt hätten.«

Aber Luke war mit etwas Wichtigerem beschäftigt als mit der Verteilung der Verantwortung für das Verschwinden des kleinen Roboters.

»Warte mal«, sagte er, während er gebannt auf das Armaturenbrett starrte. »Auf dem Metallprüfer ist etwas genau vor uns. Die Umrisse kann ich auf diese Entfernung nicht ausmachen, aber nach der Größe allein könnte es unser wandernder Roboter sein. Los!«

Der Landgleiter schoß vorwärts, als Threepio den Beschleuniger einschaltete. Seine Insassen ahnten nicht das Geringste davon, daß andere Augen beobachteten, wie das Fahrzeug schneller wurde.

Die Augen waren nicht organisch, aber auch nicht ganz mechanisch. Niemand konnte es mit Gewißheit sagen, weil noch niemand sich so genau mit den Tusken-Räubern befaßt hatte, die den Randgebietfarmern von Tatooine weniger förmlich als die »Sandleute« bekannt waren.

Die Tusken erlaubten kein genaues Studium ihrer selbst und entmutigen potentielle Beobachter durch Methoden, die ebenso wirksam wie unzivilisiert waren. Einige Xenologen hielten eine Verwandtschaft mit den Jawas für gegeben. Ganz wenige stellten die Hypothese auf, daß die Jawas eigentlich die Reifeform der Sandleute seien, aber diese Theorie wurde von der Mehrheit ernst zu nehmender Wissenschaftler zurückgewiesen.

Beide Rassen bevorzugten dicke Kleidung, um sich vor der Doppelmenge Solarstrahlung auf Tatooine zu schützen, aber damit endeten die meisten Vergleiche schon. Statt der schweren, gewebten Umhänge, die die Jawas trugen, wickelten die Sandleute sich mumienartig in endlose Bahnen und Bandagen und lose Stofffetzen.

Wo die Jawas alles fürchteten, hatte ein Tusken-Räuber vor nichts Angst. Die Sandleute waren größer, stärker und viel aggressiver. Zum Glück für die menschlichen Kolonisten auf Tatooine waren sie nicht sehr zahlreich und zogen es vor, ihr Nomadendasein in einigen der trostlosesten Gegenden Tatooines zu führen. Die Berührung zwischen Menschen und Tusken fand deshalb nur unregelmäßig und nicht zu oft statt. Die Tusken brachten im Jahr nicht mehr als eine Handvoll Menschen um. Da die menschliche Bevölkerung auch ihren Anteil an getöteten Tusken auf dem Gewissen hatte, existierte zwischen beiden eine Art Frieden – solange keine Seite einen Vorteil erzielen konnte.

Einer der Tusken hatte aber nun das Gefühl, daß die labile Lage sich vorübergehend zu seinen Gunsten verschoben hatte, und er gedachte, das voll auszunützen, als er sein Gewehr hob und auf den Landgleiter zielte. Doch sein Nebenmann packte die Waffe und drückte sie nieder, bevor sie abgefeuert werden konnte. Das führte zu einem heftigen Streit zwischen den beiden, und während sie in einer Sprache, die fast nur aus Konsonanten bestand, schreiend ihre Meinungen austauschten, fegte der Landgleiter weiter.

Entweder, weil der Gleiter außer Reichweite war, oder weil der zweite Tuske den ersten überzeugt hatte, brachen die beiden ihre Diskussion ab und stürmten auf der Rückseite des hohen Kamms hinab. Am Grund des Hangs fand Schnuffeln und Gewichtsverlagerung statt, als die beiden Banthas sich bei der Annäherung ihrer Herren regten. Jeder war so groß wie ein kleiner Dinosaurier, mit hellen Augen und langem, dickem Fell. Sie zischten besorgt, als die zwei Sandleute herankamen und von ihren Knien in die Sättel stiegen.

Auf einen Stoß hin erhoben sich die Banthas. Langsam, aber mit riesigen Schritten, liefen die zwei massiven, gehörnten Wesen die Rückseite der Klippe hinunter, angetrieben von ihren besorgten aufgebrachten Mahouts.

»Er ist es wirklich«, erklärte Luke in einem Gemisch aus Zorn und Befriedigung, als die kleine, dreibeinige Gestalt auftauchte. Der Gleiter legte sich schief und glitt zum Boden einer riesigen Kalksandsteinschlucht hinunter. Luke zog das Gewehr hinter dem Sitz hervor und schwang es über die Schulter.

»Schneid ihm vorne den Weg ab, Threepio«, befahl er.

Das Artoo-Gerät nahm ihr Erscheinen offensichtlich wahr, stellte aber keinen Fluchtversuch an; dem Landgleiter hätte es ohnehin nicht entkommen können. Artoo blieb einfach stehen, als er sie entdeckte, und wartete, bis das Fahrzeug in einem weiten Bogen herankam. Threepio hielt abrupt an, und eine niedrige Wolke aus Sand fegte rechts neben dem kleineren Roboter hoch. Dann minderte sich das Heulen des Landgleiters zu einem leisen Summen, als Threepio auf Leerlauf stellte. Ein letztes Seufzen, und das Fahrzeug verstummte ganz.

Nachdem Luke sich in der Schlucht vorsichtig umgesehen hatte, führte er seinen Begleiter auf den Kiesboden hinaus und auf Artoo Detoo zu.

»Wohin wolltest du eigentlich, hm?« fragte er scharf.

Ein schwaches Pfeifen entrang sich dem verlegenen Roboter,

aber es war Threepio, und nicht der widerspenstige Vagabund, der das Wort führte.

»Master Luke hier ist jetzt dein rechtmäßiger Besitzer, Artoo. Wie konntest du einfach weglaufen? Von diesem ›Obi-wan Kenobi‹-Unfug wollen wir nichts mehr hören, nachdem er dich gefunden hat. Ich weiß nicht, woher du das hast – oder auch das melodramatische Hologramm.«

Artoo wollte protestierend pfeifen, aber Threepios Empörung war zu groß, um Ausreden zuzulassen.

»Und erzähl mir nichts von deinem Auftrag! Was für ein Quatsch! Du kannst von Glück sagen, daß Master Luke dich nicht hier an Ort und Stelle in tausend Stücke zerbläst.«

»Keine Zeit«, bedauerte Luke, von Threepios hitziger Rachsucht ein bißchen angesteckt. »Kommt – es wird spät.« Er warf einen Blick auf die rasch emporsteigenden Sonnen. »Ich hoffe nur, daß wir zurückkommen, bevor Onkel Owen richtig in Fahrt gerät.«

»Wenn es Ihnen nichts ausmacht, daß ich das sage«, meinte Threepio, anscheinend unzufrieden, daß Artoo so leicht davonkommen sollte, »ich finde, Sie sollten den kleinen Flüchtling abschalten, bis Sie ihn sicher in die Garage zurückgebracht haben.«

»Nein. Er wird nichts unternehmen.« Luke sah den leise piependen Roboter streng an. »Ich hoffe, er hat seine Lektion gelernt. Es ist nicht nötig –«

Ohne Warnung sprang Artoo plötzlich vom Boden hoch – keine geringe Leistung, wenn man die Schwäche der Federmechanismen in seinen drei dicken Beinen bedachte. Sein zylindrischer Körper drehte und wand sich, während er eine wilde Symphonie von Pfiffen, Huplauten und elektronischen Ausrufen hervorbrachte.

Luke war müde, nicht erschrocken.

»Was ist? Was hat er denn jetzt wieder?« Er begann zu verstehen, daß Threepios Geduld sich erschöpfte. Er hatte nun selbst auch von dem verschrobenen Instrument ziemlich genug.

Unzweifelhaft hatte das Artoo-Gerät das Holo des Mädchens nur zufällig aufgeschnappt und es dazu benützt, Luke dazu zu bewegen, daß er seine Hemmanlage entfernte. Threepios Einstellung war wohl die richtige. Immerhin, sobald Luke die Schaltungen justiert und die Logikkupplungen gereinigt haben würde, würde ein durchaus nützliches Landwirtschaftsgerät daraus werden. Nur... wenn das der Fall war, weshalb schaute Threepio sich dann so sorgenvoll um?

»O je, Sir. Artoo behauptet, da seien mehrere Wesen unbekannter Art, die sich von Südosten nähern.«

Das *konnte* ein weiterer Versuch Artoos sein, sie abzulenken, aber Luke durfte die Warnung nicht in den Wind schlagen. Augenblicklich riß er das Gewehr von der Schulter und schaltete die Energiezelle ein. Er suchte den Horizont in der bezeichneten Richtung ab und sah nichts. Aber Sandleute waren schließlich Experten darin, sich unsichtbar zu machen.

Luke begriff plötzlich, wie weit sie hinausgefahren waren, welche Strecke der Landgleiter an diesem Morgen zurückgelegt hatte.

»Ich war noch nie hier«, sagte er zu Threepio. »Hier draußen leben ausgesprochen seltsame Wesen. Nicht alle sind schon klassifiziert. Es ist besser, keines als ungefährlich zu betrachten, bis das Gegenteil bewiesen ist. Wenn es natürlich etwas völlig Neues wäre...« Seine Neugier regte sich. Außerdem war das Ganze wahrscheinlich doch nur wieder ein Manöver von Artoo Detoo. »Sehen wir uns das an«, entschied er. Das Gewehr im Anschlag, trat er immerhin vorsichtig vor und führte Threepio auf den Kamm einer hohen Düne in der Nähe. Gleichzeitig achtete er darauf, Artoo nicht aus den Augen zu lassen.

Oben auf dem Kamm legte er sich hin und tauschte das Gewehr gegen das Makroglas aus. Unten breitete sich eine andere Schlucht vor ihnen aus, zu einer verwitterten Wand aus Rostbraun und Okker aufsteigend. Er ließ den Blick langsam über den Canyonboden gleiten und entdeckte überraschend zwei angebundene Gestalten. Banthas – und ohne Reiter!

»Haben Sie etwas gesagt, Sir?« keuchte Threepio, der sich hinter Luke heraufplagte. Seine Lokomotoren waren für solche Kletter- und Steigausflüge nicht gerüstet.

»Wirklich Banthas«, flüsterte Luke über die Schulter, ohne in der Erregung des Augenblicks zu bedenken, daß Threepio einen Bantha nicht von einem Panda würde unterscheiden können.

Er blickte wieder durch das Fernglas und verstellte es ein wenig.

»Warte... Sandleute, natürlich. Ich sehe einen.«

Etwas Dunkles verstellte ihm plötzlich den Blick. Im ersten Augenblick dachte er, ein Stein könnte sich vor ihn geschoben haben. Gereizt ließ er das Glas sinken und streckte die Hand aus, um das Hindernis wegzuschieben. Seine Hand berührte etwas, das sich anfühlte wie weiches Metall.

Es war ein bandagiertes Bein, so dick, wie die beiden von Luke zusammen. Entsetzt blickte er auf... und hinauf. Die hochragende Gestalt, die ihn anfunkelte, war kein Jawa. Sie war scheinbar aus dem Sand emporgewachsen.

Threepio trat erschrocken einen Schritt zurück und fand keinen Boden unter den Füßen. Während Kreisel protestierend aufheulten, stürzte der große Roboter rückwärts die Düne hinunter. Luke, wie festgebannt an seinem Platz, hörte verklingendes Klappern und Rattern, als Threepio hinter ihm den steilen Hang hinunterpurzelte.

Als der Augenblick der Konfrontation vorüberging, stieß der Tusken einen erschreckenden Grunzlaut, in dem sich Wut und Freude mischten, aus und ließ seine schwere Gaderffii hinuntersausen. Die zweischneidige Axt hätte Lukes Schädel säuberlich in zwei Hälften gespalten, wenn Luke nicht mit einer Bewegung, die mehr instinktiv als berechnet war, das Gewehr hochgerissen hätte. Seine Waffe lenkte den Schlag ab, war aber damit ein- für allemal ruiniert. Die riesige Axt zerschmetterte den Lauf und machte Metallkonfetti aus den empfindlichen Innenteilen der Waffe.

Luke warf sich nach hinten und sah sich am Rande eines steilen Absturzes. Der Räuber folgte ihm langsam, die Waffe hoch über den lumpenumhüllten Kopf erhoben. Er stieß ein grausiges, kicherndes Lachen aus, und das Geräusch klang wegen der Vermummung durch den gitterartigen Sandfilter nur um so unmenschlicher.

Luke versuchte, seine Lage objektiv einzuschätzen, wie man es ihm in der Überlebens-Schule beigebracht hatte. Der Haken dabei war, daß sein Mund ausgetrocknet, seine Hände zittrig und er selbst als Ganzes gelähmt vor Furcht war. Den Räuber vor sich, einen wahrscheinlich tödlichen Abgrund hinter sich, gab er auf. Irgend etwas in seinem Inneren übernahm das Kommando und entschied sich für die am wenigsten schmerzhafte Reaktion. Er wurde ohnmächtig.

Keiner der Räuber bemerkte Artoo Detoo, als der kleine Roboter sich in eine Nische in der Felswand nahe beim Landgleiter zwängte. Einer von ihnen trug die leblose Gestalt Lukes. Er warf den bewußtlosen jungen Mann vor dem Gleiter auf den Boden und gesellte sich zu seinen Genossen, die sich über das offene Fahrzeug hermachten.

Vorräte und Ersatzteile wurden in alle Richtungen geschleudert. Von Zeit zu Zeit unterbrach man die Plünderung, wenn mehrere Tusken sich um ein besonderes Stück Beute stritten oder rauften.

Unerwartet hörte das Gebalge auf, und mit erschreckender Geschwindigkeit wurden die Tusken Teil der Wüstenlandschaft, in alle Richtungen starrend.

Eine verlorene Brise fegte träge den Canyon herab. Fern im Westen heulte etwas. Ein rollendes, dröhnendes Surren wurde von den Schluchtwänden als Echo zurückgeworfen und kroch nervös eine Riesenskala rauf und runter.

Die Sandleute verharrten noch einen Augenblick, dann stießen sie laute Grunzlaute und Schreckenstöne aus, während sie in fliegender Hast die Flucht von dem weithin sichtbaren Landgleiter ergriffen.

Das furchtbare Heulen ertönte wieder, diesmal näher. Inzwischen waren die Sandleute schon auf halbem Weg zu ihren Banthas, die ebenso erschrocken, nichts als fliehen wollten und an ihren Fesseln zerrten.

Wenngleich das Geräusch Artoo Detoo nichts bedeutete, versuchte der kleine Roboter trotzdem, sich noch tiefer in die Nische hineinzupressen. Das dröhnende Heulen kam näher. Nach der Reaktion der Sandleute zu urteilen, mußte hinter diesem rollenden Schrei etwas Monströses stecken, das jeder Beschreibung spottete. Etwas Ungeheuerliches und Mordlustiges, das nicht den Verstand besitzen mochte, zwischen eßbarem Organischen und nicht eßbaren Maschinen zu unterscheiden.

Nicht einmal der Staub auf ihrem Weg blieb, um anzuzeigen, wo die Tusken-Räuber nur Minuten zuvor das Innere des Landgleiters zerlegt hatten. Artoo Detoo schaltete alle Funktionen bis auf die wesentlichen ab, bemüht, Geräusche und Licht möglichst zu verringern, als ein rhythmisch rauschendes Geräusch langsam hörbar wurde. Das Wesen erschien über dem Kamm einer nahen Düne, unterwegs zum Landgleiter...

5

Es war groß, aber keineswegs ungeheuerlich. Artoo runzelte innerlich die Stirn, als er die Optik überprüfte und sein Inneres wieder in Betrieb nahm.

Das Monster sah einem alten Mann sehr ähnlich. Er trug einen abgenutzten Umhang und wallende Gewänder, behängt mit ein paar kleinen Gurten, Säcken und unkenntlichen Instrumenten. Artoo suchte die Spur des Menschen ab, entdeckte aber kein Anzeichen für einen ihm folgenden Alptraum. Der Mann wirkte auch nicht bedroht. Eigentlich sieht er vergnügt aus, dachte Artoo.

Es war unmöglich, festzustellen, wo die Kleidung des seltsamen Ankömmlings aufhörte und seine Haut begann. Das alte Gesicht ging in den sandbedeckten Stoff über, und sein Bart schien nur eine Fortsetzung der losen Falten auf seiner Brust zu sein.

Andeutungen eines extremen Klimas von anderer Art als in der Wüste, nämlich von äußerster Kälte und Feuchtigkeit, waren in das faltige Gesicht gegraben. Ein Haken von Nase, wie ein Felsvorsprung, ragte aus einem Gewirr von Falten und Narben heraus. Die Augen daneben waren von flüssigem Kristallazur. Der Mann lächelte durch Sand und Staub und Bart und kniff beim Anblick der regungslosen Gestalt neben dem Landgleiter die Augen zusammen.

Überzeugt davon, daß die Sandleute Opfer einer akustischen Täuschung geworden waren – wobei er einfach unberücksichtigt ließ, daß er selbst sie auch wahrgenommen hatte – und gleichermaßen davon überzeugt, daß dieser Fremde Luke nichts Böses wollte, schob sich Artoo ein wenig vor, um besser sehen zu können. Das Geräusch eines kleinen Steins, den er verschoben hatte, war für seine elektronischen Sensoren kaum wahrnehmbar, aber der Mann fuhr herum, als sei er angeschossen worden. Er starrte direkt in Artoos Nische, immer noch sanft lächelnd.

»Hallo«, rief er mit tiefer, überraschend fröhlicher Stimme. »Komm her, mein kleiner Freund. Kein Grund, Angst zu haben.«

In dieser Stimme war etwas Aufrichtiges und Beruhigendes. Außerdem war die Verbindung selbst mit einem unbekannten Menschen der Isolierung in dieser Wüstenei vorzuziehen. Artoo watschelte hinaus in den Sonnenschein und ging hinüber zu der Stelle, wo Luke am Boden lag. Der faßartige Körper des Roboters beugte sich vor, und er untersuchte die schlaffe Gestalt. Aus seinem Inneren drangen Pfiffe und besorgte Pieplaute.

Der alte Mann trat hinzu, bückte sich und berührte Lukes Stirn und Schläfe. Nach kurzer Zeit regte sich der Bewußtlose und lallte wie ein träumender Schläfer.

»Keine Sorge«, sagte der Mensch zu Artoo, »er wird in Ordnung sein.«

Wie um diese Meinung zu bestätigen, blinzelte Luke, starrte verständnislos nach oben und murmelte: »Was ist passiert?«

»Nur Ruhe, mein Sohn«, sagte der Mann und ging in die Hocke. »Sie haben einen anstrengenden Tag hinter sich.« Wieder blitzte das jungenhafte Grinsen auf. »Sie haben ein Riesenglück, daß Ihr Kopf noch da ist, wo er hingehört.«

Luke schaute sich um und richtete dann den Blick auf das alte Gesicht über ihm. Das Wiedererkennen leistete Wunder der Regeneration für seine Verfassung.

»Ben – Sie müssen es sein!« Eine plötzliche Erinnerung veranlaßte ihn, sich ängstlich umzublicken, aber von Sandleuten war keine Spur mehr zu sehen. Langsam setzte er sich auf. »Ben Kenobi... bin ich froh, Sie zu treffen!«

Der alte Mann stand auf und ließ den Blick über den Canyonboden und den gewellten Randkamm schweifen. Ein Fuß scharrte im Sand.

»Die Jundland-Wüsten darf man nicht leichthin durchqueren. Es ist der irregeleitete Reisende, der die Gastfreundschaft der Tusken anlockt.« Sein Blick kehrte zum Patienten zurück. »Sagen Sie, junger Mann, was führt Sie so weit ins Nichts hinaus?«

Luke zeigte auf Artoo Detoo.

»Der kleine Roboter da. Ich dachte zuerst, er sei verrückt geworden, als er behauptete, nach einem früheren Inhaber zu suchen. Jetzt glaube ich das nicht mehr. Ich habe noch nie eine solche

Treue bei einem Roboter gesehen – ob irregeleitet oder nicht. Man kann ihn offenbar nicht aufhalten; er hat sich sogar dazu hinreißen lassen, mich hereinzulegen.« Luke schaute nach oben. »Er behauptet, Eigentum von jemandem zu sein, der Obi-wan Kenobi heißt.« Luke paßte genau auf, aber der Mann zeigte keine Reaktion. »Ist das ein Verwandter von Ihnen? Mein Onkel glaubt, daß es ihn wirklich gegeben hat. Oder ist das nur ein unwichtiges Stück wirrer Information, das versehentlich in seine Leistungsspeicher geraten ist?«

Ein nachdenkliches Stirnrunzeln veränderte das sandgegerbte Gesicht erstaunlich. Kenobi schien über die Frage nachzusinnen, während er sich zerstreut den strähnigen Bart kraulte.

»Obi-wan Kenobi«, wiederholte er. »Obi-wan... nun, das ist ein Name, den ich lange nicht mehr gehört habe. Sehr lange. Höchst merkwürdig.«

»Mein Onkel hat gesagt, er sei tot«, sagte Luke.

»Oh, tot ist er nicht«, verbesserte ihn Kenobi leichthin. »Noch nicht, noch nicht.«

Luke erhob sich aufgeregt. Die Tusken-Räuber waren vergessen.

»Dann kennen Sie ihn also?«

Ein Lächeln erstaunlicher Jugendlichkeit überflog die Collage aus runzliger Haut und Bart.

»Natürlich kenne ich ihn; ich bin es selbst, wie Sie vermutlich schon geargwöhnt haben, Luke. Aber den Namen *Obi-wan* trage ich seit einer Urzeit nicht mehr.«

»Dann gehört der Roboter also Ihnen, wie er behauptet hat«, meinte Luke und deutete auf Artoo Detoo.

»Nun, das ist das Sonderbare«, gestand Kenobi rätselnd, während er den stummen Roboter betrachtete. »Ich kann mich nicht erinnern, einen Roboter besessen zu haben, schon gar nicht ein modernes Artoo-Gerät. Höchst interessant, höchst interessant.« Irgend etwas lenkte den Blick des alten Mannes plötzlich zur

Kante naher Klippen. »Ich halte es für das Beste, wenn wir Ihren Landgleiter benützen. Die Sandleute sind hartnäckig, wir müssen damit rechnen, daß sie bald in größerer Zahl wieder auftauchen. Ein Landgleiter ist eine Beute, auf die sie nicht gern verzichten, und schließlich sind sie keine Jawas.« Kenobi legte beide Hände auf seltsame Weise an den Mund, atmete tief ein und stieß ein unirdisches Heulen aus, bei dem Luke zusammenschreckte. »Das müßte irgendwelche Nachzügler noch eine Weile in Trab halten«, sagte der alte Mann zufrieden.

»Das ist ein Krayt-Drachenschrei!« Luke gaffte ihn verblüfft an. »Wie haben Sie das gemacht?«

»Ich zeige es Ihnen einmal, mein Sohn. Es ist nicht sehr schwer. Man braucht nur die richtige Fingerstellung, geübte Stimmbänder und sehr viel Luft. Wenn Sie ein Bürokrat des Imperiums wären, könnte ich es Ihnen sofort beibringen, aber Sie sind keiner.« Er starrte wieder zur Klippe hinauf. »Und ich glaube, das ist auch nicht die Zeit und der Ort dafür.«

»Dagegen sage ich nichts.« Luke rieb sich den Hinterkopf. »Fangen wir an.«

In diesem Augenblick stieß Artoo ein klagendes Schrillen aus und fuhr herum. Luke konnte das elektronische Geräusch nicht übersetzen, aber plötzlich begriff er den Anlaß dafür.

»Threepio«, rief Luke besorgt. Artoo entfernte sich bereits vom Landgleiter, so schnell er konnte. »Kommen Sie, Ben.«

Der kleine Roboter führte sie zum Rand einer großen Sandgrube, blieb dort stehen, zeigte hinunter und quietschte traurig. Luke sah, wohin Artoo deutete, dann stieg er vorsichtig den glatten, wandernden Hang hinab, während Kenobi mühelos folgte.

Threepio lag im Sand unten am Hang, den er hinabgestürzt war. Sein Rumpf war verbeult und verbogen. Ein Arm lag abgebrochen und verkrümmt daneben.

»Threepio!« rief Luke. Keine Antwort. Er schüttelte den An-

droiden, aber ohne Erfolg. Luke öffnete eine Klappe an der Rückseite des Roboters und betätigte ein paarmal einen versteckten Schalter. Ein leises Summen begann, verstummte, begann von neuem und wurde zu einem normalen Surren.

Threepio drehte sich mit seinem verbliebenen Arm herum und setzte sich auf.

»Wo bin ich?« murmelte er, während seine Photorezeptoren klar wurden. Dann erkannte er Luke. »Oh, es tut mir leid, Sir. Ich muß einen falschen Schritt getan haben.«

»Du hast Glück, daß deine Hauptschaltungen noch funktionieren«, sagte Luke. Er blickte bedeutungsvoll hinauf zur Klippe. »Kannst du stehen? Wir müssen hier weg, bevor die Sandleute zurückkommen.«

Servomotoren heulten protestierend auf, bis Threepio darauf verzichtete, sich anzustrengen.

»Ich glaube nicht, daß ich es schaffe. Gehen Sie nur, Master Luke. Es hat keinen Sinn, wenn Sie meinetwegen ein Risiko eingehen. Ich bin erledigt.«

»Nein, bist du nicht«, erwiderte Luke sofort, auf unerklärliche Weise von dieser neu erworbenen Maschine berührt. Aber Threepio war schließlich auch keines der stummen Arbeitsgeräte, mit denen Luke es sonst zu tun hatte. »Was soll das heißen?«

»Es ist logisch«, teilte ihm Threepio mit.

»Defätistisch.«

Mit Lukes und Ben Kenobis Hilfe gelang es dem verbeulten Androiden schließlich, sich aufzurichten. Der kleine Artoo schaute vom Rand der Grube aus zu.

Mitten am Hang blieb Kenobi plötzlich stehen und schnupperte argwöhnisch. »Schnell. Sie sind wieder unterwegs.«

Luke versuchte gleichzeitig auf die Felsen in der Umgebung und seine Schritte zu achten, während er sich abmühte, Threepio aus der Grube herauszuschleppen.

Die Einrichtung von Ben Kenobis wohlverborgener Höhle war spartanisch, trotzdem wirkte die Behausung behaglich. Den meisten Leuten hätte sie nicht genügt, so, wie sie den besonderen eklektischen Geschmack ihres Besitzers widerspiegelte. Der Wohnbereich strahlte eine Atmosphäre bescheidenen Komforts aus, bei der mehr Wert auf geistige Bequemlichkeit gelegt wurde als auf jene des ungeschickten menschlichen Körpers.

Sie hatten den Canyon räumen können, bevor die Tusken-Räuber in großer Zahl zurückkamen. Unter Kenobis Anleitung hatte Luke eine so verwirrende Spur hinterlassen, daß nicht einmal ein mit besonders guter Spürnase ausgestatteter Jawa ihr hätte folgen können.

Luke versagte es sich mehrere Stunden lang, sich den Verlokkungen der Höhle Kenobis zu überlassen. Statt dessen blieb er in der Ecke, die als enge, aber vollständig ausgestattete Werkstätte eingerichtet war, und arbeitete daran, Threepios abgetrennten Arm zu reparieren.

Zum Glück hatten die automatischen Überlastungs-Entkuppler unter der enormen Anstrengung nachgegeben und die elektronischen Nerven und Ganglien ohne eigentlichen Schaden abgetrennt. Die Reparatur war deshalb einfach eine Sache, den Arm wieder an der Schulter anzubringen und die Selbstanschlüsse zu aktivieren.

Während Luke damit beschäftigt war, befaßte sich Kenobi mit Artoo Detoo. Der gedrungene Roboter hockte passiv auf dem kühlen Höhlenboden, während der alte Mann an seinem metallenen Inneren herumbastelte. Schließlich setzte Kenobi sich mit einem zufriedenen Brummen auf und klappte die offenen Tafeln am runden Kopf des Roboters zu.

»Und jetzt wollen wir sehen, ob wir erfahren, was du bist, mein kleiner Freund, und woher du kommst.«

Luke war ohnehin fast fertig, und Kenobis Worte genügten, um ihn aus dem Werkstattbereich zu locken.

»Ich habe einen Teil der Mitteilung gesehen«, begann er, »und ich –«

Wieder wurde das auffallende Bild auf den Raum vor der Vorderseite des kleinen Roboters projiziert. Luke verstummte, erneut entzückt von der rätselhaften Schönheit des Mädchens.

»Ja, ich glaube, so geht es«, murmelte Kenobi nachdenklich.

Das Bild blieb flackernd erhalten, was auf ein hastig zusammengestelltes Band hindeutete. Aber es war jetzt viel schärfer als beim ersten Male, wie Luke bewundernd feststellte.

»General Obi-wan Kenobi«, sagte die melodiöse Stimme, »ich stelle mich im Namen der Weltfamilie Alderaan und der Allianz zur Neubildung der Republik vor. Ich dringe in Ihre Einsamkeit auf Bitten meines Vaters vor, Bail Organa, Vizekönig und Erster Vorsitzender des Systems Alderaan.«

Kenobi hörte sich diese ungewöhnliche Mitteilung an, während Lukes Augen aus ihren Höhlen zu treten drohten.

»Vor Jahren haben Sie der Alten Republik in den Klon-Kriegen gedient, General«, fuhr die Stimme fort. »Nun bittet Sie mein Vater, uns in unserer verzweifeltsten Stunde erneut zu helfen. Er möchte, daß Sie zu ihm nach Alderaan kommen. Sie *müssen* zu ihm kommen.

Ich bedaure, daß ich nicht in der Lage bin, Ihnen die Bitte meines Vaters persönlich zu überbringen. Meine Mission, mich persönlich mit Ihnen zu treffen, ist gescheitert. Daher bin ich gezwungen, diese Methode der Verständigung anzuwenden.

Information, die für das Überleben der Allianz von lebenswichtiger Bedeutung ist, wurde im Gehirn dieses Detoo-Roboters gespeichert. Mein Vater weiß, wie er sie erlangen kann. Ich flehe Sie an, dafür zu sorgen, daß das Gerät sicher nach Alderaan befördert wird.« Sie machte eine Pause, und als sie fortfuhr, klangen ihre Worte hastiger und weniger förmlich. »Sie *müssen* mir helfen, Obi-wan Kenobi. Sie sind meine letzte Hoffnung. Ich wurde von Agenten des Imperiums gefangengenommen. Von mir werden sie nichts erfahren. Alles, was es zu wissen gibt, ist verschlossen in den Gedächtnisspeichern dieses Roboters. Lassen Sie uns nicht im Stich, Obi-wan Kenobi. Lassen Sie *mich* nicht im Stich.« Eine kleine Wolke dreidimensionaler statischer Störungen trat an die Stelle des Bildes, dann verschwand es ganz. Artoo Detoo sah erwartungsvoll zu Kenobi auf.

Der alte Mann. Der verrückte Zauberkünstler. Der Wüstentramp und Sonderling, von dem sein Onkel und alle anderen schon wußten, seitdem Luke denken konnte.

Wenn die atemlose, von Angst geprägte Botschaft der jungen Frau auf Kenobi irgendeine Wirkung gehabt hatte, ließ er sich das nicht anmerken. Er lehnte sich an die Felswand und strich nachdenklich seinen Bart, während er langsam an einer Wasserpfeife in freigestalteter Form aus mattem Chrom sog.

Luke rief sich das schlichte und doch so wunderbare Abbild ins Gedächtnis zurück.

»Sie ist so – so –« Seine Farmerherkunft lieferte ihm die erforderlichen Worte nicht. Plötzlich riß er die Augen auf und sah den alten Mann ungläubig an. »General Kenobi, Sie haben in den Klon-Kriegen gekämpft? Aber... das ist doch schon so lange her.«

»Hm, ja«, gab Kenobi zu, so beiläufig, als spreche er über das Rezept für Shang-Eintopf. »Ist wohl eine Weile her. Ich bin einmal Jedi-Ritter gewesen. Wie Ihr Vater«, sagte er und sah den Jungen prüfend an.

»Ein Jedi-Ritter«, wiederholte Luke. Dann sah er sein Gegenüber verwirrt an. »Aber mein Vater hat nicht in den Klon-Kriegen gekämpft. Er war kein Ritter – nur Navigator in einem Raumfrachter.«

Kenobi lächelte, ohne das Mundstück der Pfeife loszulassen.

»Das hat Ihnen jedenfalls Ihr Onkel erzählt.« Seine Aufmerksamkeit ging plötzlich in eine andere Richtung. »Owen Lars stimmte mit den Ideen und Ansichten oder mit der Lebensanschauung Ihres Vaters nicht überein. Er meinte, Ihr Vater hätte hier auf Tatooine bleiben und sich nicht einmischen sollen in...« Wieder das scheinbar gleichgültige Achselzucken. »Nun, er meinte, er hätte hierbleiben und sich um seine Landwirtschaft kümmern sollen.«

Luke sagte nichts und saß angespannt da, als der alte Mann Bruchstücke einer Lebensgeschichte erzählte, die Luke nur in der Verzerrung durch seinen Onkel kennengelernt hatte.

»Owen fürchtete immer, das abenteuerliche Leben Ihres Vaters könne Sie beeinflussen und aus Anchorhead fortlocken.« Er schüttelte den Kopf. »Viel von einem Farmer hatte Ihr Vater nicht, fürchte ich.«

»Ich hätte ihn gern gekannt«, flüsterte Luke schließlich.

»Er war der beste Pilot, den ich je kennengelernt habe«, fuhr Kenobi fort, »und ein kluger Kämpfer. Die Macht... der Instinkt in ihm waren stark.« Für eine kurze Sekunde wirkte Kenobi wahrhaft alt. »Und er war ein guter Freund.« Plötzlich kehrte aber das jungenhafte Zwinkern wieder in die scharfblickenden Augen zurück, gemeinsam mit dem natürlichen Humor des alten Mannes. »Wie ich höre, sind Sie auch kein schlechter Pilot. Pilotieren und Navigieren sind nicht vererbbar, aber eine Anzahl von Dingen, die gemeinsam einen Kleinschiff-Piloten ausmachen, die könnten Sie geerbt haben. Immerhin, sogar einer Ente muß man das Schwimmen beibringen.«

»Was ist eine Ente?« fragte Luke neugierig.

»Schon gut. In vieler Beziehung sind Sie Ihrem Vater sehr ähnlich, wissen Sie.« Kenobis unverhüllt forschender Blick machte Luke nervös. »Seit ich Sie das letztemal gesehen habe, sind Sie ziemlich erwachsen geworden.«

Luke hatte keine Antwort darauf und wartete stumm, als Kenobi wieder in tiefe Nachdenklichkeit versank. Nach einer Weile regte sich der alte Mann, der offenbar zu einer wichtigen Entscheidung gelangt war.

»Das alles erinnert mich daran, daß ich hier etwas für Sie habe«, erklärte er. Er stand auf, ging zu einer großen altmodischen Truhe und kramte darin herum. Alle möglichen interessanten Dinge wurden herausgenommen und weggeschoben und wieder hineingelegt.

»Wenn Sie alt genug wären«, sagte Kenobi, »wollte Ihr Vater Ihnen das geben... falls ich das verflixte Ding jemals finde. Ich habe schon einmal versucht, es Ihnen zu bringen, aber Ihr Onkel wollte das nicht zulassen. Er glaubte, Sie würden dadurch nur auf verrückte Ideen kommen und am Ende dem alten Obi-wan in irgendeinen idealistischen Kreuzzug folgen.

Sehen Sie, Luke, das war der Punkt, in dem Ihr Vater und Ihr Onkel grundverschiedener Meinung waren. Lars ist nicht der Mensch, sich vom Idealismus ins Geschäft pfuschen zu lassen, während Ihr Vater die Frage nicht einmal der Diskussion für wert hielt. Seine Entscheidung in solchen Dingen wurde gefällt wie beim Pilotieren – instinktiv.«

Luke nickte. Er hatte nun alle Sandkörnchen entfernt und schaute sich nach einem letzten Bauteil um, der in Threepios Inneres eingefügt werden mußte. Er fand den Hemm-Modul, öffnete die Halteklammern in der Maschine und machte sich daran, ihn wieder anzuschließen. Threepio verfolgte die Arbeit und schien zusammenzuzucken.

Luke starrte lange in die Photorezeptoren aus Metall und Kunststoff, dann legte er den Modul auf die Werkbank und schloß die Brustplatte des Roboters. Threepio sagte nichts.

Hinter ihnen ertönte ein Brummlaut, und als Luke sich umdrehte, sah er Kenobi mit erfreutem Gesicht auf sich zukommen. Er gab Luke ein kleines, harmlos aussehendes Gerät, das der junge Mann interessiert betrachtete.

Es bestand hauptsächlich aus einem kurzen, dicken Handgriff mit zwei kleinen Schaltern. Über dem Kolben befand sich eine runde Metallscheibe, im Durchmesser kaum größer als Lukes Handfläche. Eine Anzahl fremdartiger, edelsteinähnlicher Teile war in Griff und Scheibe eingelassen, einschließlich der kleinsten Energiezelle, die Luke je gesehen hatte. Die Rückseite der Scheibe war spiegelhell poliert. Was Luke jedoch am meisten verwirrte, war die Energiezelle. Was immer das Ding auch sein mochte, es erforderte, wie man aus dem Leistungsmuster der Zelle ersehen konnte, sehr viel Energie.

Trotz der Tatsache, daß der Apparat seinem Vater schon gehört hatte, sah er aus wie neu. Kenobi hatte ihn offenbar gut gepflegt. Nur eine Anzahl winziger Kratzer am Handgriff deutete auf früheren Gebrauch hin.

»Sir?« sagte eine vertraute Stimme, die Luke eine Weile nicht mehr gehört hatte.

»Was?« fragte Luke überrascht.

»Wenn Sie mich nicht brauchen«, erklärte Threepio, »werde ich mich eine Weile abschalten. Das erlaubt den Armatur-Nerven eine schnellere Heilung, und ich bin ohnehin für innere Selbstreinigung fällig.«

»Sicher, nur zu«, sagte Luke zerstreut und beugte sich wieder über das rätselhafte Gerät. Threepio hinter ihm verstummte, und das Leuchten in seinen Augen erlosch vorübergehend. Luke fiel auf, daß Kenobi ihn interessiert beobachtete. »Was ist das?« fragte er endlich, trotz all seiner Überlegungen nicht fähig, das Gerät zu identifizieren.

»Der Lichtsäbel Ihres Vaters«, erwiderte Kenobi. »Solche Säbel waren früher einmal häufig im Gebrauch und sind es, in gewissen galaktischen Gegenden, heute noch.«

Luke untersuchte die Regler am Griff, dann berührte er versuchsweise einen farbigen Knopf oben am Spiegelknauf. Augenblicklich erzeugte die Scheibe einen blauweißen Strahl von der Dicke seines Daumens. Er war gebündelt bis zur Undurchsichtigkeit und etwas über einen Meter lang. Er verblaßte nicht, sondern blieb am anderen Ende so grell und scharf wie an der Scheibe. Seltsamerweise spürte Luke keine Hitze daran; trotzdem hütete er sich, ihn zu berühren. Er wußte, was ein Lichtsäbel vermochte, obwohl er zuvor noch nie einen gesehen hatte. Dieser Säbel konnte ein Loch mitten durch die Felswand von Kenobis Höhle bohren – oder natürlich auch durch einen Menschen.

»Das war die herkömmliche Waffe eines Jedi-Ritters«, erläuterte Kenobi. »Nicht so plump und wahllos wie ein Strahler. Man brauchte für die Anwendung mehr Geschicklichkeit als schlichtes Zielen. Eine elegante Waffe. Sie war gleichzeitig auch ein Symbol. Jeder kann einen Strahler oder einen Fusionsschneider gebrauchen – aber mit einem Lichtsäbel *geschickt* umzugehen, das erfordert mehr.« Kenobi ging in der Höhle auf und ab, während er weitersprach: »Seit über tausend Generationen waren die Jedi-Ritter die mächtigste und geachtetste Kraft in der Galaxis, Luke. Sie dienten als Wächter und Garanten für Frieden und Gerechtigkeit in der Alten Republik.«

Als Luke nicht fragte, was inzwischen aus ihnen geworden sei, hob Kenobi den Kopf und sah, daß der junge Mann ins Leere starrte und von den Erläuterungen des alten Mannes wenig oder nichts mitbekommen hatte. Manche Leute hätten Luke dafür gerügt, aber nicht Kenobi. Einfühlsamer als die meisten, wartete er geduldig, bis die Stille so stark auf Luke lastete, daß er wieder das Wort ergriff.

»Wie ist mein Vater gestorben?« fragte er langsam.

Kenobi zögerte, und Luke spürte, daß der alte Mann nicht gerne über dieses Thema sprach. Im Gegensatz zu Owen Lars war Kenobi jedoch nicht fähig, Zuflucht bei einer bequemen Lüge zu suchen.

»Er ist verraten und ermordet worden«, sagte Kenobi ernst, »und zwar von einem sehr jungen Jedi namens Darth Vader.« Er sah Luke nicht an. »Ein Junge, den ich ausbildete. Einer meiner begabtesten Schüler... einer meiner größten Mißerfolge.« Kenobi ging wieder hin und her. »Vader gebrauchte die Ausbildung, die ich ihm gab, und die Kraft in ihm zum Bösen, um den späteren korrupten Kaisern zu helfen. Als die Jedi-Ritter aufgelöst, zerstreut oder tot waren, gab es für Vader nur noch wenige Gegner. Heute sind sie praktisch ausgestorben.« Ein unergründlicher Ausdruck huschte über Kenobis Gesicht. »In vieler Beziehung waren sie zu gut, zu vertrauensvoll. Sie setzten zuviel Vertrauen in die Stabilität der Republik und begriffen nicht, daß der Körper zwar gesund sein mochte, der Kopf aber erkrankte und schwach wurde und Manipulationen zugänglich war, deren sich der Kaiser bediente.

Ich wüßte gern, was Vader eigentlich wollte. Manchmal habe ich das Gefühl, er wartet nur ab und bereitet sich auf eine unbegreifliche Scheußlichkeit vor. Dessen ist fähig ein Mensch, der die Kraft beherrscht und von ihrer dunklen Seite verzehrt wird.«

Lukes Gesicht verzerrte sich vor Verwirrung.

»Eine Kraft? Das ist das zweitemal, daß Sie den Ausdruck erwähnen.«

Kenobi nickte.

»Manchmal vergesse ich, vor wem ich so dahinrede. Sagen wir einfach, die Kraft ist etwas, mit der ein Jedi sich einlassen muß. Sie ist zwar nie zureichend erklärt worden, aber manche Wissenschaftler haben die Theorie aufgestellt, sie sei ein von Lebewesen erzeugtes Energiefeld. Die frühen Menschen haben ihr Vorhandensein vermutet, blieben aber Jahrtausende unwissend, was ihr Potential anging.

Nur bestimmte Einzelne konnten die Kraft erkennen als das, was sie war. Sie wurden aber unbarmherzig etikettiert: Scharlatane, Schwindler, Mystiker – und Schlimmeres. Noch weniger Menschen konnten sie anwenden. Da sie meist außerhalb ihrer primitiven Steuerung stand, war sie häufig zu mächtig für sie. Sie wurden von ihren Zeitgenossen mißverstanden – und Schlimmeres.« Kenobi machte mit beiden Armen eine weit ausholende Geste. »Die Kraft umgibt jeden einzelnen von uns. Manche glauben, daß *sie* unsere Handlungen bestimmt, und nicht umgekehrt. Das

Wissen über die Kraft, und wie sie zu handhaben sei, war es, die dem Jedi seine besondere Macht verlieh.« Die Arme sanken herunter, und Kenobi starrte Luke an, bis der junge Mann verlegen mit den Füßen scharrte. Als der alte Mann weitersprach, geschah das in einem so lebhaften, jugendlichen Ton, daß Luke unwillkürlich zusammenzuckte. »Auch Sie müssen die Wege der Kraft lernen, Luke – wenn Sie mit mir nach Alderaan gehen wollen.«

»Alderaan!« Luke sprang auf und sah Kenobi verwirrt an. »Ich gehe nicht nach Alderaan. Ich weiß nicht einmal, wo Alderaan ist.« Verdunster, Androiden, Ernten... plötzlich schien die Umgebung sich um ihn zusammenzuschließen, und die vorher nur interessanten Möbelstücke und fremden Gegenstände wirkten jetzt eine Spur furchterregend. Er schaute sich um und versuchte dem durchdringenden Blick Ben Kenobis zu entgehen... des alten Ben... verrückten Ben... General Obi-wan... »Ich muß nach Hause«, murmelte er undeutlich. »Es ist spät. Ich bin ohnehin dran.« Ein Gedanke kam ihm plötzlich, und er wies auf den regungslosen Artoo Detoo. »Den Roboter können Sie behalten. Er scheint das zu wollen. Mir fällt schon etwas ein, was ich meinem Onkel sage – hoffentlich«, fügte er verloren hinzu.

»Ich brauche Ihre Hilfe, Luke«, erklärte Kenobi unbeirrbar. »Ich werde zu alt für derlei Dinge. Ich kann mich nicht mehr darauf verlassen, daß ich das auf meine Art richtig zu Ende führe. Der Auftrag ist viel zu wichtig.« Er wies mit einer Kopfbewegung auf Artoo Detoo. »Sie haben die Botschaft gehört und gesehen.«

»Aber... auf so etwas kann ich mich nicht einlassen«, wandte Luke ein. »Ich muß arbeiten, wir müssen die Ernte einbringen – auch wenn Onkel Owen vielleicht doch einmal nachgeben und ein paar Hilfskräfte einstellen möchte. Oder wenigstens eine. Aber ich kann nichts tun. Nicht jetzt. Außerdem ist das alles so weit von hier. Das Ganze geht mich ja wirklich nichts an.«

»Das hört sich an, als rede Ihr Onkel«, sagte Kenobi.

»Oh! Mein Onkel Owen... Wie soll ich ihm das alles erklären?«

Der alte Mann unterdrückte ein Lächeln, weil er wußte, daß Lukes Schicksal schon vorausbestimmt war. Er hatte sich entschieden, schon bevor Luke von der Art des Todes seines Vaters erfahren hatte. Es hatte festgestanden, bevor er die ganze Botschaft gehört hatte. Es war in der Natur der Dinge geregelt worden, als er zum erstenmal das flehende Bild der schönen Senatorin Organa gesehen hatte, unsicher projiziert von dem kleinen Roboter. Kenobi zuckte innerlich die Achseln. Vermutlich war es sogar schon festgelegt gewesen, bevor der Junge überhaupt geboren worden war. Nicht, daß Ben an Vorherbestimmung glaubte, aber er glaubte an Vererbung – und an die Kraft.

»Vergiß nicht, Luke, das Leiden *eines* Menschen ist das Leiden *aller.* Für die Ungerechtigkeit sind Entfernungen belanglos. Wenn das Böse nicht bald aufgehalten wird, greift es hinaus und erfaßt alle Menschen, ob sie sich dagegen gestellt haben oder nicht.«

»Ich könnte Sie ja immerhin bis Anchorhead mitnehmen«, meinte Luke nervös. »Von dort können Sie weiter nach Mos Eisley kommen, oder wohin Sie wollen.«

»Nun gut«, sagte Kenobi. »Das genügt fürs erste. Dann mußt du tun, was du für *richtig* hältst.«

Luke wandte sich völlig verwirrt ab.

»Gut. Im Augenblick fühle ich mich nicht besonders wohl...«

Das Gefängnisloch war tödlich düster, mit nur einem Minimum an Beleuchtung. Man konnte kaum genug sehen, um die schwarzen Metallwände und die hohe Decke zu erkennen. Die Zelle sollte das Gefühl der Hilflosigkeit eines Gefangenen bis zum Äußersten steigern, und diese Aufgabe erfüllte sie gut. So gut, daß die einzige Insassin erschrocken zusammenzuckte, als aus einer Ecke der Kammer ein Summen drang. Die Metalltür, die sich zu öffnen begann, war so dick wie ihr Körper – so als fürchte man, etwas weniger Massives könne von ihr mit bloßen Händen durchdrungen werden, dachte sie bitter.

Das Mädchen versuchte hinauszublicken und sah mehrere Wachen vor dem Eingang Aufstellung nehmen. Leia Organa sah sie trotzig an und wich an die Rückwand der Zelle zurück.

Ihr entschlossener Ausdruck verflog, als eine riesige schwarze Gestalt hereinkam, dahingleitend wie auf Raupenketten. Vaders Gegenwart zermalmte ihren Geist so gründlich, wie ein Elefant eine Eierschale zerdrückt. Dem Schurken folgte ein alter, drahtiger Mann, kaum weniger erschreckend, trotz seiner winzigen Erscheinung neben dem Schwarzen Lord.

Darth Vader gab jemandem vor der Tür ein Zeichen. Etwas, das wie eine riesige Biene summte, kam heran und schlüpfte in den Raum. Leia erstickte beim Anblick der schwarzen Metallkugel fast an ihrem eigenen Atem. Sie schwebte in der Luft auf unabhängigen Repulsoren, und aus der Wandung ragte ein Gewirr von Metallarmen, an denen sich zahlreiche empfindliche Instrumente befanden.

Leia betrachtete das Gerät voller Entsetzen. Sie hatte Gerüchte von solchen Maschinen gehört, aber nie geglaubt, daß die Techniker des Imperiums eine solche Ungeheuerlichkeit wirklich konstruieren würden. In seinem seelenlosen Gedächtnis waren alle Barbareien, alle verbürgten Scheußlichkeiten, die der Menschheit bekannt waren, vereint – und auch die von einigen fremden Rassen.

Vader und Tarkin blieben ruhig stehen und ließen ihr Zeit, den schwebenden Alptraum zu betrachten. Vor allem der Gouverneur gab sich nicht der Täuschung hin, die bloße Gegenwart der Apparatur werde sie dazu bringen, preiszugeben, was er wissen mußte. Nicht, daß die bevorstehende Sitzung besonders unerfreulich sein würde, dachte er. Aus solchen Begegnungen war immer Erleuchtung und Wissen zu gewinnen, und die Senatorin versprach ein höchst interessantes Subjekt zu sein.

Nachdem einige Zeit vergangen war, wies er auf die Maschine.

»Also, Senatorin Organa, Prinzessin Organa, nun werden wir über den Ort des Hauptstützpunkts der Rebellen sprechen.«

Die Maschine bewegte sich langsam auf sie zu, und das Summen schwoll an. Die gleichgültige Kugelform verdeckte Vader, den Gouverneur, den Rest der Zelle... das Licht...

Dumpfe Laute drangen durch die Zellenmauern und die dicke Tür hinaus in den Korridor. Sie störten kaum den Frieden und die Ruhe des Laufgangs, der an der versiegelten Kammer vorbeiführte. Trotzdem kamen die unmittelbar davor stehenden Wachen auf Ausreden, um sich so weit zu entfernen, daß diese seltsam modulierten Laute nicht mehr zu hören waren.

6

»Sehen Sie, da drüben, Luke«, sagte Kenobi und deutete nach Südwesten. Der Landgleiter fegte weiter über den Kiesboden der Wüste. »Rauch, möchte ich meinen.«

Luke warf einen Blick in die angezeigte Richtung.

»Ich sehe nichts, Sir.«

»Fahren wir trotzdem hinüber. Vielleicht ist jemand in Schwierigkeiten.«

Luke drehte das Steuer. Nach kurzer Zeit sah auch er die aufsteigenden Rauchkräusel, die Kenobi auf irgendeine Weise früher entdeckt hatte.

Der Landgleiter überwand eine kleine Steigung und schwebte einen sanften Abhang hinab in einen breiten, flachen Canyon, der erfüllt war von verkrümmten, verbrannten Formen, manche anorganisch, manche nicht. Genau in der Mitte dieses Gemetzels lag der geborstene Rumpf eines Jawa-Sandraupenschleppers wie ein gestrandeter Metallwal.

Luke brachte den Gleiter zum Stehen. Kenobi stieg mit ihm

aus, und gemeinsam besichtigten sie die Überreste der Zerstörung.

Mehrere leichte Vertiefungen im Sand erregten Lukes Aufmerksamkeit. Er trat an sie heran und betrachtete sie kurz, bevor er Kenobi zurief: »Das scheinen tatsächlich die Sandleute gewesen zu sein. Hier sind Bantha-Abdrücke...« Luke sah etwas Metallenes im Sand schimmern. »Und da ist ein Stück von einer ihrer großen Äxte.« Er schüttelte verwirrt den Kopf. »Aber ich habe noch nie gehört, daß die Tusken etwas so Großes angreifen.« Er richtete sich auf und starrte an dem hochragenden, ausgebrannten Rumpf des Sandschleppers hinauf.

Kenobi war an ihm vorbeigegangen. Er untersuchte die breiten, riesigen Fußabdrücke im Sand.

»Haben sie auch nicht«, erklärte er beiläufig, »aber man wollte, daß wir – und jeder andere, der zufällig auf diesen Ort stößt – das annehmen.«

Luke trat zu ihm.

»Ich verstehe nicht, Sir.«

»Sehen Sie sich die Spuren genau an«, sagte der alte Mann und wies auf die Abdrücke. »Fällt Ihnen nicht etwas Merkwürdiges auf?« Luke schüttelte den Kopf. »Wer sich von hier entfernt hat, ritt Banthas nebeneinander. Die Sandleute reiten die Tiere immer hintereinander, um fernen Beobachtern eine Schätzung ihrer zahlenmäßigen Kräfte zu erschweren.« Kenobi überließ es Luke, die parallel verlaufenden Spuren anzuglotzen, während er sich dem Sandschlepper zuwandte. Er zeigte, wo einzelne Feuerstöße Portale, Ketten und Tragstützen weggeschmolzen hatten.

»Sehen Sie sich die Präzision an, mit der die Feuerkraft eingesetzt wurde. So genau sind Sandleute nicht. Auf ganz Tatooine feuert und zerstört niemand mit dieser Wirkung.« Er drehte sich um und suchte den Horizont ab. Eine von den nahen Klippen barg ein Geheimnis – und eine Bedrohung. »Nur Truppen des Imperiums würden mit dieser Art kalter Präzision einen Angriff auf einen Sandschlepper unternehmen.«

Luke war zu einer der kleinen, verrenkten Leichen getreten und rollte sie mit dem Fuß auf den Rücken. Sein Gesicht verzerrte sich vor Ekel, als er sah, was aus dem armseligen Geschöpf geworden war. Er sagte:

»Das sind dieselben Jawas, die Onkel Owen und mir Artoo und Threepio verkauft haben. Ich erkenne das Umhangmuster bei dem hier. Weshalb metzeln Truppen des Imperiums Jawas und Sandleute nieder? Sie müssen ein paar Tusken getötet haben, um an die Banthas zu kommen.« Sein Gehirn arbeitete fieberhaft, und er spürte, wie er sich unnatürlich anspannte, als er auf den Landgleiter zurückschaute, vorbei an den rasch verrottenden Leichen der Jawas.

»Aber... wenn sie die Spur der Roboter zu den Jawas zurückverfolgt haben, mußten sie zuerst erfahren, an wen diese sie verkauft haben. Das würde sie auf die Fährte von...« Luke rannte wie ein Wahnsinniger zurück zum Landgleiter.

»Luke, warten Sie... warten Sie, Luke!« rief Kenobi. »Das ist zu gefährlich! Sie würden niemals...!«

Luke hörte nichts als das Brausen in seinen Ohren, spürte nichts als das Brennen in seinem Herzen. Er sprang in den Gleiter und riß gleichzeitig den Beschleuniger auf volle Kraft. In einer Explosion von Sand und Kies fegte er davon und ließ Kenobi und die beiden Roboter mitten zwischen den Leichen und dem noch rauchenden Wrack des Sandschleppers stehen.

Der Rauch, den Luke sah, als er sich der Heimstatt näherte, war von anderer Beschaffenheit als jener, der aus der Jawa-Maschine gedrungen war. Luke vergaß beinahe, den Motor des Landgleiters abzustellen, als er die Cockpitkanzel hochspringen ließ und sich hinauswarf. Schwarzer Rauch quoll stetig aus Löchern im Boden.

Diese Löcher waren sein Heim gewesen, das einzige Zuhause, das er je gekannt hatte. Jetzt hätten sie ebenso gut die Mäuler kleiner Vulkane sein können. Immer wieder versuchte er, durch die Zugänge an der Oberfläche in den unterirdischen Komplex einzudringen. Immer wieder trieb ihn die nach wie vor unerträgliche Hitze zurück.

Schwach taumelte er ins Freie, mit tränenden Augen. Halb blind wankte er zum Eingang der Garage. Auch dort brannte es. Aber vielleicht war es ihnen gelungen, mit dem zweiten Landgleiter zu entkommen.

»Tante Beru... Onkel Owen!« Es war schwer, in dem ätzenden Qualm etwas Genaues zu erkennen. Zwei rauchende Gestalten lagen unten im Tunnel, durch Tränen und Qualm kaum erkennbar. Sie sahen beinahe aus wie – er kniff die Augen zusammen und wischte zornig darüber.

Nein.

Dann wirbelte er davon, fiel auf den Bauch und vergrub das Gesicht im Sand, um nicht mehr hinsehen zu müssen.

Der dreidimensionale Feststoff-Bildschirm füllte eine Wand des riesigen Raumes vom Boden bis zur Decke. Er zeigte eine Million Sternsysteme, einen winzigen Teil der Galaxis; aber trotzdem war es eine eindrucksvolle Darstellung.

Darunter, tief unten, stand die riesige Gestalt Darth Vaders, flankiert auf der einen Seite von Gouverneur Tarkin, auf der anderen von Admiral Motti und General Tagge, deren Feindschaft in der Feierlichkeit dieses Augenblicks vergessen war.

»Die letzte Überprüfung ist abgeschlossen«, teilte Motti mit. »Alle Systeme sind in Betrieb.« Er wandte sich an die anderen. »Welchen Kurs setzen wir als ersten?«

Vader schien nichts gehört zu haben, als er leise murmelte, halb zu sich selbst: »Sie verfügt über ein erstaunliches Maß an Beherrschung. Ihr Widerstand gegen den Befrager ist beträchtlich.« Er sah auf Tarkin hinunter. »Es wird einige Zeit dauern, bis wir nützliche Informationen aus ihr herausholen.«

»Ich habe die Methoden, die Sie empfehlen, stets als eher drollig empfunden, Vader.«

»Sie sind wirksam. Im Interesse einer Beschleunigung des Verfahrens bin ich jedoch für Ihre Vorschläge empfänglich.«

Tarkin wirkte nachdenklich.

»Eine solche Halsstarrigkeit kann man oft damit umgehen, daß man anderes bedroht als den unmittelbar Betroffenen.«

»Was meinen Sie damit?«

»Nur dies: Ich glaube, es wird Zeit, daß wir die volle Macht dieser Station unter Beweis stellen. Wir können das auf eine doppelt nützliche Art und Weise tun.« Er wandte sich an den aufmerksamen Motti: »Sagen Sie Ihren Programmierern, sie sollen einen Kurs zum Alderaan-System setzen.«

Kenobis Stolz hinderte ihn nicht daran, einen alten Schal um Nase und Mund zu wickeln, damit ihm wenigstens ein Teil des grausigen Gestanks des Riesenfeuers ferngehalten wurde. Artoo Detoo und Threepio besaßen zwar Riechsensoren, brauchten eine solche Abschirmung aber nicht. Selbst Threepio, der ausgerüstet war, unter angenehmen Düften zu unterscheiden, konnte, wenn er wollte, wählerisch sein.

Die beiden Roboter halfen Kenobi, die letzten Leichen auf das lodernde Feuer zu werfen, dann traten sie zurück und verfolgten, wie die Toten verbrannten. Nicht, daß die Wüstenfledderer nicht den ausgebrannten Sandschlepper ebenso wirksam kahlgenagt hätten, aber Kenobi hielt an Werten fest, die den meisten modernen Menschen als archaisch erschienen wären. Er gedachte niemanden den Gebeinenagern und Kiesmaden zu überlassen, nicht einmal einen verdreckten Jawa.

Auf ein anschwellendes Dröhnen hin wandte Kenobi sich von den Überresten des abstoßenden Geschäfts ab und sah den Landgleiter herankommen, jetzt mit vernünftiger Geschwindigkeit, ganz anders als bei der Abfahrt. Das Fahrzeug wurde langsamer und schwebte in der Nähe, zeigte aber kein Anzeichen von Leben.

Ben winkte den beiden Robotern und ging auf das Fahrzeug zu. Die Kanzel klappte auf; Luke saß regungslos auf dem Pilotensitz. Auf Kenobis fragenden Blick hin sah er nicht auf. Das allein genügte, um dem alten Mann zu verraten, was geschehen war.

»Ich trauere mit Ihnen, Luke«, sagte er schließlich leise. »Es gab nichts, was Sie hätten tun können. Wären Sie dort gewesen, dann wären Sie jetzt auch tot, und die Roboter befänden sich in den Händen der Truppen. Nicht einmal die Kraft –«

»Ihre Kraft soll der Teufel holen!« fauchte Luke plötzlich aufgebracht. Er fuhr herum und starrte Kenobi wütend an. Der Ausdruck auf seinem Gesicht gehörte zu einem viel älteren Mann. »Ich bringe Sie zum Raumflughafen bei Mos Eisley, Ben. Ich möchte mitkommen – nach Alderaan. Hier ist nichts mehr für mich übriggeblieben.« Er schaute hinaus in die Wüste und richtete den Blick auf etwas jenseits von Sand und Fels und Schluchtwänden. »Ich möchte lernen, ein Jedi zu werden, wie mein Vater. Ich will...« Er verstummte, als die Worte sich in seiner Kehle stauten.

Kenobi schob sich ins Cockpit, legte eine Hand sanft auf die Schulter des jungen Mannes und machte Platz für die beiden Roboter.

»Ich werde mein Bestes tun, um dafür zu sorgen, daß Sie bekommen, was Sie wollen, Luke. Und jetzt fahren wir nach Mos Eisley.«

Luke nickte und klappte die Kanzel zu. Der Landgleiter schwebte davon nach Südwesten, ließ den noch schwelenden Sandschlepper zurück, das Leichenfeuer der Jawas und das einzige Leben, das Luke gekannt hatte.

Luke und Ben stellten den Gleiter am Rand der Kalksandsteinklippe ab, gingen hinüber und starrten hinunter auf die kleinen, regelmäßigen Erhebungen in der sonnenverdörrten Ebene unter ihnen. Die willkürlich zusammengewürfelte Ansammlung von Leichtbeton-, Stein- und Plastikgebäuden breitete sich rings um eine zentrale Energie- und Wasserversorgungsanlage aus wie die Speichen eines Rades.

Eigentlich war die Stadt viel größer, als sie aussah, weil ein beträchtlicher Teil davon unter dem Boden lag. Die glatten, kreisrunden Vertiefungen von Abschußstationen, aus dieser Entfernung wie Bombenkrater wirkend, durchsetzten die Stadt.

Ein kräftiger Wind blies über den ausgelaugten Boden. Er fegte Luke den Sand um Füße und Beine, als er seine Schutzbrille zurechtrückte.

»Da ist er«, murmelte Kenobi, auf die wenig eindrucksvolle Ansammlung von Gebäuden weisend, »der Raumflughafen Mos Eisley – der ideale Ort für uns, unterzutauchen, während wir eine Passage suchen, die uns vom Planeten fortbringt. Auf ganz Tatooine gibt es keine üblere Häufung von schurkischen und verrufenen Typen. Das Imperium ist unseretwegen alarmiert, also müssen wir sehr vorsichtig sein, Luke. Die Bevölkerung von Mos Eisley sollte uns gut tarnen.«

»Ich bin zu allem bereit, Obi-wan.«

Möchte wissen, ob du begreifst, was das alles bedeuten kann, Luke, dachte Kenobi, aber er nickte nur, als er den Rückweg zum Landgleiter antrat.

Anders als in Anchorhead gab es in Mos Eisley genügend Leute, die in der Hitze des Tages unterwegs waren. Von Beginn erbaut, um den Erfordernissen eines ständigen Handels Genüge zu leisten, bot selbst das älteste der Gebäude in der Stadt Schutz vor den Doppelsonnen. Von außen wirkten die Häuser primitiv, und viele waren es auch. Oft tarnten aber auch Mauern und Bögen aus altem Stein modernste Doppelwände aus Durastahl, zwischen denen Kühlflüssigkeit zirkulierte.

Luke lenkte den Landgleiter durch die Außenbezirke der Stadt, als aus dem Nichts mehrere hohe, glänzende Gestalten auftauchten und einen Kreis um ihn bildeten. Einen panischen Augenblick lang überlegte er, ob er losschießen und durch Fußgänger und andere Fahrzeuge hindurchfegen sollte. Ein erstaunlich fester Griff um seinen Arm hielt ihn aber zurück und beruhigte ihn gleichzeitig. Er schaute hinüber zu Kenobi, der ihn warnend anlächelte.

Sie fuhren also mit normaler Stadtgeschwindigkeit weiter. Luke hoffte, daß die kaiserlichen Truppen sich um sie nicht kümmerten, aber er irrte sich. Einer der Soldaten hob eine gepanzerte Hand. Luke blieb nichts anderes übrig, als darauf zu reagieren. Er lenkte den Gleiter hinüber und merkte erst jetzt, welche Aufmerksamkeit neugierige Passanten ihnen schenkten. Schlimmer noch, es hatte den Anschein, daß der Soldat weniger auf Kenobi oder ihn selbst achtete, als auf die beiden regungslosen Roboter im Gleiter hinter ihm.

»Wie lange haben Sie diese Roboter schon?« fuhr ihn der Soldat an, der die Hand erhoben hatte. Auf höfliche Förmlichkeit schien man, wie es schien, verzichten zu wollen.

Luke sah ihn verständnislos an und sagte schließlich: »Drei oder vier Jahre, glaube ich.«

»Sie sind zu verkaufen, wenn Sie sie haben wollen – und der Preis ist günstig«, warf Kenobi ein, glaubhaft den Wüstenhändler spielend, der aus ahnungslosen Kaiserlichen ein paar schnelle Krediteinheiten herausholen wollte.

Der Soldat, der das Kommando hatte, würdigte ihn keiner Antwort. Vielmehr betrachtete er mit großer Gründlichkeit die Unterseite des Landgleiters.

»Seid ihr vom Süden heraufgekommen?« fragte er.

»Nein... nein«, erwiderte Luke hastig, »wir leben im Westen, in der Nähe von Bestine.«

»Bestine?« murmelte der Soldat und ging um den Gleiter herum nach vorne. Luke zwang sich dazu, starr geradeaus zu blicken. Schließlich beendete die gepanzerte Gestalt ihre Besichtigung. Der Soldat trat ganz nah an Luke heran und fauchte: »Zeigen Sie mir Ihren Ausweis.«

Der Mann mußte sein Entsetzen und seine Nervosität inzwischen gewiß spüren, dachte Luke verzweifelt. Sein noch nicht so alter Entschluß, es mit allem aufzunehmen, war unter dem starren Blick dieses Berufssoldaten bereits zu nichts zerronnen. Er wußte, was geschehen würde, wenn sie einen Blick auf seinen Ausweis warfen, in dem der Ort seiner Wohnung und die Namen seiner nächsten Verwandten standen. In seinem Kopf schien sich ein Summen auszubreiten; er fühlte sich einer Ohnmacht nahe.

Kenobi hatte sich hinübergebeugt und sprach in aller Ruhe mit dem Soldaten.

»Sie brauchen seinen Ausweis nicht zu sehen«, teilte der alte Mann dem Soldaten mit einer äußerst merkwürdigen Stimme mit.

Der Offizier starrte ihn leer an und wiederholte, so, als verstehe sich das von selbst: »Ich brauche seinen Ausweis nicht zu sehen.« Seine Reaktion war der von Kenobi genau entgegengesetzt; seine Stimme klang normal, aber seine Miene wirkte sonderbar.

»Das sind nicht die Roboter, die ihr sucht«, erklärte ihm Kenobi liebenswürdig.

»Das sind nicht die Roboter, die wir suchen.«

»Er kann seinen Geschäften nachgehen.«

»Sie können Ihren Geschäften nachgehen«, teilte der Offizier mit der Metallmaske Luke mit.

Der Ausdruck von Erleichterung, der sich über Lukes Gesicht ausbreitete, hätte so verräterisch sein müssen wie vorher seine Nervosität, aber der Offizier beachtete ihn nicht mehr.

»Er kann weiterfahren«, sagte Kenobi.

»Fahren Sie weiter!« befahl der Offizier Luke.

Unfähig, zu entscheiden, ob er salutieren, nicken oder sich bei dem Mann bedanken sollte, begnügte Luke sich damit, den Beschleuniger zu betätigen. Der Landgleiter schwebte vorwärts und entfernte sich aus dem Kreis der Soldaten. Als sie um eine Ecke biegen wollten, riskierte Luke einen Blick nach hinten. Der Offizier, der sie überprüft hatte, schien mit einigen Kameraden zu diskutieren.

Luke sah auf zu seinem hochgewachsenen Begleiter und wollte etwas sagen. Kenobi schüttelte nur langsam den Kopf und lächelte. Luke unterdrückte seine Neugier und konzentrierte sich darauf, den Gleiter durch immer enger werdende Straßen zu steuern.

Kenobi schien ungefähr zu wissen, wohin sie unterwegs waren. Luke betrachtete die baufälligen Häuser und die Personen, an denen sie vorbeiglitten. Sie hatten den ältesten Teil von Mos Eisley erreicht, also das Viertel, in dem die alten Laster noch am stärksten florierten.

Kenobi hob die Hand, und Luke hielt vor einem der ersten Blockhäuser des ursprünglichen Raumflughafens. Es war umgebaut worden zu einem Wirtshaus, dessen Gäste durch die unterschiedliche Art der Beförderungsmittel, mit denen sie gekommen waren, gekennzeichnet wurden. Manche von ihnen erkannte Luke, von anderen hatte er nur gerüchteweise gehört. Der Gasthof selbst mußte, wie er an der Anlage des Gebäudes erkannte, zum Teil unter der Oberfläche liegen.

Als das staubige, aber noch immer elegante Fahrzeug an einen freien Platz glitt, tauchte plötzlich ein Jawa auf und ließ gierige Hände über die Metallwände gleiten. Luke beugte sich hinaus und fuhr den Sub-Menschen an, der sofort davonhuschte.

»Ich kann diese Jawas nicht leiden«, murmelte Threepio hochmütig. »Ekelhafte Kreaturen.«

Lukes Gedanken waren immer noch mit der gefährlichen Kontrolle durch die kaiserliche Patrouille beschäftigt. Er sagte zu Kenobi:

»Ich kann nicht verstehen, wie wir an diesen Soldaten vorbeigekommen sind. Ich dachte, wir sind so gut wie tot.«

»Die Kraft ist im Geist, Luke, und kann manchmal dazu gebraucht werden, andere zu beeinflussen. Sie ist ein mächtiger Verbündeter. Aber wenn Sie sie kennenlernen, werden Sie entdecken, daß sie auch eine Gefahr sein kann.«

Luke nickte, ohne wirklich zu begreifen, und deutete auf das heruntergekommene, wenn auch offensichtlich beliebte Gasthaus. »Glauben Sie wirklich, wir finden hier einen Piloten, der fähig ist, uns bis nach Alderaan zu bringen?«

Kenobi stieg aus.

»Die meisten guten, unabhängigen Frachterpiloten frequentieren das Lokal, obwohl viele sich Besseres leisten könnten. Hier können sie frei sprechen. Inzwischen hätten Sie eigentlich lernen müssen, Luke, daß man Leistung und Aussehen nicht gleichsetzen darf.« Luke sah die schäbige Kleidung des Alten mit neuen Augen und schämte sich. »Aber seien Sie vorsichtig. Es kann hier sehr rauh zugehen.«

Luke kniff die Augen zusammen, als sie das Haus betraten. Im Innern war es dunkler, als ihm lieb war. Vielleicht waren die Stammgäste Tageslicht nicht gewöhnt oder wollten nicht genau gesehen werden. Luke kam nicht auf den Gedanken, daß das halbdunkle Innere zusammen mit dem hell erleuchteten Eingang allen Anwesenden gestattete, jeden Neuankömmling zu betrachten, bevor er sie sehen konnte.

Luke ging hinein und staunte über die Vielfalt an Wesen, die sich an der Bar versammelt hatten. Es gab einäugige Wesen und tausendäugige, Wesen mit Schuppen, Wesen mit Fellen und manche mit einer Haut, die je nach ihren gerade vorherrschenden Gefühlen sich kräuselte und die Konsistenz zu wechseln schien.

In der Nähe der Bar selbst schwebte ein riesiges Insektenwesen, das Luke nur als drohenden Schatten wahrnahm. Es bildete einen Gegensatz zu zwei der größten Frauen, die Luke je gesehen hatte. Sie gehörten zu den am normalsten aussehenden der unglaublichen Versammlung von Menschen, die sich frei unter den fremdartigen Wesen bewegten. Fühler, Klauen und Hände umfaßten Trinkgefäße verschiedener Formen und Größen. Die Unterhaltung war ein unaufhörliches Gewirr von menschlichen und fremden Zungen.

Kenobi beugte sich zu Luke und wies auf das andere Ende der Theke. Eine kleine Gruppe robust aussehender Menschen stand dort, trinkend, lachend und Geschichten zweifelhaften Inhalts austauschend.

»Corellaner – wahrscheinlich Piraten.«

»Ich dachte, wir suchen einen unabhängigen Frachterkapitän, der sein eigenes Schiff vermietet«, flüsterte Luke.

»Das tun wir, junger Mann, das tun wir«, bestätigte Kenobi. »Und unter dieser Gruppe muß es den einen oder anderen geeigneten Mann geben. Es ist nur so, daß in der corellanischen Terminologie die Unterscheidung, wem welche Fracht gehört, von Zeit zu Zeit ein wenig verwischt wird. Warten Sie hier auf mich.«

Luke nickte und sah Kenobi nach, der sich durch die Menge zwängte. Der Argwohn der Corellaner bei seiner Annäherung verschwand sofort, als er sich mit ihnen auf ein Gespräch einließ.

Irgend etwas packte Luke an der Schulter und riß ihn herum.

»He.« Er schaute sich um, versuchte seine Fassung wiederzugewinnen und starrte hinauf zu einem riesigen Menschen. An der Kleidung sah Luke, daß das der Barkellner sein mußte, wenn nicht gar der Besitzer dieses Wirtshauses.

»Die Sorte wird hier nicht bedient«, knurrte die Gestalt aufgebracht.

»Was?« sagte Luke dumpf. Er hatte sich von seinem plötzlichen Eintreten in die Kulturen von einem Dutzend verschiedener Rassen noch nicht erholt. Der Betrieb hier war so ganz anders als der im Billardzimmer hinter der Energiestation von Anchorhead.

»Ihre Roboter«, sagte der Riese ungeduldig und deutete mit einem dicken Daumen auf die beiden. Luke blickte in die angegebene Richtung und sah Artoo und Threepio ruhig dabeistehen. »Die müssen draußen warten. Hier haben sie nichts zu suchen. Ich habe nur was für Organiks«, schloß er, »nicht für Mechaniks.«

Luke gefiel der Gedanke, Threepio und Artoo hinauszuwerfen, gar nicht, aber er wußte nicht, wie er mit dem Problem anders fertig werden sollte. Der Barkellner oder Wirt schien nicht von der Sorte zu sein, die Vernunftgründen zugänglich war, und als Luke sich nach dem alten Ben umsah, bemerkte er, daß dieser sich angeregt mit einem der Corellaner unterhielt.

Inzwischen hatte die Diskussion die Aufmerksamkeit mehrerer grausig aussehender Typen erregt, die zufällig in Hörweite waren. Alle betrachteten Luke und die beiden Roboter ausgesprochen unfreundlich.

»Ja, gewiß«, sagte Luke, dem klar wurde, daß das nicht die Zeit oder der Ort war, sich für die Rechte der Roboter zu schlagen. »Es tut mir leid.« Er sah zu Threepio hinüber. »Bleibt lieber draußen beim Gleiter. Wir wollen hier keine Schwierigkeiten.«

»Da gebe ich Ihnen völlig recht, Sir«, sagte Threepio. »Ich spüre im Augenblick ohnehin kein Bedürfnis der Schmierung.« Der große Roboter strebte eilig dem Ausgang zu, gefolgt von dem watschelnden Artoo.

Für den Riesen war die Sache damit erledigt, aber nun sah Luke sich als Zielscheibe unerwünschter Aufmerksamkeit. Er bemerkte schlagartig seine Isolierung und kam sich vor, als ruhe im Moment jedes Auge auf ihm, als spöttelten menschliche und andere Wesen und tuschelten heimlich über ihn.

Er versuchte eine Haltung ruhiger Zuversicht zu bewahren, richtete den Blick wieder auf den alten Ben und zuckte zusammen, als er sah, mit wem der Alte jetzt sprach. Der Corellaner war nicht mehr da. Statt dessen unterhielt sich Kenobi mit einem hochragenden Anthropoiden, der beim Lächeln ein enormes Gebiß zeigte.

Luke hatte von Wookies gehört, aber nie damit gerechnet, einen zu Gesicht zu bekommen, geschweige denn einen kennenzulernen. Mit einem fast komischen Quasi-Affengesicht sah der Wookie alles andere als sanftmütig aus. Auch die großen, glühenden, gelben Augen waren nicht geeignet, die erschreckende Erscheinung zu mildern. Der massive Rumpf war vollkommen mit weichem, dichtem, rostfarbenem Pelz bedeckt. Weniger ansprechend wirkten zwei verchromte Patronengurte mit tödlichen Projektilen von einer Art, die Luke nicht kannte. Abgesehen davon trugen die Wookies nur mehr wenig.

Nicht, daß jemand über die Art der Wesen, sich zu kleiden, gelacht haben würde. Luke sah, daß andere Gäste sich um die riesige Gestalt drängten und schoben, ohne ihr je zu nah zu kommen. Nur der alte Ben schien ihn nicht zu fürchten – Ben, der sich mit dem Wookie in seiner eigenen Sprache unterhielt, eindringlich und leise röhrend wie ein Eingeborener.

Im Verlauf des Gesprächs hatte der Alte Gelegenheit, in Lukes Richtung zu weisen. Einmal starrte der riesige Anthropoid Luke direkt an und stieß ein schrecklich heulendes Lachen aus.

Verärgert über die Rolle, die er im Gespräch der beiden offenbar spielte, drehte Luke sich um und tat so, als beachte er die ganze Unterhaltung nicht mehr. Er mochte dem Wesen unrecht tun, aber er bezweifelte, daß das schaudererregende Lachen gutmütig und freundlich gemeint war.

Er konnte einfach nicht begreifen, was Ben von dem Monster wollte oder weshalb er seine Zeit in gutturaler Unterhaltung mit ihm verschwendete, statt mit den jetzt verschwundenen Corellanern zu verhandeln. Er setzte sich hin und schlürfte sein Getränk in hochmütigem Schweigen, während sein Blick über die Menge glitt, in der Hoffnung, einem Auge zu begegnen, das keine Angriffslust verriet.

Plötzlich stieß ihn von hinten jemand grob an, so daß er beinahe zu Boden stürzte. Er drehte sich zornig um, aber seine Wut verrauchte rasch. Er sah sich einem großen, kantigen Ungeheuer mit vielen Augen und unbestimmtem Ursprung gegenüber.

»Negola dewaghi wuldagger?« blubberte die Erscheinung herausfordernd.

Luke hatte dergleichen noch nie gesehen; er kannte weder die Gattung noch die Sprache. Das Schnattern mochte die Einladung zu einem Kampf sein, oder die Bitte, ein Glas mitzutrinken, oder ein Angebot zur Eheschließung. Jedenfalls konnte Luke an der Art, wie das Wesen auf seinen Fußsäulen schwankte, erkennen, daß es zuviel von dem geschluckt hatte, was es als angenehmes Rauschmittel betrachtet haben mochte.

Da Luke nicht wußte, was er sonst tun sollte, versuchte er sich wieder seinem eigenen Getränk zuzuwenden und das Wesen geflissentlich zu ignorieren. Darauf hüpfte ein Ding – eine Kreuzung zwischen einem südamerikanischen Wasserschwein und einem kleinen Pavian – herüber und stellte – oder hockte – sich neben das schwankende Vielauge. Ein kleiner, schäbig aussehender Mensch kam hinzu und legte brüderlich den Arm um das schnuffelnde Ding.

»Er mag Sie nicht«, teilte der kurzbeinige Mensch Luke mit überraschend tiefer Stimme mit.

»Das tut mir leid«, gestand Luke und wünschte sich inbrünstig an einen anderen Ort.

»Ich mag Sie auch nicht«, fuhr der lächelnde kleine Mann mit seiner überraschend tiefen Stimme fort.

»Ich sagte schon, es tut mir leid.«

Ob durch das Gespräch mit dem nagetierähnlichen Wesen oder durch die Überdosis Fusel, das Appartementhaus für unstete Augäpfel begann sich jedenfalls offenkundig zu erregen. Es beugte sich vor, beinahe auf Luke hinabkippend, und spie ihm einen Strom unverständlichen Geschwafels entgegen. Luke fühlte die Augen einer Zuschauermenge auf sich gerichtet und wurde immer nervöser.

»›Leid‹«, äffte ihn der Mensch höhnend nach, ganz deutlich selbst auch erheblich bezecht. »Wollen Sie uns beleidigen? Seien Sie bloß vorsichtig. Wir werden alle gesucht.« Er zeigte auf seine trunkenen Kumpane. »Mir ist in zwölf verschiedenen Systemen die Todesstrafe sicher.«

»Dann werde ich vorsichtig sein«, murmelte Luke.

Der kleine Mann grinste breit.

»Sie werden tot sein.«

Daraufhin stieß der Nager ein lautes Knurren aus. Es war entweder ein Signal oder eine Warnung, weil alles Menschliche und Andersartige, das an der Theke gelehnt hatte, augenblicklich zurückwich und freien Raum rund um Luke und seine Gegner schuf.

Luke versuchte, die Situation zu retten, und zwang sich zu einem munteren Lächeln, das ihm aber rasch verging, als er sah, daß die Drei ihre Handfeuerwaffen lockerten. Er hätte nicht nur nicht mit allen dreien fertig werden können, er wußte nicht einmal, was das für tödliche Geräte waren.

»Der Kleine lohnt den Aufwand nicht«, sagte eine ruhige Stimme. Luke hob verblüfft den Kopf. Er hatte Kenobi nicht neben sich herankommen hören. »Seid friedlich, ich lade euch alle ein...«

Als Erwiderung keckerte das massige Monstrum auf gräßliche Weise und schwang einen mächtigen Arm. Er traf Luke, der unvorbereitet war, an der Schläfe und schleuderte ihn rotierend durch den Raum, so daß er durch Tische brach und einen großen Krug, gefüllt mit einer stinkenden Flüssigkeit, zerschmetterte.

Die Zuschauer wichen weiter zurück, und einige gaben Grunz- und warnende Schnaublaute von sich, als das betrunkene Ungeheuer aus dem Tragbeutel eine gefährlich aussehende Pistole zog. Es wedelte damit in Kenobis Richtung.

Das erweckte den bis dahin neutralen Riesen an der Bar zum Leben. Er stürmte ungeschickt um die Theke, wild mit den Händen gestikulierend, aber trotzdem darauf bedacht, außer Reichweite zu bleiben.

»Keine Strahler, keine Strahler! Nicht in meinem Laden!«

Das Nagetierwesen schnatterte ihn drohend an, während das waffenschwingende Vielauge nur ein warnendes Grunzen für ihn übrig hatte.

Im gleichen Augenblick, in welchem die Waffe und die Aufmerksamkeit des Monstrums nicht auf ihn gerichtet waren, hatte die Hand des Alten die Scheibe an seiner Hüfte erreicht. Der gedrungene Mensch begann zu brüllen, als im Halbdunkel der Wirtschaft ein grelles, blauweißes Licht auftauchte.

Der Schrei blieb unvollendet. Er erstarb in einem Blinzeln. Als das Blinzeln vorbei war, lag der Mann stöhnend und wimmernd neben der Bar und starrte seinen Armstumpf an.

Zwischen dem Beginn seines Schreis und dem Ende des Blinzelns war das Nagerwesen genau in der Mitte in zwei Hälften geteilt worden, die links und rechts herabfielen. Das riesige Multiaugenwesen starrte den alten Menschen noch immer betäubt an, der regungslos vor ihm stand, den leuchtenden Lichtsäbel auf eine merkwürdige Weise über den Kopf erhoben. Die Chrompistole des Wesens knallte einmal und riß ein Loch in die Tür. Dann brach der Rumpf so säuberlich auseinander wie der des Nagers, die beiden verätzten Teile fielen in entgegengesetzter Richtung hinab und lagen bewegungslos auf dem kalten Steinboden.

Erst dann gab Kenobi so etwas wie einen Seufzer von sich; erst dann schien er aufzuatmen. Er ließ den Lichtsäbel sinken, riß ihn in einem reflexartigen Salut kurz hoch, und dann ruhte die abgeschaltete Waffe wieder harmlos an seiner Hüfte.

Diese letzte Bewegung setzte der Totenstille, die im Raum geherrscht hatte, ein Ende. Die Unterhaltung ging weiter, wie das Rutschen von Körpern auf Stühlen, das Scharren von Krügen und Bechern und anderen Trinkgefäßen auf Tischplatten. Der Barmensch und einige Gehilfen tauchten auf, um die häßlichen Leichen hinauszutragen, während der verstümmelte Mann wortlos in der Menge untertauchte, entschlossen, sich mit dem Stumpf seines Schießarms noch für einen Glückspilz zu halten.

Allem Anschein nach war das Lokal zu seinem früheren Zustand zurückgekehrt, mit einer kleinen Ausnahme. Dem alten Ben Kenobi wurde an der Theke respektvoll Platz eingeräumt.

Luke hörte das wieder anschwellende Stimmengewirr kaum. Er war von der Schnelligkeit des Kampfes und den unvermuteten Fähigkeiten des alten Mannes noch immer tief aufgewühlt. Als seine Gedanken langsam klarer wurden und er zu Kenobi zurückging, hörte er Fetzen der Gespräche ringsum. Zum großen Teil drehten sie sich voll Bewunderung um die Sauberkeit und Endgültigkeit des Kampfes.

»Sie sind verletzt, Luke«, sagte Kenobi fürsorglich.

Luke betastete die Beule, die ihm das große Wesen zugefügt hatte.

»Ich...« fing er an, aber der alte Ben winkte ab. So, als sei nichts geschehen, wies er auf den behaarten Koloß, der sich durch die Menge auf sie zuzwängte.

»Das ist Chewbacca«, erklärte er, als der Anthropoid neben sie trat. »Er ist Erster Offizier auf einem Schiff, das unseren Bedürfnissen entsprechen könnte. Er bringt uns jetzt zum Kapitän und Eigentümer.«

»Hier herüber«, knurrte der Wookie – jedenfalls klang es für Luke so. Außerdem war die Geste des riesigen Wesens nicht mißzuverstehen. Sie drangen tiefer in den Raum vor, und der Wookie zerteilte die Menge wie ein Kiessturm, der Schluchten ins Gestein schneidet.

Draußen vor dem Gebäude lief Threepio nervös vor dem Landgleiter auf und ab. Artoo Detoo, scheinbar ungerührt, führte eine elektronische Unterhaltung mit einem grellroten R 2-Gerät, das einem anderen Gast des Lokals gehörte.

»Was kann sie nur so lange aufhalten? Sie sind hier, um ein Schiff zu mieten – nicht eine ganze Flotte.« Threepio blieb plötzlich stehen und bedeutete Artoo mit einer Geste, zu schweigen. Zwei Soldaten des Imperiums waren aufgetaucht, und zu ihnen stieß ein ungepflegter Mensch, der beinahe gleichzeitig aus dem Haus getreten war.

»Das gefällt mir nicht«, murmelte der große Android.

Luke hatte von einem vorbeigetragenen Tablett das Getränk eines anderen an sich genommen, während sie nach hinten gingen. Er trank mit dem Schwindelgefühl einer Person, die sich unter himmlischem Schutz wähnt. In Gesellschaft von Kenobi und dem Riesen-Wookie entstand das zuversichtliche Gefühl in ihm, daß niemand mehr im Lokal ihn auch nur mit einem bösen Blick bedenken würde.

In einer hinteren Nische stießen sie auf einen jungen Mann mit scharfen Zügen, der vielleicht fünf Jahre älter war als Luke, vielleicht auch ein Dutzend – es war schwer zu beurteilen. Er zeigte die Offenheit des absolut Selbstsicheren – oder des irrsinnig Unbekümmerten. Als sie herankamen, schickte der Mann das humanoide Mädchen, das auf seinem Schoß saß, mit ein paar geflüsterten Worten fort, die auf ihrem Gesicht ein breites, wenn auch unmenschliches Grinsen erzeugten.

Der Wookie Chewbacca knurrte dem Mann etwas zu, und dieser nickte und sah freundlich zu den Neuankömmlingen auf.

»Mit dem Säbel gehen Sie recht geschickt um, Alter. In diesem Teil des Imperiums sieht man dergleichen Fechtkunst nicht mehr oft.« Er nahm einen erstaunlichen Schluck aus seinem Krug. »Ich bin Han Solo, Kapitän der ›Millennium Falcon‹.« Plötzlich wurde er ganz sachlich. »Chewie sagt mir, daß Sie eine Passage zum System Alderaan suchen.«

»Richtig, mein Sohn. Wenn es ein schnelles Schiff ist«, sagte Kenobi. Solo regte sich über die Anrede ›Sohn‹ nicht auf.

»Schnelles Schiff? Soll das heißen, daß Sie von der ›Millennium Falcon‹ noch nie etwas *gehört* haben?«

Kenobi wirkte belustigt.

»Hätte ich denn etwas hören müssen?«

»Die ›Millenium Falcon‹ ist das Schiff, das die Kessel-Strecke in weniger als zwölf Standard-Zeitbruchteilen zurückgelegt hat!« sagte Solo empört. »Ich bin kaiserlichen Sternschiffen und corellanischen Kreuzern entwischt. Ich glaube, es ist schnell genug für

Sie, Alter.« Sein Zorn legte sich rasch wieder. »Was für eine Fracht haben Sie?«

»Nur Passagiere. Ich selbst, der junge Mann und zwei Roboter – ungeprüft.«

»Ungeprüft.« Solo betrachtete seinen Krug und hob schließlich den Kopf. »Örtliche Probleme?«

»Sagen wir nur, wir möchten Verwicklungen mit dem Imperium vermeiden«, erwiderte Kenobi leichthin.

»Heutzutage kann das recht schwierig sein. Kostet Sie zusätzlich eine Kleinigkeit.« Er rechnete im stillen. »Alles in allem ungefähr Zehntausend. Im voraus.« Mit einem Lächeln fügte er hinzu: »Und keine Fragen.«

Luke starrte den Piloten an.

»Zehntausend! Dafür könnten wir ja fast Ihr Schiff kaufen.«

Solo zuckte die Achseln.

»Vielleicht, vielleicht auch nicht. Aber könnten Sie es auch fliegen?«

»Darauf können Sie sich verlassen«, gab Luke zurück und stand auf. »Ich bin selbst kein schlechter Pilot. Ich –«

Wieder die feste Hand auf seinem Arm.

»So viel haben wir nicht bei uns«, erklärte Kenobi. »Aber wir könnten Ihnen jetzt Zweitausend geben und weitere Fünfzehntausend, wenn wir Alderaan erreichen.«

Solo beugte sich zweifelnd vor.

»Fünfzehntausend... Sie können wirklich so viel Geld in die Hand bekommen?«

»Ich verspreche es – von der Regierung auf Alderaan selbst. Im schlimmsten Fall haben Sie ein ehrliches Honorar bekommen: Zweitausend.«

Aber das letzte schien Solo nicht gehört zu haben.

»Siebzehntausend... Also gut, ich gehe das Risiko ein. Sie haben ein Schiff. Was Verwicklungen mit dem Imperium angeht, sollten Sie hier lieber verschwinden, sonst nützt Ihnen nicht einmal die

›Millennium Falcon‹ etwas.« Er wies mit dem Kopf auf den Eingang des Gasthofs und sagte schnell: »Dockbucht 94, gleich morgen früh.«

Vier Soldaten hatten das Lokal betreten, und ihre Blicke wanderten hastig von Tisch zu Tisch, von Nische zu Nische. Unter der Menge erhob sich Gemurmel, aber sobald das Auge eines der schwerbewaffneten Soldaten die Aufbegehrenden traf, wurde es wieder still.

Der Offizier trat an die Theke und stellte dem Riesen an der Bar ein paar kurze Fragen. Der Riese zögerte einen Augenblick, dann deutete er auf eine Stelle ganz hinten im Raum. Dabei weiteten sich seine Augen ein wenig. Die des Offiziers blieben unergründlich.

Die Nische war leer.

7

Luke und Ben verstauten Artoo Detoo hinten im Gleiter, während Threepio Ausschau nach weiteren Soldaten hielt.

»Wenn Solos Schiff so gut ist, wie er behauptet, müßte alles klappen«, meinte der alte Mann zufrieden.

»Aber Zweitausend – und noch einmal Fünfzehntausend, wenn wir Alderaan erreichen!«

»Es sind nicht die Fünfzehn, die mir Sorgen machen, sondern die ersten Zwei«, meinte Kenobi. »Ich fürchte, Sie müssen Ihren Gleiter verkaufen.«

Luke ließ den Blick über den Landgleiter schweifen, aber der Kitzel, den dieser einmal bei ihm erzeugt hatte, war dahin – dahin mit anderen Dingen, über die man besser nicht nachdachte.

»Schon gut«, sagte er zu Kenobi. »Ich glaube nicht, daß ich ihn noch einmal brauche.«

Von ihrem Beobachtungsposten in einer anderen Nische verfolgten Solo und Chewbacca, wie die Soldaten durch das Lokal gingen. Zwei von ihnen warfen dem Corellaner einen prüfenden Blick zu. Chewbacca knurrte, und die beiden Soldaten beschleunigten ihre Schritte etwas.

Solo grinste spöttisch und wandte sich seinem Partner zu.

»Chewie, diese Charter könnte uns retten. Siebzehntausend!« Er schüttelte verwundert den Kopf. »Die beiden müssen wirklich verzweifelt sein. Möchte wissen, weshalb sie gesucht werden. Aber ich stelle, wie vereinbart, keine Fragen. Sie bezahlen genug dafür. Machen wir uns auf den Weg – von selbst checkt sich die ›Falcon‹ nicht durch.«

»Irgendein bestimmtes Ziel, Solo?«

Der Corellaner konnte die Stimme nicht identifizieren, so, wie sie aus einem elektronischen Dolmetscher kam. Aber es war nicht schwer, sich über den Sprecher oder die Waffe im klaren zu sein, die Solo in die Seite gestoßen wurde.

Das Wesen war ungefähr mannsgroß und zweibeinig, aber sein Kopf stammte aus einem Delirium nach einem Magenkrampf. Er besaß riesengroße Augen mit stumpfen Facetten, vorquellend in einem erbsengrünen Gesicht. Ein Kamm von kurzen Stacheln überragte den hohen Schädel, während Nasenlöcher und Mund in einer tapirartigen Schnauze zusammengefaßt waren.

»Um genau zu sein, ich war eben dabei, zu deinem Boß zu gehen«, erwiderte Solo langsam. »Du kannst Jabba sagen, daß ich das Geld habe, das ich ihm schulde.«

»Das haben Sie gestern auch gesagt – und vorige Woche – und die Woche davor. Es ist zu spät, Solo. Ich gehe nicht mehr mit einem weiteren Märchen von Ihnen zu Jabba zurück.«

»Aber diesmal habe ich das Geld wirklich!« protestierte Solo.

»Fein, dann nehme ich es gleich mit.«

Solo setzte sich langsam. Jabbas Gehilfen neigten dazu, mit nervösen Abzugsfingern ausgestattet zu sein. Das Wesen setzte sich ihm gegenüber, und die Mündung der gefährlichen, kleinen Pistole entfernte sich keinen Augenblick von Solos Brust.

»Ich habe es nicht dabei. Sag Jabba –«

»Ich glaube, es ist zu spät. Jabba möchte lieber Ihr Schiff haben.«

»Nur über meine Leiche«, sagte Solo unwirsch.

Das Wesen war nicht beeindruckt.

»Wenn Sie darauf bestehen. Kommen Sie mit mir hinaus, oder muß ich hier ein Ende machen?«

»Ich glaube nicht, daß die hier einen weiteren Todesfall wünschen«, betonte Solo.

Etwas, das ein Lachen sein mochte, drang aus dem Übersetzungsgerät des Wesens.

»Würde denen kaum auffallen. Stehen Sie auf, Solo! Darauf habe ich mich schon lange gefreut. Sie haben mich zum letztenmal vor Jabba mit Ihren frommen Ausreden blamiert.«

»Ich glaube, du hast recht.«

Licht und Lärm erfüllten die kleine Ecke des Lokals, und als wieder Ruhe einkehrte, war alles, was von dem öligen Fremdwesen übrig geblieben war, ein rauchender, schleimiger Fleck auf dem Steinboden.

Solo zog die Hand mit der rauchenden Waffe unter dem Tisch hervor und erntete nachdenkliche Blicke von einigen Gästen und schnalzende Laute von den Erfahreneren. Sie hatten gewußt, daß das Wesen seinen tödlichen Fehler begangen hatte, indem es zuließ, daß Solo die Hände verstecken konnte.

»Es gehört schon weit mehr dazu als deinesgleichen, mich zu erledigen. Jabba the Hut hat immer schon gespart, wenn es darum ging, Gehilfen, die auf Draht sind, einzustellen.« Solo verließ die Nische und warf dem Kellner eine Handvoll Münzen zu, als er und Chewbacca hinausgingen. »Entschuldigen Sie den Unrat. Kann mal passieren.«

Schwerbewaffnete Soldaten hasteten durch die schmale Gasse und funkelten von Zeit zu Zeit die dunkel gekleideten Wesen an, die exotische Waren an schäbigen, kleinen Ständen verkauften. Hier in den Innenbezirken von Mos Eisley waren die Mauern hoch und schmal, so daß die Gasse fast zu einem Tunnel wurde.

Niemand antwortete mit zornigen Blicken; niemand schrie Beschimpfungen oder murmelte Verwünschungen vor sich hin. Die gepanzerten Gestalten bewegten sich mit der Autorität des Imperiums, die Handfeuerwaffen auffällig zur Schau gestellt und einsatzbereit. Ringsumher kauerten Menschen, Nicht-Menschen und Roboter in abfallübersäten Eingängen. Zwischen Haufen von Schmutz und Müll tauschten sie Informationen aus und schlossen Geschäfte von zweifelhafter Legalität ab.

Ein heißer Wind fegte durch die Gasse, und die Soldaten schlossen ihre Reihen. Ihre Präzision und Ordnung tarnte ihr Unbehagen gegenüber einer derart engen Umgebung.

Ein Soldat prüfte eine Tür, fand sie aber fest verschlossen und verriegelt. Ein sandverkrusteter Mensch, der in der Nähe herumschlurfte, bedachte den Soldaten mit einer halbirren Tirade. Der Soldat zuckte innerlich die Achseln und warf dem verrückten Menschen einen erbosten Blick zu, bevor er seinen Kameraden nachsetzte, um sie wieder einzuholen.

Als der Trupp weit genug entfernt war, öffnete sich die Tür einen Spalt, und ein metallenes Gesicht guckte heraus. Unter Threepios Bein versuchte sich ein gedrungener Zylinder hindurchzudrängen, um auch etwas zu sehen.

»Ich wäre lieber mit Master Luke gegangen, als hier bei dir zu bleiben. Aber Befehl ist Befehl. Ich weiß zwar nicht, worum es im einzelnen geht, aber ich bin überzeugt davon, daß das deine Schuld sein muß«, sagte Threepio.

Artoo antwortete mit etwas nahezu Unmöglichem: einem kichernden Piepen.

»Überleg dir, was du sagst«, warnte die größere Maschine.

Die Anzahl alter Landgleiter und anders angetriebener Transportmittel auf dem staubigen Platz, die noch beweglich waren, konnte man an den Fingern einer Hand abzählen. Aber das war nicht Lukes und Bens Sorge, als sie mit dem hochgewachsenen, ein wenig insektenhaften Besitzer handelten. Sie waren nicht hier, um zu kaufen, sondern um zu verkaufen.

Keiner der Vorbeigehenden warf den Feilschenden auch nur einen neugierigen Blick zu. Ähnliche Geschäfte, die Außenstehende nichts angingen, fanden täglich in Mos Eisley zu hunderten statt.

Schließlich gab es keine Bitten oder Drohungen mehr auszutauschen. Der Händler beschloß den Handel, indem er Luke eine Anzahl kleiner Metallstücke gab, so, als verteile er Fläschchen mit seinem eigenen Blut. Luke und das Insektoid verabschiedeten sich förmlich voneinander, dann trennten sie sich, jeder in der Meinung, den anderen übervorteilt zu haben.

»Er sagte, mehr komme auf keinen Fall in Frage. Seit der XP 38 herausgekommen sei, bestehe einfach kein Bedarf mehr«, meinte Luke seufzend.

»Machen Sie kein so enttäuschtes Gesicht«, antwortete Kenobi. »Was Sie bekommen haben, reicht aus. Ich habe genug, um den Rest abzudecken.«

Sie verließen die Hauptstraße, bogen in eine Gasse ein und gingen an einem kleinen Roboter vorbei, der einen Schwarm von Wesen vorantrieb, die abgemagerten Ameisenbären glichen. Als sie um die Ecke bogen, reckte Luke den Hals, um noch einmal einen Blick auf den alten Landgleiter zu werfen. Es kam einer letzten Verbindung mit dem früheren Leben gleich. Dann blieb keine Zeit mehr, sich umzuschauen.

Etwas Kurzes, Kleines, das unter all seinen Hüllen menschlich sein mochte, trat aus den Schatten, als sie die Ecke hinter sich ließen. Es starrte ihnen noch lange nach, nachdem sie schon hinter einer Biegung verschwunden waren.

Der Dockbucht-Eingang zu dem kleinen, untertassenförmigen Raumschiff war gänzlich umringt von einem halben Dutzend Menschen und Fremdwesen, von denen die ersteren die groteskeren Geschöpfe waren. Ein großer wandelnder Bottich aus Muskeln und Fett, überragt von einem zottigen, narbenübersäten Schädel, betrachtete den Halbkreis bewaffneter Attentäter mit Befriedigung. Er trat aus der Mitte heraus und rief zum Schiff hinüber: »Kommen Sie heraus, Solo! Wir haben Sie umzingelt.«

»Dann seht ihr aber in die falsche Richtung«, sagte eine ruhige Stimme.

Jabba the Hut sprang hoch – schon für sich war das ein bemerkenswerter Anblick. Auch seine Gehilfen wirbelten herum – und sahen Han Solo und Chewbacca hinter sich stehen.

»Ich habe bereits auf Sie gewartet, wissen Sie, Jabba.«

»Damit habe ich fast gerechnet«, erwiderte Jabba, einesteils erfreut, andernteils verunsichert davon, daß weder Solo noch der große Wookie bewaffnet zu sein schienen.

»Ich bin nicht der Typ, der davonläuft«, sagte Solo.

»Davonläuft? Wovor davonläuft?« gab Jabba zurück. Das Fehlen sichtbarer Waffen beunruhigte Jabba mehr, als er es sich selbst zugeben wollte. Hier war etwas Merkwürdiges im Gange, und es war besser, keine voreiligen Schritte zu unternehmen, bis er entdeckte, was nicht in Ordnung war. »Han, mein Junge, manchmal enttäuschen Sie mich. Ich möchte nur wissen, warum Sie nicht gezahlt haben... was schon lange fällig war. Und weshalb Sie den armen Greedo haben niedersengen müssen. Nach allem, was Sie und ich gemeinsam durchgemacht haben...«

Solo grinste schief.

»Geben Sie's auf, Jabba. In Ihrem Körper gibt es nicht einmal genug Gefühl, um ein verwaistes Bakterium zu wärmen. Was Greedo angeht, so haben Sie ihn hingeschickt, damit er mich umbringt.«

»Aber, Han«, protestierte Jabba erstaunt, »warum sollte ich das tun? Sie sind der beste Schmuggler in der Branche. Sie sind viel zu wertvoll, um umgelegt zu werden. Greedo hat nur meine natürliche Besorgnis über Ihre Verzögerungen zum Ausdruck gebracht. Er wollte sie nicht töten.«

»Ich glaube, er dachte anders. Schicken Sie nächstesmal nicht einen von diesen bezahlten Kerlen. Wenn Sie etwas zu sagen haben, dann kommen Sie selbst zu mir.«

Jabba schüttelte den Kopf, und seine Hängebacken schwankten – träge, fleischige Echos seiner gespielten Trauer.

»Han, Han – wenn Sie nur nicht diese Ladung Gewürze hätten abkippen müssen. Sie verstehen... ich kann einfach keine Ausnahme machen. Wie sähe ich aus, wenn jeder Pilot, der für mich schmuggelt, beim Auftauchen eines Kaiserlichen Kriegsschiffes gleich seine Ladung wegkippt? Und wenn er mir dann einfach leere Taschen zeigt, wenn ich Entschädigung verlange? Das sind keine guten Geschäfte. Ich kann großzügig und nachsichtig sein – aber nicht bis hin zum Bankrott.«

»Wissen Sie, manchmal werde sogar ich geentert, Jabba. Dachten Sie, ich hätte die Gewürze weggekippt, weil ich sie nicht mehr riechen konnte? Ich hatte keine andere Wahl.« Wieder das spöttische Lächeln. »Wie Sie sagen, bin ich zu wertvoll, um niedergesengt zu werden. Aber ich habe jetzt einen Charter-Auftrag und kann zurückzahlen, mit einem kleinen Aufschlag dazu. Ich brauche nur noch etwas Zeit. Ich kann Ihnen als Vorschuß Tausend geben, den Rest in drei Wochen.«

Die unförmige Gestalt schien zu überlegen, dann galten ihre nächsten Worte nicht Solo, sondern ihren Mietlingen.

»Steckt die Strahler weg!« Ihr Blick richtete sich auf den wachsamen Corellaner. »Han, mein Junge, ich mache das nur, weil Sie der Beste sind und ich Sie eines Tages wieder brauche. Veranlaßt von der Größe meiner Seele und einem verzeihenden Herzen – und für, sagen wir, zusätzliche zwanzig Prozent –, gebe ich Ihnen noch ein bißchen Zeit. Aber das ist das letztemal. Wenn Sie mich wieder enttäuschen, setze ich einen Preis auf Ihren Kopf aus, der so groß ist, daß Sie für den Rest Ihres Lebens sich nicht mehr in die Nähe eines zivilisierten Systems wagen können, weil in jedem Ihr Name und Ihr Gesicht Männern bekannt sein werden, die Ihnen mit Wonne für ein Zehntel dessen, was ich ihnen biete, die Därme aus dem Leib schneiden.«

»Ich bin froh, daß wir beide mein wahres Interesse im Auge haben«, erwiderte Solo liebenswürdig, als er und Chewbacca an den starrenden Augen von Jabbas Gehilfen vorbeigingen. »Keine Sorge, Jabba, ich bezahle. Aber nicht, weil Sie mir drohen. Ich bezahle, weil mir das... ein Vergnügen ist.«

»Sie fangen an, die Raumflughafen-Zentrale zu durchsuchen«, erklärte der Commander, der abwechselnd ein paar Schritte laufen und dann wieder gehen mußte, um mit Darth Vader auf gleicher Höhe zu bleiben. Der Schwarze Lord war tief in Gedanken, als er durch einen der Korridore der Kampfstation schritt, gefolgt von mehreren Adjutanten. »Die Meldungen laufen eben jetzt langsam ein«, fuhr der Commander fort. »Es ist nur eine Frage der Zeit, bis wir die Roboter haben.«

»Schicken Sie mehr Leute hin, wenn es sein muß. Die Proteste des lokalen Gouverneurs lassen Sie unbeachtet – ich muß diese Roboter haben. Die Hoffnung unserer Gefangenen gründet darauf, daß diese Daten gegen uns verwendet werden. Darauf stützt sich auch ihr Widerstand gegen die Gehirnsonden.«

»Ich verstehe Lord Vader. Bis dahin müssen wir unsere Zeit mit Gouverneur Tarkins unsinnigem Plan vergeuden, ihren Widerstand zu brechen.«

»Da ist Dockbucht 94«, sagte Luke zu Kenobi und den Robotern, die sich ihnen wieder angeschlossen hatten, »und da ist Chewbacca. Er scheint sich über irgend etwas aufzuregen.«

Die Vier beschleunigten ihre Schritte. Keiner von ihnen bemerkte die kleine, dunkel gekleidete Gestalt, die ihnen vom Transporterplatz gefolgt war.

Das Wesen trat in einen Eingang und zog einen winzigen Sender aus einem Beutel. Der Sender sah viel zu neu und modern aus, um in der Hand eines so heruntergekommenen Exemplars zu sein, aber der Besitzer sprach mit ruhiger Sicherheit hinein.

Dockbucht 94 unterschied sich, wie Luke feststellte, nicht von einer ganzen Anzahl anderer Dockbuchten in Mos Eisley, die sich nicht scheuten, diesen hochtrabenden Namen zu tragen. Sie bestand hauptsächlich aus einer Einfahrtsrampe und einer riesigen Grube im Felsboden. Sie diente als Strahlradius für die Wirkung des einfachen Anti-Schwerkraft-Antriebs, der alle Raumfahrzeuge aus dem Schwerefeld des Planeten hob.

Die Mathematik des Raumantriebs war sogar für Luke einfach genug. Anti-Schwerkraft konnte nur funktionieren, wenn es eine ausreichend starke Schwerkraftquelle gab, von der sie sich abstoßen konnte – wie auf einem Planeten –, während Überlichtflug nur stattfinden konnte, wenn ein Schiff sich außerhalb eines solchen Schwerefeldes befand. Daher die Notwendigkeit für das Doppel-Antriebssystem bei allen Raumfahrzeugen, die für den Flug zwischen Systemen geeignet waren.

Die Grube von Dockbucht 94 war so unpräzise angelegt und so heruntergekommen wie die meisten in Mos Eisley. Die steil abfallenden Wände bröckelten an vielen Stellen ab, statt so glatt poliert zu sein wie auf stärker bevölkerten Welten. Luke fand aber, daß die Bucht den perfekten Rahmen für das Raumfahrzeug bot, auf das Chewbacca sie zuführte.

Das verbeulte Ellipsoid, das man nur ungenau als Schiff bezeichnen konnte, schien aus alten Rumpfteilen und Komponenten zusammengesetzt zu sein, die von anderen Fahrzeugen als nicht mehr brauchbar aufgegeben worden waren. Sich dieses Fahrzeug als weltraumtüchtig vorzustellen, hätte ihn veranlaßt, in hysterisches Gelächter auszubrechen – wäre die Lage nicht so ernst gewesen. Aber sich auszumalen, daß sie in diesem armseligen Ding nach Alderaan fliegen sollten...

»Was für ein Schrotthaufen«, murmelte er schließlich, als er seine Gefühle nicht länger unterdrücken konnte. Sie gingen die Rampe hinauf zur offenen Einstiegluke. »Das Ding schafft es niemals in den Hyperraum.«

Kenobi gab keinen Kommentar, sondern deutete nur auf die Luke, wo ihnen eine Gestalt entgegenkam.

Entweder verfügte Solo über ein übernatürlich scharfes Gehör, oder er war die Reaktion gewöhnt, die der Anblick der ›Millennium Falcon‹ bei potentiellen Passagieren hervorrief.

»Sie sieht vielleicht nicht besonders aus«, gestand er, als sie herankamen, »aber man kann sich auf die ›Falcon‹ verlassen. Ich habe ein paar einzigartige Umbauten selbst vorgenommen. Außer dem Pilotieren bastle ich auch gern. Sie macht Nullkommafünf Faktoren über der Lichtgeschwindigkeit.«

Luke kratzte sich am Kopf, als er sich bemühte, das Fahrzeug im Licht der Behauptungen seines Eigentümers neu einzuschätzen. Entweder war der Corellaner der größte Lügner auf dieser Seite des galaktischen Zentrums, oder in dem Schiff steckte wirklich eine ganze Menge mehr, als man ihm ansah. Luke dachte an die Ermahnung Kenobis, sich nicht nur vom Äußeren eines Gegenstandes leiten zu lassen, und beschloß, mit dem Urteil über Schiff und Piloten zu warten, bis er beide in Aktion gesehen hatte.

Chewbacca war zunächst am Eingang zur Dockbucht zurückgeblieben. Nun stürmte er die Rampe hinauf, ein haariger Wirbelwind, und schwatzte erregt auf Solo ein. Der Pilot sah ihn gelassen an, nickte von Zeit zu Zeit und knurrte dann eine kurze Antwort. Der Wookie stürzte in das Schiff und schaute sich nur kurz um, um die anderen mit heftigen Gesten dazu aufzufordern, ihm zu folgen.

Luke wollte ein paar Fragen stellen, aber Kenobi trieb ihn bereits die Rampe hinauf. Die Roboter folgten ihnen.

Im Innern war Luke ein wenig erstaunt, als er den massigen Chewbacca sich in einen Pilotensessel zwängen und quetschen sah, der trotz Umbauten seiner mächtigen Gestalt noch immer nicht gewachsen zu sein schien. Der Wookie legte ein paar winzige Hebel um, mit Fingern, die für diese Aufgabe viel zu groß und plump zu sein schienen. Die mächtigen Pranken glitten aber mit erstaunlicher Anmut über die Steuerkonsole.

Irgendwo tief im Schiff begann ein dumpfes Pulsieren, als die Maschinen eingeschaltet wurden. Luke und Ben schnallten sich auf den freien Sitzen im Hauptkorridor an.

Vor den Eingang zur Dockbucht schob sich eine lange, ledrige Schnauze aus schwarzen Stoffalten, und irgendwo in den Tiefen beiderseits dieses gewaltigen Vorsprungs starrten wache Augen heraus. Sie drehten sich, zusammen mit dem ganzen Kopf, als eine Abteilung von acht Soldaten heranstürmte. Es war keineswegs eine Überraschung, als die Abteilung sofort auf die rätselhafte Gestalt zueilte, die dem Anführer etwas zuflüsterte, wobei sie auf die Dockbucht zeigte.

Die Mitteilung mußte elektrisierend gewesen sein. Die Soldaten schalteten ihre Waffen ein, legten an und stürmten den Buchteingang.

Ein Funkeln von Licht auf bewegtem Metall fiel Solo auf, als die unwillkommenen Umrisse der ersten Soldaten sich zeigten. Solo hielt es für unwahrscheinlich, daß sie sich zu einem ruhigen Gespräch herbeilassen würden. Sein Verdacht bestätigte sich, bevor er den Mund auftun und gegen ihr Eindringen protestieren konnte, als mehrere auf die Knie sanken und das Feuer auf ihn eröffneten. Solo sprang ins Schiff zurück, drehte sich um und schrie: »Chewie – Abschirmung, schnell! Nichts wie weg hier!«

Ein kehliges Brüllen der Bestätigung drang zu ihm.

Solo zog seine eigene Pistole und gab, relativ gesichert in seiner

Luke, ein paar Salven ab. Als die Soldaten entdeckten, daß ihre Beute weder hilflos war noch schlief, sprangen sie in Deckung.

Das tiefe Dröhnen wurde zu einem Schrillen, dann zu einem ohrenbetäubenden Heulen, als Solos Hand die Schnelltaste drückte. Augenblicklich klappte der Lukendeckel zu.

Als die Soldaten auf dem Rückzug aus dem Eingang zur Dockbucht hetzten, prallten sie mit einer zweiten Abteilung zusammen, die eben eintraf. Einer der Soldaten versuchte mit heftigen Gesten dem Offizier der zweiten Abteilung zu erklären, was in der Bucht geschehen war.

Der keuchende Soldat hatte kaum zu Ende gesprochen, als der Offizier einen Klein-Kommunikator herausriß und hineinschrie: »Flugdeck... sie versuchen zu entkommen! Schickt alles, was ihr habt, hinter dem Schiff her.«

In ganz Mos Eisley wurde Alarm gegeben, der sich von Dockbucht 94 aus in konzentrischen Ringen ausbreitete.

Mehrere Soldaten, die eine Gasse durchstöberten, reagierten zum gleichen Zeitpunkt auf den Großalarm, als sie einen kleinen Frachter elegant in den klaren, blauen Himmel über Mos Eisley aufsteigen sahen. Er schrumpfte zu Stecknadelkopfgröße, bevor einer von ihnen auf den Gedanken kam, auf ihn zu zielen.

Luke und Ben öffneten bereits ihre Beschleunigungsgurte, als Solo an ihnen vorbeiging zum Cockpit, mit dem federnden, lockeren Schritt des erfahrenen Raumpiloten. Vorne begann er sofort, Skalen und Meßgeräte abzulesen. Auf dem Sitz neben ihm knurrte und brummte Chewbacca wie ein schlecht getunter Gleitermotor. Er drehte den Kopf von seinen Instrumenten zur Seite und deutete mit einem massiven Finger auf den Peilschirm.

Solo warf kurz einen Blick darauf und wandte sich gereizt wieder seiner eigenen Konsole zu.

»Ich weiß, ich weiß... sieht nach zwei, vielleicht drei Zerstörern aus. Irgend jemand kann unsere Passagiere auf den Tod nicht leiden. Diesmal haben wir uns eine verdammt heiße Kartoffel ausgesucht. Versuch, sie auf irgendeine Weise hinzuhalten, bis ich die Programmierung für den Überlicht-Sprung fertig habe. Die Ablenk-Schirme auf Maximalschutz stellen!« Mit diesen Anweisungen beendete er das Gespräch mit dem riesigen Wookie, während seine Hände über die Tastatur der Computereingabe glitten. Solo drehte sich nicht einmal um, als eine kleine, zylindrische Gestalt im Eingang hinter ihm auftauchte. Artoo Detoo schrillte ein paar Bemerkungen, dann hastete er davon.

Heckkameras zeigten das gleißende Zitronenauge von Tatooine, das hinter ihnen rasch schrumpfte. Es ging aber nicht schnell genug, um die drei Lichtpunkte verschwinden zu lassen, die an die Existenz der verfolgenden Kriegsschiffe des Imperiums erinnerten.

Obwohl Solo Artoo nicht beachtet hatte, drehte er sich herum und bestätigte dadurch seinen menschlichen Passagieren, daß er ihr Kommen wahrgenommen hatte.

»Aus verschiedenen Richtungen verfolgen uns noch zwei«, teilte er ihnen nach einem Blick auf die unbarmherzigen Instrumente mit. »Sie werden versuchen, uns einzukesseln, bevor wir springen können. Fünf Schiffe... Was habt ihr zwei getan, um solche Gesellschaft anzulocken?«

»Können Sie ihnen nicht entwischen?« fragte Luke sarkastisch, ohne auf die Frage des Piloten einzugehen. »Ich dachte, Sie hätten gesagt, das Ding sei schnell.«

»Halten Sie sich zurück, junger Mann, sonst können Sie heimsegeln. Zum einen sind es zu viele. Aber wir sind dennoch in Sicherheit, sobald wir den Sprung in den Hyperraum geschafft haben.« Er grinste vielsagend. »Kein Mensch kann bei Überlichtgeschwindigkeit ein anderes Schiff genau anpeilen. Dazu kenne ich noch ein paar Tricks, mit denen man hartnäckige Verfolger abschütteln kann. Wenn ich nur gewußt hätte, daß ihr beide gar so beliebt seid.«

»Warum?« antwortete Luke herausfordernd. »Hätten Sie uns dann nicht mitgenommen?«

»Das ist nicht gesagt«, erwiderte der Corellaner, ohne sich aus der Reserve locken zu lassen. »Aber der Fahrpreis für euch wäre ganz beachtlich in die Höhe geschnellt.«

Luke hatte eine Antwort schon auf der Zunge. Sie unterblieb, als er instinktiv die Arme hochriß, um sich vor einem grellroten Blitz zu schützen, der dem schwarzen Weltraum vor dem Sichtfenster vorübergehend das Aussehen der Oberfläche einer Sonne verlieh. Kenobi, Solo und sogar Chewbacca folgten seinem Beispiel, da die Nähe der Explosion beinahe die phototrope Abschirmung durchbrach.

»Jetzt fängt es an, interessant zu werden«, murmelte Solo.

»Wie lange noch, bis Sie den Sprung machen können?« fragte Kenobi ruhig, anscheinend unberührt davon, daß sie jeden Augenblick aufhören konnten, zu existieren.

»Wir befinden uns noch im Schwerefeld von Tatooine«, lautete die kühle Antwort. »Es wird noch einige Minuten dauern, bis der Navigationscomputer das ausgleichen und einen korrekten Sprung bewirken kann. Ich könnte seine Entscheidung abändern, aber der Hyper-Antrieb würde dabei wohl in die Binsen gehen. Dann hätte ich außer euch Vieren noch eine hübsche Ladung Schrottmetall.«

»Ein paar Minuten«, stieß Luke hervor und starrte auf die Bildschirme. »Bei der Geschwindigkeit, mit der sie aufholen...«

»Der Flug durch den Hyperraum hat nichts mit dem Besprühen von Getreidefeldern zu tun, mein Junge. Haben Sie schon einmal versucht, einen Hyperraum-Sprung zu berechnen?« Luke mußte den Kopf schütteln. »Keine Kleinigkeit. Wäre hübsch, wenn wir uns übereilen und direkt durch einen Stern oder irgendeine andere freundliche Raumerscheinung wie ein Schwarzes Loch fliegen würden. Dann wäre unsere Reise gleich zu Ende.«

Neue Explosionen flammten in nächster Nähe auf, trotz der angestrengten Bemühungen Chewbaccas, den Feuerstößen auszuweichen. An Solos Konsole begann ein rotes Warnlämpchen zu blinken.

»Was ist das?« fragte Luke nervös.

»Wir verlieren einen Ablenk-Schirm«, teilte ihm Solo mit der Miene eines Mannes mit, dem ein Zahn gezogen werden soll. »Schnallt euch lieber wieder an. Wir stehen unmittelbar vor dem Sprung. Es könnte unangenehm werden, wenn wir im falschen Augenblick einen Beinahe-Treffer erhalten.«

Im Hauptfrachtraum war Threepio durch Metallarme, stärker als alle Beschleunigungsgurte, schon fest auf seinem Platz verankert. Artoo schwankte unter den Druckwellen der zunehmend stärkeren Energiestöße gegen die Ablenkschirme des Schiffes hin und her.

»War dieser Flug wirklich notwendig?« murmelte der große Roboter verzweifelt. »Ich hatte ganz vergessen, wie sehr ich den Raumflug verabscheue.« Er verstummte, als Luke und Ben auftauchten und sich in ihren Sitz wieder festschnallten.

Seltsamerweise dachte Luke an einen Hund, der ihm einmal gehört hatte, als etwas unendlich Mächtiges mit der Kraft eines gefallenen Engels am Rumpf des Raumschiffes zerrte.

Admiral Motti betrat den stillen Konferenzsaal, von den Linearlampen an den Wänden Streifen im Gesicht. Sein Blick richtete sich auf die Stelle, wo der Gouverneur vor dem gebogenen Wandschirm stand. Er verbeugte sich knapp. Trotz der Evidenz des kleinen, grünen Juwels von Welt auf dem Schirm erklärte er formell: »Wir haben das System Alderaan erreicht und erwarten Ihre Befehle.«

Die Tür gab ein Signal, und Tarkin reagierte mit einer scheinbar sanften Geste. »Warten Sie noch einen Augenblick, Motti!«

Die Tür öffnete sich, und Leia Organa kam herein, flankiert von zwei bewaffneten Bewachern, gefolgt von Darth Vader.

»Ich bin –«, begann Tarkin.

»Ich weiß, wer Sie sind«, fauchte sie, »Gouverneur Tarkin. Ich hatte erwartet, daß Sie Vaders Hundeleine in der Hand halten. Ich glaubte, Ihren einmaligen Gestank zu bemerken, als ich an Bord gebracht wurde.«

»Charmant bis zum letzten«, erklärte Tarkin auf eine Weise, die verriet, daß er alles andere als erfreut war. »Sie wissen nicht, wie schwer es mir gefallen ist, den Befehl für Ihre Terminierung zu unterzeichnen.« Sein Ausdruck verwandelte sich in den einer gespielten Trauer. »Hätten Sie mit uns zusammengearbeitet, dann hätte die Sache vielleicht ganz anders ausgesehen. Lord Vader hat mir mitgeteilt, daß Ihr Widerstand gegen unsere traditionellen Methoden der Befragung –«

»Folterung, meinen Sie«, konterte sie mit schwankender Stimme.

»Wir wollen uns nicht mit Haarspaltereien aufhalten«, sagte Tarkin lächelnd.

»Es wundert mich, daß Sie den Mut haben, die Verantwortung für die Ausgabe des Befehls selbst zu übernehmen.«

Tarkin seufzte widerwillig.

»Ich bin ein Mann, der treu seiner Sache dient, und gönne mir nur wenige Vergnügungen. Eine davon ist, daß ich Sie vor Ihrer Hinrichtung als Gast bei einer kleinen Zeremonie sehen möchte. Sie wird die Kampfbereitschaft dieser Station bestätigen und gleichzeitig eine neue Ära technischer Überlegenheit des Imperiums einleiten. Diese Station ist das letzte Bindeglied in der neugeschmiedeten Imperiums-Kette, mit der die eine Million Systeme des galaktischen Reiches ein für allemal zusammengeschmiedet werden. Ihre unbedeutende Allianz wird für uns nicht mehr von Wichtigkeit sein. Nach der heutigen Demonstration wird es niemand mehr wagen, den Dekreten des Imperiums Widerstand zu leisten, nicht einmal der Senat.«

Organa sah ihn verächtlich an.

»Gewalt wird das Imperium nicht zusammenhalten. Gewalt hat noch nie etwas auf Dauer zusammengehalten. Je fester Ihr Griff wird, desto mehr Systeme werden Ihnen durch die Finger gleiten. Sie sind ein Narr, Gouverneur, und Narren ersticken oft an ihrem eigenen Wahn.«

Tarkin zeigte ein Totenkopflächeln, sein Gesicht war die Fassade eines gebleichten Schädels.

»Es wird interessant sein, zu sehen, welche Art des Hinscheidens Lord Vader für Sie vorgesehen hat. Ich bin sicher, daß es Ihnen – und ihm – entsprechen wird.

Aber bevor Sie uns verlassen, müssen wir die Macht dieser Station ein für allemal demonstrieren, und zwar auf eine schlüssige Art und Weise. In gewisser Beziehung haben Sie die Wahl des Themas für diese Vorführung bestimmt. Da Sie keine Neigung gezeigt haben, uns den Ort der Rebellenfestung zu verraten, habe ich es für angemessen gehalten, als Ersatzzielscheibe Ihren Heimatplaneten Alderaan auszuwählen.«

»Nein! Das können Sie nicht tun! Alderaan ist eine friedliche Welt, ohne stehende Armeen. Sie können nicht...«

Tarkins Augen glitzerten.

»Ziehen Sie ein anderes Ziel vor? Ein militärisches, vielleicht? Wir sind zugänglich... benennen Sie das System.« Er zuckte betont die Achseln. »Derlei Spiele ermüden mich. Zum letztenmal, wo ist der Hauptstützpunkt der Rebellen?«

Über einen verborgenen Lautsprecher teilte eine Stimme mit, daß man in Anti-Schwerkraft-Reichweite von Alderaan gekommen sei – annähernd sechs Planetendurchmesser. Das genügte, um bei Organa zu erreichen, was sämtliche infernalischen Martern Vaders nicht geschafft hatten.

»Dantooine«, flüsterte sie, starrte auf das Deck und gab jede weitere Vortäuschung von Trotz auf. »Sie sind in Dantooine.«

Tarkin stieß einen Seufzer der Erleichterung aus, dann wandte er sich an die schwarze Gestalt.

»Sehen Sie, Lord Vader? Sie kann also doch vernünftig sein. Man braucht die Frage nur richtig zu formulieren, um die erwünschte Antwort zu erhalten.« Er wandte sich an die anderen Offiziere. »Nach Abschluß unserer kleinen Tests hier beeilen wir uns, nach Dantooine zu fliegen. Sie können fortfahren, meine Herren.«

Tarkins Worte, so beiläufig geäußert, brauchten einige Sekunden, bis sie Wirkung zeigten.

»Was?« stieß Organa schließlich hervor.

»Dantooine«, sagte Tarkin und betrachtete seine Fingernägel, »ist von den Zentren des Imperiums zu weit entfernt, um als Zielscheibe einer wirksamen Demonstration dienen zu können. Sie werden verstehen, daß wir eine widerspenstige Welt brauchen, die viel zentraler gelegen ist, damit sich die Meldungen über unsere Macht schnell durch das Imperium verbreiten. Aber keine Angst. Mit Ihren Freunden auf Dantooine befassen wir uns auch noch so schnell wie möglich.«

»Aber Sie haben doch gesagt...« wandte Organa ein.

»Die einzigen Worte, die Bedeutung haben, sind immer die zuletzt gesprochenen«, erklärte Tarkin mit schneidender Stimme. »Wir werden die Zerstörung Alderaans wie geplant durchführen. Dann werden Sie mit uns den Genuß haben, zuzusehen, wie wir die Zentrale dieser stupiden und nutzlosen Rebellion auf Dantooine vernichten.« Er machte eine Geste zu den zwei Soldaten links und rechts neben ihr. »Begleitet sie zur Beobachtungs-Etage und sorgt dafür, daß sie unbehindert alles sehen kann«, sagte er lächelnd.

8

Solo war damit beschäftigt, die Anzeigen der Skalen und Meßgeräte im Frachtraum zu überprüfen. Von Zeit zu Zeit führte er ein kleines Kästchen an verschiedenen Sensoren vorbei, prüfte die Resultate und schnalzte vor Vergnügen.

»Sie brauchen sich um Ihre Freunde vom Imperium keine Sorgen mehr zu machen«, sagte er zu Luke und Ben. »Jetzt können sie uns nie mehr orten. Hab' doch gesagt, daß wir sie abhängen.«

Kenobi nickte nur kurz, da er gerade dabei war, Luke etwas zu erläutern.

»Brauchen sich ja nicht gleich alle bei mir zu bedanken«, brummte Solo ein wenig verletzt. »Jedenfalls berechnet der Navigationscomputer unsere Ankunft in einer Umlaufbahn um Alderaan für Nullzwei nullnull. Ich fürchte, nach diesem kleinen Abenteuer muß ich wieder eine neue Lizenz fälschen.« Er kümmerte sich wieder um seine Instrumente und ging an einem kleinen, kreisrunden Tisch vorbei. Die Platte war bedeckt mit kleinen, von unten beleuchteten Quadraten, während sich an den Seiten Computermonitoren befanden. Winzige, dreidimensionale Figuren wurden aus verschiedenen Quadraten über die Tischplatte projiziert.

Chewbacca saß über eine Tischseite gebeugt, das Kinn auf die großen Hände gestützt. Seine riesigen Augen glühten, die Gesichtsbehaarung war nach oben verzogen, und er vermittelte ganz den Eindruck, mit sich sehr zufrieden zu sein.

Jedenfalls so lange, bis Artoo Detoo, ihm gegenüber, einen kurzen Klauenarm hob und in seinen Computermonitor etwas eintastete. Eine der Figuren ging plötzlich über das Brett zu einem anderen Quadrat und blieb dort stehen.

Ein Ausdruck von Verwirrung, dann von Zorn huschte über das Gesicht des Wookies, als er die neue Stellung studierte. Er funkelte über den Tisch hinweg und überfiel die harmlose Maschine mit einem Strom von wütendem Geschimpfe. Artoo konnte zur Antwort nur piepen, aber Threepio mischte sich im Namen seines weniger sprachbegabten Begleiters bald ein und begann mit dem riesigen Anthropoiden zu streiten.

»Er hat einen zulässigen Zug getan. Ihr Gebrüll hilft Ihnen da auch nichts.«

Solo schaute über die Schulter und runzelte die Stirn.

»Gib nach. Dein Freund ist ohnehin weit voraus. Es ist nicht klug, einen Wookie zu reizen.«

»Ich kann diese Einstellung verstehen, Sir«, gab Threepio zurück, »aber hier geht es ums Prinzip. Es gibt gewisse Grundsätze, an die sich jedes denkende Wesen halten muß. Wenn man hier aus irgendeinem Grund, inklusive Einschüchterung, Kompromisse schließt, verzichtet man auf sein Recht, intelligent genannt zu werden.«

»Ich hoffe, ihr denkt beide daran«, sagte Solo, »wenn Chewbacca dir und deinem Freund die Arme ausreißt.«

»Außerdem ist es aber ein klares Zeichen schlechten Sportgeists, wenn man habgierig ist oder jemanden ausnützt, der sich in einer schwächeren Position befindet«, fuhr Threepio unbeirrt fort.

Das entlockte Artoo ein zorniges Schrillen, und die beiden Roboter gerieten sofort in einen heftigen elektronischen Streit, während Chewbacca abwechselnd auf die beiden einplärrte und gelegentlich mit den Händen durch die durchsichtigen Figuren fuhr, die geduldig auf dem Brett warteten.

Luke nahm von der Auseinandersetzung nichts wahr. Er stand mitten im Frachtraum und hielt einen eingeschalteten Lichtsäbel über dem Kopf. Ein leises Summen drang aus dem alten Instrument, während Luke unter Ben Kenobis prüfendem Blick Ausfälle machte und Stöße parierte. Solo blickte von Zeit zu Zeit auf Lukes ungeschickte Bewegungen und machte einen selbstzufriedenen Eindruck.

»Nein, Luke, Ihre Hiebe und Stöße müssen fließen, nicht so abgehackt kommen«, sagte Kenobi ruhig. »Vergessen Sie nicht, die Kraft ist allgegenwärtig. Sie hüllt Sie ein und strahlt von Ihnen aus. Ein Jedi-Kämpfer kann die Kraft als etwas Körperliches wirklich spüren.«

»Dann ist sie also ein Energiefeld?« sagte Luke.

»Sie ist ein Energiefeld und mehr«, fuhr Kenobi in beinahe mystischem Ton fort. »Eine Aura, die gleichzeitig lenkt und gehorcht. Ein Nichts, das Wunder vollbringen kann.« Er wirkte einen Augenblick nachdenklich. »Niemand, nicht einmal die Jedi-Wissenschaftler, war je in der Lage, die Kraft wahrhaft zu definieren. Möglicherweise wird es auch in Zukunft nie jemandem gelingen. Manchmal liegt in den Erklärungen der Kraft ebenso viel Magie wie Wissenschaft. Aber was ist ein Magier anderes als ein praktizierender Theoretiker? Also, versuchen wir es noch einmal.« Der alte Mann hielt eine silberne Kugel von der Größe einer Männerfaust in der Hand. Sie war bedeckt von dünnen Fühlern, manche so zart wie die einer Motte. Er warf sie auf Luke und verfolgte, wie sie zwei Meter vor dem Gesicht des jungen Mannes zum Stillstand kam.

Luke machte sich bereit, als die Kugel ihn langsam umkreiste, und wandte sich ihr zu, als sie eine neue Position einnahm. Plötzlich zuckte sie blitzschnell vor, nur um, einen Meter entfernt, wieder zu erstarren. Luke fiel auf die Finte nicht herein, und die Kugel wich zurück.

Luke bewegte sich langsam seitwärts, bestrebt, um die vorderen Sensoren der Kugel herumzukommen, und holte mit dem Säbel zum Schlag aus. In diesem Augenblick huschte die Kugel *hinter* ihn. Ein dünner Strahl roten Lichts zuckte aus einem der Fühler zu Lukes Oberschenkel und warf ihn auf das Deck, als er den Säbel herumriß – zu spät.

Luke rieb sich den prickelnden, gefühllosen Schenkel und versuchte das spöttische Lachen Solos zu ignorieren.

»Hokuspokus-Religionen und archaische Waffen sind kein Ersatz für eine gute Strahlerpistole im Gürtel«, meinte der Pilot verächtlich.

»Sie glauben nicht an die Kraft?« sagte Luke, als er sich wieder aufraffte. Die betäubende Wirkung des Strahls ließ schnell nach.

»Ich bin von einem Ende dieser Galaxis zum anderen gekommen«, prahlte der Pilot, »und ich habe viele merkwürdige Dinge gesehen. Zu viele, um glauben zu können, daß es so etwas wie diese ›Kraft‹ geben könnte. Zu viele, um zu meinen, daß die Handlungen einer Person von dergleichen bestimmt werden. *Ich* bestimme mein Schicksal – nicht ein halb mystisches Energiefeld.« Er wies auf Kenobi. »Ich würde ihm an Ihrer Stelle nicht so blind folgen. Er ist ein gerissener alter Mann, voll undurchsichtiger Tricks und Bosheiten. Es könnte sein, daß er Sie zu seinen eigenen Zwecken benutzt.«

Kenobi lächelte nur sanft und wandte sich Luke wieder zu.

»Ich schlage vor, daß Sie es noch einmal versuchen, Luke«, sagte er ruhig. »Sie müssen sich bemühen, Ihre Handlungen von bewußter Steuerung zu lösen. Versuchen Sie, sich nicht auf etwas Konkretes zu konzentrieren, optisch oder geistig. Sie müssen Ihr Denken treiben lassen, treiben, nur dann können Sie die Kraft einsetzen. Sie müssen in einen Zustand gelangen, in dem Sie auf das reagieren, was Sie spüren, nicht auf das, was Sie vorher denken. Sie müssen aufhören mit dem Nachdenken, sich entspannen, nicht denken... sich treiben lassen... frei... frei...«

Die Stimme des alten Mannes war zu einem hypnotisierenden Summen herabgesunken. Als er verstummte, huschte die Chromkugel auf Luke zu. Betäubt von Kenobis hypnotischem Tonfall, sah Luke sie nicht angreifen. Es war zweifelhaft, ob er überhaupt etwas mit einiger Klarheit sah. Aber als die Kugel herankam, fuhr er mit erstaunlicher Geschwindigkeit herum, der Säbel schwang auf sonderbare Weise hinauf und hinaus. Der rote Strahl, den die Kugel aussandte, wurde elegant abgelenkt. Das Surren verstummte, und die Kugel fiel auf das Deck, ganz ohne Leben.

Blinzelnd, als erwache er aus einem kurzen Schlaf, starrte Luke die regungslose Fernsteuerungskugel verblüfft an.

»Sehen Sie, Sie können es«, sagte Kenobi. »Lehren kann man nur bis zu einer gewissen Grenze. Jetzt müssen Sie lernen, die Kraft in Sie einzulassen, wenn Sie sie brauchen, so daß Sie lernen können, sie bewußt zu gebrauchen.« Kenobi holte hinter einem Schrank einen großen Helm hervor und ging damit auf Luke zu. Er stülpte ihm den Helm über den Kopf und nahm ihm damit vollkommen die Sicht.

»Ich kann nichts sehen«, murmelte Luke, drehte sich herum und zwang Kenobi damit, aus der Reichweite des gefährlich wedelnden Säbels zu treten. »Wie soll ich da kämpfen?«

»Mit der Kraft«, erklärte der alte Ben. »Sie haben die Sonde nicht wirklich ›gesehen‹, als diese es das letztemal auf Ihre Beine abgesehen hatte, und den Strahl trotzdem pariert. Versuchen Sie, diese Empfindung wieder durch sich hindurchfließen zu lassen.«

»Das *kann* ich nicht«, stöhnte Luke. »Ich werde wieder getroffen.«

»Nicht, wenn Sie zulassen, daß Sie auf *sich* vertrauen«, erklärte Kenobi beharrlich, auch wenn es für Luke nicht überzeugend klang. »Das ist der einzige Weg, Gewißheit zu bekommen, daß Sie sich ganz auf die Kraft verlassen.«

Kenobi bemerkte, daß der skeptische Corellaner sich umgedreht hatte, um zuzusehen, und er zögerte einen Augenblick. Es tat Luke nicht gut, daß der selbstgefällige Pilot jedesmal lachte, wenn ein Fehler vorkam. Aber den Jungen zu verzärteln, würde auch nicht helfen, und außerdem blieb keine Zeit dafür. Wirf ihn ins Wasser, in der Hoffnung, daß er schwimmen kann, ermahnte sich Ben.

Er beugte sich über die Chromkugel und berührte einen Regler daran. Dann warf er sie in die Höhe. Sie flog in hohem Bogen auf Luke zu. Mitten im Sturz abbremsend, fiel sie wie ein Stein auf das Deck herab. Luke schwang den Säbel in ihre Richtung. Der Versuch war zwar lobenswert, aber bei weitem nicht schnell genug. Wieder erglühte der kleine Fühler. Diesmal traf die blutrote Nadel Luke genau am Hosenboden. Es war zwar kein lähmender Hieb, aber er tat weh, und Luke stieß einen Schrei aus, als er herumfuhr und seinen unsichtbaren Quälgeist zu treffen versuchte.

»Entspannen!« drängte Ben. »Seien Sie frei. Versuchen Sie, Ihre Augen und Ohren zu gebrauchen. Hören Sie auf, etwas vorherzubestimmen, und gebrauchen Sie den Rest Ihres Gehirns.«

Der junge Mann wurde plötzlich still, unter leichtem Schwanken. Die Sonde war immer noch hinter ihm. Sie wechselte die Richtung erneut, setzte zum Sturzflug an und feuerte.

Im selben Augenblick zuckte der Lichtsäbel herum, so zielgenau wie in der Bewegung geschickt, um den Blitz abzulenken. Diesmal fiel die Kugel nicht regungslos auf das Deck, sondern wich drei Meter zurück und schwebte dort in der Luft.

Luke nahm wahr, daß das Surren der Fernsonde nicht mehr in seinen Ohren klang, und guckte vorsichtig unter dem Helm hervor. Schweiß und Erschöpfung zeichneten sein Gesicht.

»Habe ich –?«

»Ich sagte doch, Sie können es«, erwiderte Kenobi vergnügt. »Sobald Sie einmal anfangen, Ihrem inneren Ich zu vertrauen, sind Sie nicht mehr aufzuhalten. Ich habe Ihnen gesagt, daß viel von Ihrem Vater in Ihnen steckt.«

»Ich würde es Glück nennen«, schnaubte Solo, als er die Überprüfung seiner Instrumente abschloß.

»Nach meiner Erfahrung gibt es so etwas wie Glück nicht, mein junger Freund – nur überaus günstige Anpassungen vielfacher Faktoren, um die Ereignisse zu seinen Gunsten zu beeinflussen.«

»Nennen Sie es, wie Sie wollen«, meinte der Corellaner gleichgültig, »aber gut gegen ein mechanisches Fernsteuergerät ist eine

Sache, gut gegen eine lebendige Bedrohung eine andere.« Während seiner Worte hatte ein kleines Lämpchen an der anderen Seite der Kabine zu blinken begonnen. Chewbacca bemerkte es und rief Solo etwas zu.

Solo blickte auf die Konsole und teilte seinen Passagieren mit: »Wir nähern uns Alderaan. Wir werden bald abbremsen und wieder unter die Lichtgeschwindigkeit gehen. Komm, Chewie.«

Der Wookie erhob sich vom Spieltisch und folgte seinem Partner zum Cockpit. Luke sah ihnen nach, aber seine Gedanken waren nicht bei ihrer bevorstehenden Ankunft auf Alderaan. Er war ganz und gar mit sich selbst beschäftigt.

»Wissen Sie«, murmelte er, »ich habe wirklich etwas gespürt. Ich konnte die Umrisse der Sonde fast ›sehen‹.« Er wies auf das schwebende Gerät hinter ihm.

Kenobis Stimme klang ernst, als er antwortete.

»Luke, Sie haben den ersten Schritt in ein größeres Universum getan.«

Dutzende summender, surrender Instrumente ließen das Cockpit des Frachters wie einen geschäftigen Bienenkorb erscheinen. Solo und Chewbacca starrten gebannt auf die wichtigsten dieser Instrumente.

»Stetig... Achtung, Chewie.« Solo betätigte einige Regler. »Bereit zur Unterlichtgeschwindigkeit... fertig... los, Chewie.«

Der Wookie drehte etwas an der Konsole. Gleichzeitig zog Solo einen vergleichsweise großen Hebel zurück. Schlagartig verlangsamten sich die langen Streifen des Doppler-verzerrten Sternenlichts zu Bindestrichformen, dann schließlich zu vertrauten Feuerblitzen. Eine Skala auf der Konsole zeigte Null.

Riesige Klumpen glühenden Gesteins tauchten aus dem Nichts auf, von den Ablenkschirmen des Schiffes im letzten Augenblick vertrieben. Die Belastung ließ die ›Millennium Falcon‹ heftig erzittern.

»Was, zum...?« stieß Solo entgeistert hervor. Chewbacca neben ihm äußerte sich nicht, als er einige Hebel umlegte und andere auf ›Ein‹ stellte. Nur die Tatsache, daß der stets vorsichtige Solo immer mit eingeschalteten Ablenkschirmen aus dem Überlichtflug auftauchte – nur für den Fall, daß irgendein Mißgünstiger ihn erwarten mochte –, hatte den Frachter vor augenblicklicher Vernichtung gerettet.

Luke bemühte sich, das Gleichgewicht zu halten, als er ins Cockpit kam.

»Was ist los?«

»Wir befinden uns wieder im Normal-Raum«, erwiderte Solo, »sind aber mitten in den schlimmsten Asteroidensturm geraten, den ich je gesehen habe. Er ist auf keiner unserer Karten verzeichnet.« Er starrte angestrengt auf einige Meßgeräte. »Dem galaktischen Atlas zufolge ist unsere Position richtig. Nur eines fehlt: Alderaan.«

»Fehlt? Aber – das ist doch verrückt!«

»Ich will mich nicht mit Ihnen streiten«, erwiderte der Corellaner grimmig, »aber sehen Sie selbst.« Er deutete auf das Sichtfenster. »Ich habe die Koordinaten dreimal überprüft, und der Navigationscomputer ist in Ordnung. Wir müßten einen Planetendurchmesser von der Oberfläche entfernt sein. Das Leuchten des Planeten sollte das ganze Cockpit erfüllen, aber – da draußen ist nichts. Nichts als Gesteinsbrocken.« Er schwieg einen Augenblick. »Nach der Menge freier Energie da draußen, und der Masse fester Bruchstücke, würde ich vermuten, daß Alderaan... zerblasen worden ist. Völlig zerblasen.«

»Vernichtet«, flüsterte Luke, überwältigt von dem unheimlichen Bild, das eine derart unvorstellbare Katastrophe hervorrief. »Aber wie?«

»Das Imperium«, erklärte eine feste Stimme. Ben Kenobi war hinter Luke herangekommen, und seine Aufmerksamkeit wurde von der Leere draußen ebenso in Bann geschlagen, wie das Denken der anderen.

»Nein.« Solo schüttelte langsam den Kopf. Sogar er war auf seine Weise auch betäubt von der Ungeheuerlichkeit dessen, was der alte Mann behauptete. Daß eine menschliche Hand für die Vernichtung einer ganzen Bevölkerung verantwortlich war, für die eines ganzen Planeten...

»Nein... das könnte die ganze Flotte des Imperiums nicht getan haben. Es würde tausend Schiffe erfordern, mit einer größeren Feuerkraft, als es sie je gegeben hat«, setzte Solo hinzu.

»Ich frage mich, ob wir nicht das Weite suchen sollten«, murmelte Luke und mühte sich, über die Ränder des Sichtfensters hinaus zu sehen. »Wenn es nun doch das Imperium war...«

»Ich weiß nicht, was hier geschehen ist«, schimpfte der wütende Wookie, »aber eines kann ich euch sagen. Das Imperium ist nicht –«

Gedämpfte Alarmsignale schrillten, und auf der Steuerkonsole blinkte im gleichen Rhythmus eine Lampe. Solo beugte sich über die entsprechenden Instrumente.

»Ein Raumschiff«, sagte er. »Den Typ kann ich noch nicht erkennen.«

»Vielleicht Überlebende – jemand, der weiß, was geschehen ist«, sagte Luke hoffnungsvoll.

Ben Kenobis nächste Worte räumten mit solchen Hoffnungen auf. »Das ist ein Kriegsschiff des Imperiums, ein Jäger.«

Chewbacca stieß einen wütenden Bellaut aus. Vor dem Sichtfenster erblühte eine riesige Blume der Zerstörung und warf den Frachter hin und her. Eine kleine Kugel mit Doppelflügeln raste am Cockpitfenster vorbei.

»Er ist uns gefolgt!« schrie Luke.

»Von Tatooine? Ausgeschlossen«, sagte Solo ungläubig. »Nicht im Hyperraum.«

Kenobi betrachtete den Umriß auf dem Peilschirm.

»Sie haben völlig recht, Han. Das ist der Kurzstrecken-Spurjäger.«

»Aber wo kommt er her?« rief der Corellaner. »Es gibt hier in der Nähe keine Stützpunkte des Imperiums. Er kann kein Spurjäger sein.«

»Sie haben ihn vorbeifliegen sehen.«

»Ich weiß. Er sah aus wie ein Spurjäger – aber wo ist der Stützpunkt?«

»Er hat es sehr eilig, wegzukommen«, meinte Luke, den Blick auf den Bildschirm gerichtet. »Egal, wohin er fliegt, wenn er uns identifiziert, sind wir in der Klemme.«

»Nicht, solange ich da bin«, sagte Solo. »Chewie, stör seinen Funk. Setz einen Verfolgungskurs.«

»Es wäre besser, ihn ziehen zu lassen«, erklärte Kenobi nachdenklich. »Er ist schon zu weit entfernt.«

»Nicht mehr lange.«

Es folgten einige Minuten, in denen das Cockpit von angespannter Stille erfüllt war. Alle Augen hafteten an Peilschirm und Sichtfenster.

Zuerst versuchte der Jäger einen komplizierten Ausweichkurs, ohne Erfolg. Der überraschend wendige Frachter blieb ihm nah auf den Fersen und holte immer weiter auf. Der Jägerpilot hatte bemerkt, daß er seinen Verfolgern nicht entkommen konnte, flog aber trotzdem mit vollem Schub.

Vor ihnen leuchtete einer der zahllosen Sterne immer greller. Luke runzelte die Stirn. Sie flogen schnell, aber bei weitem nicht so schnell, daß ein Himmelskörper so rasch heller werden konnte. Irgend etwas ergab hier keinen Sinn.

»Unmöglich, daß ein so kleiner Jäger allein derart tief im Weltraum ist«, meinte Solo.

»Er muß sich verirrt haben, gehörte vielleicht zu einem Konvoi oder dergleichen«, vermutete Luke.

»Na, er wird jedenfalls nicht lange genug da sein, um jemandem von uns zu berichten«, sagte Solo händereibend. »In ein, zwei Minuten haben wir ihn.«

Der Stern vor ihnen wurde immer heller, und das Leuchten schien aus dem Inneren zu kommen. Er nahm einen kreisrunden Umriß an.

»Er fliegt auf den kleinen Mond da zu«, murmelte Luke.

»Das Imperium muß dort einen Außenposten haben«, räumte Solo ein. »Obwohl Alderaan nach dem Atlas keine Monde hatte.« Er zuckte die Achseln. »In der galaktischen Topographie war ich nie sehr bewandert. Mich interessieren nur Welten und Monde, auf denen es Kunden gibt. Aber ich glaube, ich kann ihn einholen, bevor er hinkommt; er ist fast schon in Reichweite.«

Sie rückten immer näher heran. Mit der Zeit wurden Krater und Berge auf dem Mond sichtbar. Sie hatten jedoch etwas höchst Sonderbares an sich. Die Krater waren im Umriß viel zu regelmäßig, die Berge viel zu steil, Schluchten und Täler unmöglich schnurgerade und gleichförmig. Diese Erhebungen und Vertiefungen waren nicht durch Vulkantätigkeit entstanden.

»Das ist kein Mond«, flüsterte Kenobi. »Das ist eine Raumstation.«

»Aber für eine Raumstation ist sie viel zu groß«, wandte Solo ein. »Diese Größe! Sie kann nicht künstlich sein – ausgeschlossen!«

»Ich habe ein ganz merkwürdiges Gefühl dabei«, sagte Luke.

Plötzlich schrie der sonst so ruhige Kenobi: »Umkehren! Weg von hier!«

»Ja, ich glaube, Sie haben recht, Alter. Voller Umkehrschub, Chewie.«

Der Wookie beugte sich über die Konsole, und der Frachter schien langsamer zu werden, als er eine weite Kurve beschrieb. Der winzige Jäger fegte auf die gigantische Station zu, bis er von der ungeheuren Masse verschluckt zu werden schien.

Chewbacca schnatterte etwas, als das Schiff sich aufbäumte und unsichtbare Kräfte abzuwehren schien.

»Zusatzschub!« befahl Solo.

Meßgeräte heulten protestierend auf, und der Reihe nach schienen alle Instrumente an der Steuerkonsole einzeln oder paarweise toll zu werden. So sehr Solo sich auch anstrengte, er konnte nicht verhindern, daß die Oberfläche der titanischen Station immer größer und größer wurde – bis sie den Himmel ausfüllte.

Luke starrte entsetzt auf Hilfsanlagen von Bergesgröße, auf Parabolantennen, gewaltiger als ganz Mos Eisley.

»Warum fliegen wir immer noch darauf zu?«

»Zu spät«, flüsterte Kenobi. Ein Blick auf Solo bestätigte seine Besorgnis.

»Wir sind in einem Schleppstrahl gefangen – dem stärksten, den ich je erlebt habe. Er zerrt uns hinein«, murmelte der Pilot.

»Sie meinen, Sie können nichts dagegen tun?« fragte Luke entsetzt.

Solo warf einen Blick auf die überlasteten Instrumente und schüttelte den Kopf.

»Nicht gegen diese Energie. Ich bin selbst auf voller Kraft, mein Junge, und das Schiff weicht vom Kurs nicht den Bruchteil eines Grades ab. Es hat keinen Zweck. Ich muß abschalten, sonst schmilzt unser Antrieb. Aber ohne Gegenwehr saugen die uns nicht an wie ein Häufchen Staub!« Er wollte den Pilotensitz verlassen, wurde aber von einer alten und doch kraftvollen Hand zurückgehalten. Ein Ausdruck tiefster Sorge lag auf dem Gesicht des alten Mannes – und doch auch eine Spur von etwas weniger Düsterem.

»Wenn es ein Kampf ist, den man nicht gewinnen kann – nun, mein Sohn, dann gibt es für den Kampf immer noch Alternativen...«

Die wahre Größe der Kampfstation trat in Erscheinung, als der Frachter immer näher herangezogen wurde. Rund um den Äquator der Station verlief eine künstliche Reihe metallener Berge,

Andockhäfen, die lockende Finger fast zwei Kilometer über die Oberfläche hinausreckten.

Die ›Millennium Falcon‹, jetzt nur noch ein winziges Stäubchen vor dem grauen Hintergrund der Station, wurde von einem der stählernen Pseudoarme angesaugt und endlich davon verschluckt. Ein See aus Metall verschloß den Zugang, und der Frachter verschwand, als habe es ihn nie gegeben.

Vader starrte auf die willkürliche Anhäufung von Sternen auf der Karte im Konferenzraum, während Tarkin und Admiral Motti sich in der Nähe unterhielten. Interessanterweise schien der erste Gebrauch der mächtigsten Zerstörungsmaschine, die je gebaut wurde, keinerlei Einfluß gehabt zu haben auf die Karte, die selbst nur einen winzigen Bruchteil dieses Bereichs einer Galaxis von bescheidener Größe darstellte.

Es hätte einer Mikro-Zerlegung eines Teils dieser Karte bedurft, um jene geringe Verringerung der Raummasse anzuzeigen, die durch das Verschwinden Alderaans verursacht wurde.

Trotz ihrer Fortschritte und komplizierten technologischen Methoden der Vernichtung blieben die Handlungen der Menschheit für ein gleichgültiges, unvorstellbar riesiges Universum immer noch unbemerkt. Wenn Vaders großartigste Pläne je reifen sollten, würde sich das aber alles ändern.

Vader war sich der Tatsache wohl bewußt, daß das Wunderbare und Unermeßliche den beiden Männern, die hinter ihm schnatterten, trotz ihrer Intelligenz verschlossen blieb. Tarkin und Motti waren begabt und ehrgeizig, aber sie sahen die Dinge nur im Maßstab menschlicher Winzigkeit. Schade, dachte Vader, daß sie nicht die entsprechende Weitsicht besaßen.

Aber schließlich war keiner der beiden ein Schwarzer Lord, so daß man von ihnen kaum mehr verlangen konnte. Die beiden waren jetzt nützlich, aber eines Tages würden sie, wie Alderaan, beseitigt werden müssen. Im Augenblick konnte er es sich aber noch nicht leisten, sie zu ignorieren. Lieber wäre ihm eine Gesellschaft von Gleichgestellten gewesen, er mußte jedoch widerwillig einräumen, daß es zu diesem Zeitpunkt keine Gleichgestellten gab.

Nichtsdestoweniger wandte er sich ihnen zu und mischte sich in das Gespräch ein:

»Die Abwehrsysteme auf Alderaan waren trotz der gegenteiligen Behauptungen der Senatorin so stark wie nur irgendwo im Imperium. Ich möchte folgern, daß unsere Demonstration ebenso eindrucksvoll wie gründlich war.«

Tarkin nickte.

»Der Senat wird in diesem Augenblick über unsere Aktion unterrichtet. Wir werden bald in der Lage sein, die Vernichtung der Allianz selbst bekanntzugeben, sobald wir uns mit ihrem militärischen Hauptstützpunkt befaßt haben. Seitdem die Hauptquelle für ihre Versorgung, also Alderaan, versiegt ist, wird der Rest dieser Systeme mit sezessionistischen Neigungen sich schnell genug anpassen, Sie werden sehen.« Tarkin drehte sich um, als ein Offizier hereinkam. »Ja, was gibt es, Cass?«

Der unglückliche Offizier trug den Ausdruck einer Maus zur Schau, der man die Schelle umgehängt hatte, um vor der Katze zu warnen.

»Gouverneur, die Vorausspäher haben Dantooine erreicht und umkreist. Sie haben die Überreste eines Rebellen-Stützpunkts gefunden... aber man schätzt, daß er schon vor einiger Zeit aufgegeben wurde. Möglicherweise vor Jahren. Man fährt fort mit einer ausführlichen Überprüfung des ganzen Systems.«

Tarkin schien einem Schlaganfall nahe zu sein, als sein Gesicht sich dunkelrot verfärbte.

»Sie hat gelogen! Sie hat uns angelogen!«

Niemand konnte es sehen, aber es hatte den Anschein, als lächle Vader hinter seiner Maske.

»Dann hatte ich also doch recht. Ich habe Ihnen gesagt, sie

wird die Rebellion nie verraten – es sei denn, sie glaubte, ihr Geständnis könnte uns bei dem ganzen Prozeß vernichten.«

»Terminiert sie sofort!« Der Gouverneur war kaum fähig, Worte hervorzubringen.

»Beruhigen Sie sich, Tarkin«, riet Vader. »Sie wollen unsere einzige Verbindung zum wahren Rebellen-Stützpunkt so leichthin zerschneiden? Sie kann uns noch von Nutzen sein.«

»*Pah!* Sie haben es eben selbst gesagt, Vader: Wir bekommen nichts mehr aus ihr heraus. Ich finde diese verborgene Festung, und wenn ich alle Sternsysteme in diesem Sektor vernichten muß. Ich –«

Ein leiser, aber beharrlicher Pfeifton unterbrach ihn.

»Ja, was ist?« knurrte er gereizt.

Über einen unsichtbaren Lautsprecher meldete eine Stimme: »Sir, wir haben einen kleinen Frachter gefangen, der in die Überreste von Alderaan hineingeflogen ist. Eine Standardüberprüfung ergibt, daß seine Kennzeichen offenbar dem Schiff entsprechen, das die Quarantäne in Mos Eisley, System Tatooine, durchbrochen hat und in den Hyperraum übergetreten ist, bevor die Blockadeschiffe dort es einholen konnten.«

Tarkin fragte verwundert: »Mos Eisley? Tatooine? Was soll das? Worum geht es, Vader?«

»Es bedeutet, daß die letzte unserer ungeklärten Schwierigkeiten in Kürze behoben werden kann. Jemand hat offenbar die vermißten Datenbänder erhalten und erfahren, wer sie geliefert hat, sowie versucht, sie ihr wiederzugeben. Wir sollten in der Lage sein, das Zusammentreffen mit der Senatorin zu arrangieren.«

Tarkin wollte etwas sagen, zögerte und nickte dann beipflichtend. »Wie günstig. Ich überlasse das Ihnen, Vader.«

Der Schwarze Lord verbeugte sich knapp, was Tarkin mit einem lässigen Gruß beantwortete. Dann drehte er sich auf dem Absatz um und schritt hinaus, während Motti entgeistert von einem zum anderen sah.

Der Frachter lag teilnahmslos im Dockhangar der riesigen Bucht. Dreißig bewaffnete Soldaten standen vor der in das Schiff führenden herabgelassenen Hauptrampe. Sie nahmen Haltung an, als Vader und ein Commander sich näherten. Vader blieb vor der Rampe stehen und betrachtete das Fahrzeug, als ein Offizier und mehrere Soldaten vortraten.

»Auf unsere wiederholten Signale kam keine Antwort, Sir, so daß wir die Rampe von außen betätigt haben. Wir sind weder über Kommunikator noch persönlich mit den Insassen in Verbindung getreten«, meldete der Offizier.

»Schicken Sie Ihre Leute hinein!« befahl Vader.

Der Offizier drehte sich um und gab den Befehl an einen Unteroffizier weiter, der ihn lautstark wiederholte. Eine Anzahl der schwer gepanzerten Soldaten marschierte die Rampe hinauf und betrat den Vorraum. Sie rückte mit beträchtlicher Vorsicht vor.

Im Innern deckten zwei Mann einen dritten, als er weiterging. Auf diese Weise in Dreiergruppen unterwegs, schwärmten sie rasch durch das Schiff aus. Korridore hallten dumpf unter den Schritten metallumkleideter Füße, und Türen glitten bereitwillig zur Seite.

»Leer«, erklärte der führende Sergeant schließlich erstaunt. »Cockpit überprüfen.«

Mehrere Soldaten traten vor und öffneten die Tür, nur um zu entdecken, daß die Pilotensessel so leer waren wie das ganze Schiff. Die Steuerung war abgeschaltet, alle Systeme standen still. Ein einziges Lämpchen an der Konsole blinkte träge. Der Sergeant ging darauf zu, erkannte die Quelle des Signals und schaltete die entsprechende Anlage ein. Auf einem nahen Bildschirm tauchte ein Computerergebnis auf. Er studierte es gründlich, dann drehte er sich herum, um seinen Vorgesetzten zu unterrichten, der an der Hauptluke wartete.

Der Offizier lauschte aufmerksam, bevor er sich umdrehte und zu dem Commander und Vader hinunterrief: »Es ist niemand an

Bord, Sirs. Das Schiff ist völlig verlassen. Dem Logbuch zufolge hat die Besatzung das Schiff gleich nach dem Start verlassen und es auf automatischen Kurs nach Alderaan gesetzt.«

»Möglicherweise ein Ablenkungsmanöver«, sagte der Commander. »Dann könnten sie noch auf Tatooine sein.«

»Möglich«, räumte Vader widerstrebend ein.

»Mehrere der Rettungskapseln sind abgestoßen worden«, fuhr der Offizier fort.

»Haben Sie Roboter an Bord gefunden?« rief Vader hinauf.

»Nein, Sir. Wenn es welche gegeben hat, müssen sie zusammen mit der organischen Besatzung das Schiff aufgegeben haben.«

Vader zögerte. Als er weitersprach, klang seine Stimme zweifelnd.

»Das wirkt nicht plausibel. Schicken Sie ein vollausgerüstetes Prüfteam an Bord. Ich wünsche, daß jeder Zentimeter dieses Schiffes gründlich abgesucht wird. Sorgen Sie so schnell wie möglich dafür.« Damit drehte er sich um und ging aus dem Hangar, bedrückt von dem ärgerlichen Gefühl, daß er etwas von entscheidender Wichtigkeit übersah.

Die übrigen Soldaten wurden von dem Offizier weggeschickt. An Bord des Frachters gab eine letzte, einsame Gestalt es auf, den Raum unter den Cockpitkonsolen zu untersuchen und begab sich auch hinaus zu ihren Kameraden. Der Soldat wollte herunter von diesem Geisterschiff und in die Sicherheit der vertrauten Kaserne zurück. Seine schweren Schritte hallten durch den verlassenen Frachter.

Unten verklangen die gedämpften Laute des Offiziers, der letzte Befehle erteilte, und im Innern wurde es völlig still. Dann rumorte es irgendwo unter dem Boden.

Plötzlich entstand auch Bewegung. Zwei Metallklappen schossen hoch, zwei zerzauste Köpfe erschienen. Han Solo und Luke schauten sich hastig um, dann atmeten sie ein wenig auf, als sich zeigte, daß das Schiff so leer war, wie es wirkte.

»Ein Glück, daß Sie diese Abteile eingebaut haben«, meinte Luke.

»Was dachten Sie, wo ich Schmuggelware aufbewahre, im Hauptfrachtraum?« gab Solo zurück. »Ich gebe aber zu, daß ich nicht damit gerechnet habe, mich jemals selbst darin schmuggeln zu müssen.« Er zuckte bei einem plötzlichen Geräusch zusammen, aber es war nur eine weitere Platte, die hochgeklappt wurde. »Das ist albern. Das wird nie funktionieren. Selbst wenn ich starten und an dem geschlossenen Deckel vorbeikönnte« – er zeigte mit dem Daumen nach oben –, »kämen wir nie aus dem Schleppstrahl heraus.«

Eine Platte hob sich und das Gesicht eines grinsenden alten Mannes kam zum Vorschein.

»Überlassen Sie das mir!«

»Ich habe schon befürchtet, daß Sie so etwas sagen«, murmelte Solo. »Sie sind ein verdammter Narr, Kenobi.«

Der alte Ben grinste.

»Was ist dann ein Mann, der sich von einem Narren hat anwerben lassen?«

Solo brummte etwas vor sich hin, als sie aus den Verstecken heraufstiegen, Chewbacca mit sehr viel Geschimpfe und Mühe.

Zwei Techniker waren an der Rampe erschienen. Sie meldeten sich bei den zwei gelangweilten Wachen.

»Das Schiff steht euch ganz zur Verfügung«, sagte einer von den Soldaten. »Wenn die Kameras etwas zeigen, meldet euch sofort.«

Die Männer nickten und mühten sich, die schwere Ausrüstung die Rampe hinaufzuschleppen. Als sie im Innern verschwanden, ertönte augenblicklich ein lautes Krachen. Die beiden Wachen fuhren herum und hörten eine Stimme rufen: »He, ihr da unten, könnt ihr uns schnell mal helfen?«

Einer der Soldaten sah seinen Begleiter an, der die Achseln zuckte. Sie stiegen beide die Rampe hinauf und murrten über die

Unbeholfenheit bloßer Techniker. Auch sie waren kaum ins Schiff getreten, als abermals ein Krachen durch die Gänge hallte.

Das Fehlen der beiden Soldaten fiel aber bald danach auf. Ein Portal-Offizier, der ans Fenster eines kleinen Kommandobüros in der Nähe des Frachtereingangs trat, schaute hinaus und zog die Brauen zusammen, als er keine Spur von den Wachen sah. Betroffen, aber noch nicht alarmiert, trat er an eine Sprechanlage und sprach hinein, während er das Schiff anstarrte: »THX 1138, warum sind Sie nicht auf Ihrem Posten? THX 1138, hören Sie mich?«

Im Lautsprecher rauschte es nur.

»THX 1138, warum antworten Sie nicht?« Der Offizier wurde nervös, als eine gepanzerte Gestalt die Rampe herunterkam und ihm zuwinkte. Sie deutete auf den Teil des Helms, der sein rechtes Ohr bedeckte, und klopfte darauf, um anzuzeigen, daß die Sprechanlage dort nicht funktionierte.

Der Offizier schüttelte verärgert den Kopf, warf seinem eifrig tätigen Adjutanten einen gereizten Blick zu und ging zur Tür.

»Übernehmen Sie hier! Wieder mal ein defekter Sender. Ich werde sehen, was ich tun kann.« Er öffnete die Tür, trat einen Schritt vor – und taumelte entsetzt zurück.

Eine riesige, behaarte Gestalt füllte den Eingang aus. Chewbacca war es. Er schlug den erstarrten Offizier unter ohrenbetäubendem Geheul mit einem Schlag seiner kochtopfgroßen Faust nieder.

Der Adjutant war schon auf den Beinen und griff nach seiner Pistole, als ein dünner Energiestrahl durch seinen Körper zuckte und sein Herz traf. Solo klappte das Visier seines Helms auf, schloß es aber wieder, als er dem Wookie in den Raum folgte. Kenobi und die Roboter zwängten sich hinter ihm herein, und Luke, ebenfalls schon in der Panzerung eines der erledigten Soldaten, bildete die Nachhut.

Luke schaute sich nervös um, als er die Tür hinter ihnen schloß, und sagte zu Solo: »Ein Wunder, daß nicht schon die ganze Station auf uns aufmerksam geworden ist, bei Chewbaccas Geheul und Ihrem Geknalle.«

»Sie sollen nur kommen!« sagte Solo, von ihrem bisherigen Erfolg aufgeputscht. »Ich ziehe einen offenen Kampf dieser Herumschleicherei vor.«

»Vielleicht haben *Sie* es eilig, umgelegt zu werden«, knurrte Luke, »aber *ich* nicht. Die Herumschleicherei hat uns bisher am Leben erhalten.«

Der Corellaner sah Luke mürrisch an, schwieg aber.

Sie verfolgten, wie Kenobi eine unfaßbar komplizierte Computerkonsole mit der Geschicklichkeit und Zuversicht einer Person bediente, die es seit langem gewöhnt war, mit modernsten Maschinen umzugehen. Sofort leuchtete ein Bildschirm mit einer Karte der Sektionen in der Kampfstation auf. Der alte Mann beugte sich vor und studierte sie gründlich.

Inzwischen waren Threepio und Artoo an eine ebenso komplizierte Steuertafel getreten. Artoo erstarrte plötzlich und zeigte mit wilden Pfeiflauten einen Fund an. Solo und Luke, die die vorübergehende Meinungsverschiedenheit hinsichtlich der Taktik vergaßen, liefen zu den Robotern. Chewbacca beschäftigte sich damit, den Offizier an den Zehen aufzuhängen.

»Schließen wir Artoo an«, schlug Kenobi vor, von seinem Platz an dem großen Bildschirm aufblickend. »Er sollte Informationen aus dem ganzen Stationsnetz ziehen können. Mal sehen, ob er herausbekommt, wo die Stromanlage für den Schleppstrahl ist.«

»Warum den Strahl nicht einfach von hier aus abschalten, Sir?« fragte Luke.

»Was – damit sie uns sofort wieder am Kragen haben, bevor wir eine Schiffslänge aus der Dockbucht sind?« antwortete Solo höhnisch.

Luke machte ein betretenes Gesicht.

»Oh. Daran hatte ich nicht gedacht.«

»Wir müssen den Schlepper an der Energiequelle beschädigen, um ungeschoren entkommen zu können, Luke«, sagte der alte Ben ruhig, als Artoo einen Klauenarm in die offene Computerhülse steckte, die er gefunden hatte. Augenblicklich leuchtete auf der Tafel vor ihm eine Galaxie von Lichtern auf, und der Raum war erfüllt vom Summen vieler Maschinen, die mit höchster Leistung arbeiteten.

Einige Minuten vergingen, während der kleine Roboter wie ein metallener Schwamm Informationen aufsaugte. Dann ließ das Summen nach, und Artoo drehte sich um und schrillte den anderen etwas zu.

»Er hat es gefunden, Sir!« rief Threepio aufgeregt und fuhr fort: »Der Schleppstrahl ist an sieben Stellen an die Hauptreaktoren gekoppelt. Die meisten Daten dazu sind nur beschränkt zugänglich, aber er wird versuchen, das Entscheidende auf den Monitor zu bringen.«

Kenobi richtete den Blick von dem größeren Schirm auf einen kleinen Monitor neben Artoo. Daten rasten darüber hinweg, schneller, als Luke sie verfolgen konnte, aber Kenobi schien trotzdem damit etwas anfangen zu können.

»Ich glaube nicht, daß ihr mir da auf irgendeine Weise helfen könnt«, erklärte Kenobi. »Ich muß alleine gehen.«

»Paßt mir gut«, sagte Solo sofort. »Ich habe auf dieser Reise schon mehr getan, als ich erwartet hätte. Aber ich glaube, daß mehr dazu gehört als Ihre Magie, um den Schleppstrahl abzustellen, Alter.«

Luke wollte aber mit von der Partie sein.

»Ich möchte mitgehen.«

»Hat keinen Sinn, Luke. Das erfordert Fähigkeiten, die Sie noch nicht beherrschen. Bleiben Sie hier, passen Sie auf die Roboter auf, und warten Sie auf meine Zeichen. Diese müssen den Rebellen-Streitkräften überbracht werden, oder es erleiden noch viele Welten das Schicksal Alderaans. Vertrauen Sie auf die Kraft, Luke – und warten Sie!« Nach einem letzten Blick auf den Informationsfluß im Monitor rückte Kenobi den Lichtsäbel an seiner Hüfte zurecht, trat an die Tür, schob sie auf, schaute einmal links, einmal rechts, und verschwand durch einen langen, grell beleuchteten Korridor.

Als er fort war, knurrte Chewbacca etwas, und Solo nickte.

»Du sagst es, Chewie!« Er wandte sich an Luke. »Wo haben Sie das alte Fossil ausgegraben?«

»Ben Kenobi – *General* Kenobi – ist ein großer Mann«, protestierte Luke empört.

»Groß darin, uns in Schwierigkeiten zu bringen«, schnaubte Solo. »›General‹, daß ich nicht lache! Er wird uns hier nicht herausholen!«

»Haben Sie eine bessere Idee?« fragte Luke ihn herausfordernd.

»Alles wäre besser, als hier einfach zu warten, bis sie kommen und uns holen. Wenn wir –«

Von der Computerkonsole drang ein hysterisches Pfeifen und Tuten herüber. Luke eilte auf Artoo Detoo zu. Der kleine Roboter hüpfte auf seinen Stummelbeinen herum.

»Was ist denn?« fragte Luke Threepio.

Der größere Roboter wirkte selbst verwirrt.

»Ich fürchte, ich verstehe es auch nicht, Sir. Er sagt: ›Ich habe sie gefunden‹ und wiederholt ständig: ›Sie ist hier, sie ist hier!‹«

»Wer? Wen hat er gefunden?«

Artoo richtete sein flaches, blinkendes Gesicht auf Luke und pfiff verzweifelt.

»Prinzessin Leia«, teilte Threepio mit, nachdem er aufmerksam zugehört hatte. »Senatorin Organa – das scheint ein und dieselbe Person zu sein. Ich glaube, es könnte jene Person in der Aufzeichnung sein, die er mitbrachte.«

Das dreidimensionale Bild einer unbeschreiblichen Schönheit erstand wieder vor Lukes innerem Auge.

»Die Prinzessin? Sie ist hier?«

Angelockt von der Aufregung schlenderte Solo heran.

»Prinzessin? Was heißt das? Wovon redet ihr?«

»Wo? Wo ist sie?« fragte Luke atemlos, ohne Solo auch nur zu beachten.

Artoo pfiff weiter, während Threepio übersetzte:

»Etage 5, Gefängnisblock AA 23. Den Informationen zufolge ist sie für langsame Terminierung vorgesehen.«

»Nein! Wir müssen etwas tun!« schrie Luke.

»Wovon redet ihr drei eigentlich?« wiederholte Solo gereizt.

»Sie ist diejenige, die Artoo Detoo die Botschaft einprogrammiert hat«, erklärte Luke hastig, »nämlich die, die wir nach Alderaan bringen wollten. Wir müssen ihr helfen.«

»Halt, Augenblick mal!« warnte Solo. »Das geht mir alles viel zu schnell. Kommen Sie auf keine seltsamen Ideen. Als ich sagte, ich hätte keine besseren Einfälle, meinte ich das ernst. Der Alte hat gesagt, wir sollen hier warten. Davon bin ich zwar nicht begeistert, doch ich halte es immer noch für besser, als wie ein Verrückter durch dieses Labyrinth hier zu jagen.«

»Aber Ben hatte keine Ahnung, daß sie hier ist«, sagte Luke, halb flehend, halb wütend. »Ich bin sicher, daß er seinen Plan geändert hätte, wenn er das wüßte.« Aus Sorge wurde Nachdenklichkeit. »Wenn wir herauskriegen könnten, wie man zu diesem Gefängnisblock kommt ...«

»Kommt nicht in Frage – ich gehe in keinen Gefängnisblock des Imperiums.«

»Wenn wir nichts tun, richtet man sie hin. Vor einer Minute haben Sie noch gesagt, Sie lehnen es ab, hier einfach herumzusitzen und darauf zu warten, daß man Sie gefangennimmt. Jetzt wieder wollen Sie aber genau nichts anderes tun, als hier herumsitzen. Oder nicht, Han?«

»In ein Gefängnis zu marschieren, war nicht das, was mir vorschwebte. Wir werden da wahrscheinlich sowieso landen – warum es auch noch beschleunigen?«

»Aber man wird sie hinrichten!«

»Lieber sie als mich.«

»Wo bleibt Ihr Gefühl für Ritterlichkeit, Han?«

»Soviel ich mich erinnere, habe ich es gegen einen zehnkarätigen Chrysopras und drei Flaschen guten Kognaks hergegeben, vor fünf Jahren auf Commenor.«

»Ich habe sie gesehen«, sagte Luke verzweifelt. »Sie ist wunderschön.«

»Das Leben auch.«

»Sie ist eine reiche und mächtige Senatorin«, drängte Luke, in der Hoffnung, ein Appell an Solos niedrigere Instinkte könnte wirkungsvoller sein. »Wenn wir sie retten könnten, wäre eine große Belohnung gewiß.«

»Äh... reich?« Dann machte Solo ein verächtliches Gesicht. »Warten Sie mal... Belohnung von wem? Von der Regierung auf Alderaan?« Er wies mit einer weit ausholenden Armbewegung auf den Hangar und meinte damit den Raum, wo Alderaan einst seine Bahn gezogen hatte.

Luke dachte fieberhaft nach.

»Wenn sie hier festgehalten wird und hingerichtet werden soll, heißt das, daß sie in irgendeiner Weise eine Gefahr für diejenigen sein muß, die Alderaan vernichtet haben, für jene also, die diese Station hier bauten. Sie können sich darauf verlassen, daß es damit zusammenhängt, daß das Imperium eine Herrschaft krasser Unterdrückung einführt.

Ich will Ihnen sagen, wer für ihre Rettung bezahlen wird, und für die Informationen, die sie besitzt. Der Senat, die Rebellen-Allianz und jeder Konzern, der mit Alderaan in Geschäftsbeziehungen gestanden hat. Sie könnte die einzige überlebende Erbin des Reichtums im gesamten System sein, soweit er sich außerhalb dieser einen Welt befindet! Die Belohnung wäre vielleicht weitaus größer, als Sie sie sich vorstellen können.«

»Ich weiß nicht... ich kann mir allerhand vorstellen.« Er warf einen Blick auf Chewbacca, der eine knappe Antwort grunzte.

Solo ließ sich davon umstimmen. »Also gut, wir versuchen es. Aber ich hoffe um Ihretwillen, daß Sie mit der Belohnung recht haben. Wie sieht Ihr Plan aus?«

Luke wirkte für einen Augenblick hilflos. Seine ganze Energie war bis jetzt darauf gerichtet gewesen, Solo und Chewbacca zur Teilnahme an einem Rettungsversuch zu bewegen. Als das nun erreicht war, begriff er, daß er keine Ahnung hatte, wie er vorgehen sollte. Er hatte sich daran gewöhnt, daß Solo und der alte Ben Anweisungen gaben. Nun hing aber der nächste Schritt von ihm selbst ab.

Sein Blick fiel auf einige Metallringe am Gürtel von Solos Panzerung.

»Geben Sie mir die Handfesseln und sagen Sie Chewbacca, er soll herkommen.«

Solo überreichte Luke die dünnen, jedoch völlig unzerreißbaren Handschellen und winkte Chewbacca. Der Wookie stampfte heran und blieb vor Luke stehen.

»Ich lege Ihnen die Dinger jetzt an«, begann Luke und wollte mit den Fesseln hinter den Wookie treten, »und –«

Chewbacca erzeugte tief in der Kehle einen gepreßten Laut, und Luke zuckte unwillkürlich zurück.

»Also«, begann er von neuem, »Han wird Ihnen die Dinger jetzt anlegen, und...« Verlegen reichte er Solo die Fesseln. Er war sich der glühenden Augen des riesigen Anthropoiden nur zu deutlich bewußt.

Solo trat mit einem schlauen Lächeln vor.

»Keine Sorge, Chewie. Ich glaube, ich weiß, was er im Sinn hat.«

Die Handfesseln reichten kaum um die dicken Handgelenke. Trotz der scheinbaren Zuversicht seines Partners zeigte der Wookie einen sorgenvollen, ängstlichen Ausdruck, als die Fesseln einschnappten.

Threepio wandte sich an Luke: »Entschuldigen Sie die Frage,

Sir, aber, äh – was sollen Artoo und ich machen, wenn uns in Ihrer Abwesenheit hier jemand entdeckt?«

»Hoffen, daß der Betreffende keine Strahlerpistole hat«, gab Solo zurück.

Threepios Tonfall zeigte, daß er die Antwort nicht witzig fand. »Sehr beruhigend!«

Solo und Luke waren zu sehr mit ihrer bevorstehenden Mission beschäftigt, um sich mit dem besorgten Roboter noch näher zu befassen. Sie rückten ihre Helme zurecht, dann gingen sie, Chewbacca in der Mitte, einen echt deprimierten Ausdruck im Gesicht, den Korridor entlang, durch den Ben Kenobi verschwunden war.

9

Je tiefer sie in das Innere der gigantischen Station eindrangen, desto schwerer fiel es ihnen, eine Haltung der Nonchalance zu bewahren. Zum Glück war aber zu erwarten, daß jene, denen bei den beiden gepanzerten Soldaten vielleicht eine gewisse Nervosität auffallen würde, trotzdem keinen Verdacht schöpften, angesichts des riesigen, gefährlichen Wookie-Gefangenen.

Je weiter sie kamen, desto belebter wurde es. Soldaten, Bürokraten, Techniker und Roboter hasteten vorbei. Beschäftigt von ihren eigenen Aufgaben ließen sie das Dreigespann unbeachtet, und nur ein paar warfen dem Wookie neugierige Blicke zu.

Sie erreichten schließlich eine lange Reihe von Aufzügen. Luke seufzte erleichtert. Der computergesteuerte Lift mußte in der Lage sein, sie auf einen gesprochenen Befehl hin praktisch in jeden Teil der Station zu befördern.

Es gab einen beunruhigenden Augenblick, als ein subalterner Funktionär zu laufen begann, um noch in den Aufzug zu gelangen. Solo winkte heftig ab, und der andere trat, ohne Widerspruch zu erheben, ans nächste Liftrohr.

Luke studierte die Steuertafel und gab sich Mühe, gleichzeitig informiert und bedeutsam zu klingen, als er in das Sprechgitter knurrte. Statt dessen wirkte aber seine Stimme nervös und ängstlich, doch der Lift war ein reines Reaktionsgerät, nicht darauf programmiert, die Angemessenheit der mündlich mitgeteilten Gefühle zu überprüfen. Die Tür schloß sich, und sie waren unterwegs. Nach, wie es schien, Stunden, in Wirklichkeit nach Minuten, ging die Tür auf, und sie traten in den Sicherheitsbereich hinaus.

Luke hatte gehofft, daß sie auf etwas wie die altmodischen, vergitterten Zellen stoßen würden, die auch auf Tatooine verwendet wurden, in Städten wie Mos Eisley. Statt dessen sahen sie aber nur schmale Rampen an einem bodenlosen Lüftungsschacht. Diese Laufgänge erstreckten sich in mehreren Stockwerken übereinander parallel zu glatten, gewölbten Wänden mit gesichtslosen Haftzellen.

Genervt von der Erkenntnis, daß sie um so eher mit Zwischenfällen rechnen mußten, je länger sie wie erstarrt dastanden, fragte sich Luke verzweifelt nach einem Aktionsplan.

»Das wird nicht klappen«, flüsterte Solo, zu ihm gebeugt.

»Warum haben Sie das nicht vorher gesagt?« zischte Luke, von Furcht und Enttäuschung gepeinigt.

»Ich glaube, das *habe* ich. Ich –«

»Pssst!«

Solo verstummte, als Lukes schlimmste Befürchtungen sich bewahrheiteten. Ein hochgewachsener, grimmig aussehender Offizier kam auf sie zu. Er runzelte die Stirn, als er den stummen Chewbacca betrachtete.

»Wo wollt ihr beiden mit dem Kerl hin?«

Luke erwiderte in seiner Verzweiflung beinahe instinktiv: »Gefangenenverlegung von Block TS 138.«

Der Offizier wirkte verwirrt.

»Ich bin nicht verständigt worden. Das muß ich erst klären.« Er drehte sich um und ging zu einer kleinen Konsole, in die er seine Frage eintippte. Luke und Han sondierten hastig die Lage. Ihre Blicke glitten über Alarmanlagen, Energiegatter und ferngesteuerte Photosensoren bis zu den drei anderen Wachen in diesem Bereich.

Solo nickte Luke zu, während er Chewbaccas Fesseln löste. Dann flüsterte er dem Wookie etwas ins Ohr. Ein nervenzerreißendes Gebrüll ließ den Korridor erbeben, als Chewbacca beide Hände hochriß und Solos Gewehr packte.

»Vorsicht!« schrie Solo in gespieltem Entsetzen. »Er hat sich befreit! Er wird uns alle zerreißen!«

Er und Luke rissen ihre Strahlerpistolen heraus und feuerten auf den Wookie. Ihre Reaktion war hervorragend, ihre Einsatzfreude lobenswert, ihre Zielsicherheit aber miserabel. Kein einziger Schuß saß auch nur in der Nähe des Haken schlagenden Wookie. Statt dessen zerstrahlten sie automatische Kameras, Energiegatter-Auslöser und die drei fassungslosen Wachen.

Dadurch fiel dem verantwortlichen Offizier denn doch auf, daß die scheinbar miserable Treffsicherheit der beiden Soldaten ein bißchen zu wirksam war. Er wollte gerade Großalarm geben, als ein Strahl aus Lukes Pistole ihn in seiner Körpermitte traf.

Solo lief zu der eingeschalteten Sprechanlage, die sorgenvolle Fragen kreischte. Anscheinend gab es zwischen diesem Haftsektor und anderen Bereichen nicht nur akustische, sondern auch optische Verbindung.

Er beachtete die Flut von Drohungen und Fragen nicht, sondern prüfte den Hauptplan an der Tafel daneben.

»Wir müssen herausbekommen, in welcher Zelle die Prinzessin sitzt. Es muß ein Dutzend Stockwerke geben, und – Da ist sie! Zelle 2187! Los – Chewie und ich halten sie hier auf!«

Luke nickte knapp und hetzte den schmalen Laufgang entlang.

Nachdem Solo dem Wookie bedeutet hatte, sich dort aufzustellen, wo er die Lifte bestreuen konnte, atmete er tief ein und reagierte auf die pausenlosen Rufe der Sprechanlage.

»Alles unter Kontrolle«, sagte er ins Mikrofon, bemüht, mit unbesorgter Stimme zu sprechen. »Lage normal.«

»Hat sich aber nicht so angehört«, fauchte ein Organ, das Ausflüchte zu dulden nicht gewöhnt schien. »Was war los?«

»Äh, hm, einer der Wachtposten hatte einen Waffendefekt«, stammelte Solo, als seine Sicherheit sich in Nervosität auflöste. »Kein Problem mehr – es geht uns allen gut, danke. Und Ihnen?«

»Wir schicken eine Abteilung hinauf«, erklärte die Stimme plötzlich.

Han konnte den Argwohn am anderen Ende der Leitung fast riechen. Was sollte er sagen? Mit einer Pistole in der Hand vermochte er sich besser auszudrücken.

»Negativ – negativ. Wir haben ein Energieleck. Lassen Sie uns ein paar Minuten Zeit, es abzudichten. Großes Leck – sehr gefährlich.«

»Waffendefekt, Energieleck... Wer sind Sie? Was für einer Einheit gehören Sie an?«

Solo richtete die Pistole auf die Steuertafel und zerblies die Instrumente zu stummen Fetzen.

»War ohnehin eine dumme Unterhaltung«, murmelte er. Er drehte sich um und schrie durch den Korridor: »Beeilung, Luke! Wir bekommen Gesellschaft!«

Luke hörte es, war aber voll damit ausgelastet, von Zelle zu Zelle zu stürmen und die über jeder Tür leuchtenden Ziffern abzulesen. Zelle 2187 schien es nicht zu geben. Aber es gab sie, und er fand sie, gerade, als er schon aufgeben und es eine Etage tiefer versuchen wollte.

Einen langen Augenblick betrachtete er die nackte, glatte, gewölbte Metallwand. Er stellte seine Pistole auf Maximalleistung und eröffnete das Feuer auf die Tür, in der Hoffnung, die Waffe werde ihm nicht in der Hand zerschmelzen, bevor er die Wand durchschnitten hatte. Als die Pistole so heiß geworden war, daß er sie nicht mehr festhalten konnte, warf er sie von Hand zu Hand. Dabei hatte der Rauch Zeit, sich zu lichten, und er stellte mit einiger Überraschung fest, daß die Tür weggesprengt worden war.

Mit verständnisloser Miene durch den Rauch starrend, sah er die junge Frau, deren Bild Artoo Detoo vor, wie es Luke schien, einigen Jahrhunderten in einer Garage auf Tatooine wiedergegeben hatte.

Sie ist noch viel schöner als ihr Abbild, dachte Luke, der sie wie betäubt angaffte.

»Sie sind – noch schöner – als ich –«

Verwirrung und Unsicherheit in ihrem Gesicht wichen Betroffenheit und dann Ungeduld.

»Sind Sie für einen Sturmsoldaten nicht etwas klein?« meinte sie schließlich.

»Was? Ach so – die Uniform.« Er nahm den Helm ab und gewann gleichzeitig ein wenig von seiner Fassung zurück. »Ich bin gekommen, um Sie zu retten. Ich bin Luke Skywalker.«

»Wie bitte?« fragte sie ungläubig.

»Ich sagte, ich bin gekommen, um Sie zu retten. Ben Kenobi ist bei mir. Wir haben Ihre beiden Roboter –«

Die Unsicherheit wurde, als er den Namen des alten Mannes erwähnte, sofort durch Hoffnung ersetzt.

»Ben Kenobi!« Sie schaute an Luke vorbei, auf der Suche nach dem Jedi. »Wo ist er? Obi-wan!«

Gouverneur Tarkin beobachtete Darth Vader, der in dem sonst leeren Konferenzsaal mit schnellen Schritten hin- und herging. Schließlich blieb der Schwarze Lord stehen und schaute sich um, als ertöne in der Nähe eine große Glocke, die nur er hören konnte.

»Er ist hier«, erklärte Vader leidenschaftslos.

Tarkin sah ihn verblüfft an. »Obi-wan Kenobi! Das ist unmöglich. Wie kommen Sie darauf?«

»Eine Regung in der Kraft, von einer Art, wie ich sie nur in Gegenwart meines alten Meisters gespürt habe. Sie ist unübersehbar.«

»Er – er muß doch sicher längst tot sein.«

Vader zögerte, als ihn der Eindruck, den er gehabt hatte, plötzlich verließ:

»Vielleicht... Jetzt ist es fort. Es war nur eine ganz kurze Empfindung.«

»Die Jedi sind ausgestorben«, erklärte Tarkin mit Entschiedenheit. »Ihr Feuer ist vor Jahrzehnten erstickt worden. Sie, mein Freund, sind der einzige, was von ihnen übriggeblieben ist.«

Eine Lampe an der Sprechanlage leuchtete auf.

»Ja?« sagte Tarkin.

»Wir haben einen Notalarm im Haftblock AA 23.«

»Die Prinzessin!« stieß Tarkin hervor, als er aufsprang. Vader fuhr herum und versuchte, durch die Wände hindurchzublicken.

»Ich wußte es – Obi-wan *ist* hier. Ich wußte, daß mir eine Regung in der Kraft von solcher Heftigkeit nicht entgehen konnte.«

»Alle Bereiche in Alarmzustand versetzen«, befahl Tarkin über die Sprechanlage, dann drehte er sich um und starrte Vader an. »Wenn Sie recht haben, darf er nicht entkommen.«

»Eine Flucht mag nicht in der Absicht Obi-wan Kenobis liegen«, erwiderte Vader, bemüht, seine Empfindungen unter Kontrolle zu bringen. »Er ist der letzte der Jedi – und der größte. Die Gefahr, die er für uns darstellt, darf nicht unterschätzt werden – aber nur ich kann mit ihm fertig werden.« Sein Kopf zuckte herum, und sein Blick ruhte starr auf Tarkin. »Allein!«

Luke und Leia hatten sich auf den Rückweg durch den Korridor gemacht, als eine Reihe gleißender Explosionen durch den Laufgang vor ihnen fetzte. Mehrere Soldaten hatten durch den Lift heraufzukommen versucht, waren aber einer nach dem anderen von Chewbacca zerstrahlt worden. Die Aufzüge verschmähend, hatten andere ein klaffendes Loch in eine Wand gesprengt. Die Öffnung war zu groß, als daß Solo und der Wookie sie ganz abzudekken vermocht hätten. Zu zweit und zu dritt erreichten deshalb die kaiserlichen Truppen den Haftblock.

Han und Chewbacca zogen sich durch den Laufgang zurück und stießen auf Luke und die Prinzessin.

»Auf diesem Weg können wir nicht zurück!« sagte Solo gepreßt, das Gesicht vor Erregung und Sorge gerötet.

»Dann hat es den Anschein, als sei es denen gelungen, uns den einzigen Fluchtweg abzuschneiden«, erklärte Leia. »Das ist ein Haftblock, wissen Sie. Die werden nicht mit besonders vielen Ausgängen gebaut.«

Solo drehte sich schweratmend herum und sah sie an.

»Ich bitte um Verzeihung, Hoheit«, sagte er sarkastisch, »aber vielleicht wären Sie lieber wieder in Ihrer Zelle?«

Sie drehte den Kopf mit ausdrucksloser Miene zur Seite.

»Es muß einen anderen Weg nach draußen geben«, murmelte Luke, zog einen kleinen Sender aus der Tasche und regelte sorgfältig die Frequenz ein. »See Threepio ... See Threepio!«

Eine vertraute Stimme meldete sich erfreulich prompt:

»Ja, Sir?«

»Wir sind hier abgeschnitten. Gibt es *irgendeinen* anderen Weg, der aus dem Gefängnisbereich herausführt – irgendeinen?«

Aus dem winzigen Gitter drang ein Rauschen, während Solo und Chewbacca die gegnerischen Soldaten am anderen Ende des Laufgangs in Schach hielten.

»Wie war das? ... Habe nicht verstanden.«

Im Kommandobüro pfiff und schrillte Artoo Detoo wild, als Threepio an Reglern drehte und sich bemühte, eine klare Verständigung herzustellen.

»Ich sagte, alle Systeme sind über Ihre Anwesenheit unterrichtet und alarmiert, Sir. Der Haupteingang scheint der einzige Weg zu sein, der in den Zellenblock hinein- und wieder herausführt.« Threepio betätigte die Computereingabe, und auf den Bildschirmen liefen Daten ab. »Alle anderen Informationen über diesen Bereich sind nur bedingt zugänglich.«

Jemand begann an die verschlossene Tür des Büros zu pochen – zuerst gemäßigt, und, als sich nichts rührte, mit größerer Heftigkeit.

»O nein!« stöhnte Threepio.

Der Rauch im Zellenkorridor war jetzt so dicht, daß Solo und Chewbacca ihre Ziele nur noch schwer ausmachen konnten. Das war für sie jedoch auch von Vorteil, weil sie inzwischen eine große Übermacht gegen sich hatten und der Qualm die Treffsicherheit der Soldaten im selben Maß behinderte.

Immer wieder versuchte einer der Soldaten näherzurücken. Unter den Feuerstößen der beiden Schmuggler zog er sich aber rasch wieder in den anwachsenden Haufen entmutigter Gestalten am Rampenboden zurück.

Energieblitze zuckten unablässig wild durch den Block, als Luke näher an Solo herantrat.

»Es gibt keinen anderen Weg nach draußen!« schrie er mit aller Kraft, um das ohrenbetäubende Brausen zu übertönen.

»Tja, sie rücken immer weiter vor. Was machen wir nun?«

»Schöne Rettung«, beschwerte sich eine gereizte Stimme hinter ihnen. Die beiden Männer drehten sich um und sahen, daß die angewiderte Prinzessin sie mit majestätischer Mißbilligung anblickte. »Hatten Sie keinen Plan, wie Sie hinauskommen wollten, als Sie hier eingedrungen sind?«

Solo wies mit dem Kinn auf Luke. »Er ist hier das Hirn, Süße.«

Luke zwang sich ein verlegenes Lächeln ab und zuckte hilflos die Achseln. Er drehte sich herum, um wieder zu schießen, aber bevor er das tun konnte, hatte die Prinzessin ihm die Pistole aus der Hand gerissen.

»He!« Luke riß die Augen auf, als sie an der Wand entlang zu einem kleinen Gitter ging. Sie richtete die Pistole auf dieses und feuerte.

Solo starrte sie ungläubig an.

»Was soll denn das?«

»Offenbar hängt es von mir ab, euch den Hals zu retten. Hinein in den Müllschacht, Jungs!«

Während die anderen noch verblüfft zusahen, sprang sie mit den Füßen voraus in die Öffnung und verschwand. Chewbacca knurrte drohend, aber Solo schüttelte langsam den Kopf.

»Nein, Chewie, ich will nicht, daß du sie zerfetzt. Ich bin mir noch nicht sicher bei ihr. Entweder fange ich an, sie zu mögen, oder ich bringe sie selbst um.« Der Wookie schnaubte etwas, und Solo brüllte ihn an: »Hinein mit dir, du behaarter Trottel! Ist mir egal, was du riechst. Jetzt ist nicht die Zeit, mir zimperlich zu kommen.« Solo schubste den widerstrebenden Wookie zu der winzigen Öffnung und half ihm, sich hineinzuzwängen. Als der Riese verschwunden war, folgte ihm der Corellaner. Luke feuerte eine letzte Salve von Blitzen ab, mehr in der Hoffnung, verhüllende Rauchwolken zu erzeugen, als mit der Aussicht, etwas zu treffen, dann glitt auch er in den Schacht und war fort.

Da die Soldaten in einem derart engen Raum nicht weitere Verluste hinnehmen wollten, waren sie übereingekommen, das Eintreffen von Verstärkungen und schwereren Waffen abzuwarten. Außerdem wußten sie ihre Gegner in einer Falle, und trotz aller Hingabe war keiner darauf erpicht, unnötig das Leben zu verlieren.

Die Kammer, in die Luke stürzte, war nur trüb erleuchtet. Nicht, daß man Licht brauchte, um den Inhalt zu erkennen. Luke roch den Unrat lange, bevor er hineingekippt wurde. Mindestens zu einem Viertel war der Müllraum mit glitschigem Abfall gefüllt, der zum größten Teil schon so verfault war, daß es Luke nahezu den Atem verschlug.

Solo stolperte am Rand des Raums entlang, rutschte aus und versank bis zu den Knien im Morast, während er versuchte, einen Ausgang zu finden. Alles, was er entdeckte, war eine kleine Luke mit massivem Deckel, den er aufzustemmen versuchte. Ohne Erfolg.

»Der Müllschacht war eine wunderbare Idee«, teilte er der Prinzessin ironisch mit und wischte sich den Schweiß von der Stirn. »Was für einen unglaublichen Gestank Sie da entdeckt haben. Leider können wir nicht auf einem dahintreibenden Geruch hinausreiten, und einen anderen Ausweg scheint es nicht zu geben. Es sei denn, ich bekomme diese Luke auf.« Er trat zurück, zog die Pistole und feuerte auf den Deckel. Der Blitz heulte augenblicklich im ganzen Raum herum, während alle im Müll Deckung suchten. Dann detonierte der Blitz beinahe über ihnen.

Leia, die gar nicht mehr würdevoll wirkte, tauchte als erste aus den stinkenden Haufen auf.

»Stecken Sie das Ding weg«, sagte sie grimmig zu Solo, »sonst bringen Sie uns noch alle um.«

»Ja, Euer Ehren«, murmelte Solo mit höhnischer Unterwürfigkeit. Er steckte die Waffe aber nicht ein, als er zu dem offenen Schacht über ihnen hinaufblickte. »Unsere Freunde werden nicht lange brauchen, bis sie dahinterkommen, was aus uns geworden ist.«

Wie zur Antwort erfüllte ein durchdringendes, schreckliches Stöhnen den Raum. Es schien von irgendwo unter ihnen zu kommen. Chewbacca stieß seinerseits ein entsetztes Heulen aus und versuchte, sich an eine Wand zu pressen. Luke zog seine Pistole und starrte angestrengt auf diverse faulige Klumpen, sah aber nichts.

»Was war das?« fragte Solo.

»Ich bin mir nicht sicher.« Luke zuckte plötzlich zusammen und schaute hinten an sich herunter. »Ich glaube, da ist eben etwas an mir vorbeigeglitten. Vorsicht –« Mit erschreckender Plötzlichkeit verschwand Luke unter dem Müll.

»Es hat Luke erwischt!« rief die Prinzessin. »Es hat ihn hinuntergezogen!«

Solo schaute sich verzweifelt nach einem Ziel um.

Luke tauchte wieder auf, so abrupt, wie er verschwunden war – und mit ihm ein Teil von etwas anderem. Ein dicker, weißer Tentakel hatte sich um seinen Hals geschlungen.

»Schießt, bringt es um!« kreischte Luke.

»Schießt! Ich kann es nicht mal sehen!« rief Solo.

Wieder wurde Luke von dem, woran der grausige Greifarm befestigt war, hinuntergesogen. Solo starrte hilflos auf die faulende Oberfläche.

Von fern erklang das Dröhnen schwerer Maschinen, und zwei gegenüberliegende Wände der Kammer rückten einige Zentimeter aufeinander zu. Das Dröhnen hörte auf, und es wurde wieder still. Luke tauchte unerwartet nah bei Solo auf, erhob sich aus dem Dreck und rieb sich die Striemen an seinem Hals.

»Was ist daraus geworden?« fragte Leia und blickte argwöhnisch auf den unbewegten Müll.

Luke wirkte völlig verblüfft. »Ich weiß es nicht. Es hatte mich – und dann war ich plötzlich frei. Es ließ mich einfach los und verschwand. Vielleicht habe ich ihm nicht übel genug gerochen.«

»Ich habe da ein ganz schlechtes Gefühl«, murrte Solo.

Wieder erfüllte das ferne Dröhnen den Raum; wieder rückten die Wände aufeinander zu. Diesmal schienen jedoch weder das Geräusch noch die Bewegung aufhören zu wollen.

»Steht nicht einfach da und gafft einander an!« drängte die Prinzessin. »Versucht irgend etwas dazwischenzuzwängen.«

Aber was? Sie fanden nichts. Der weiche Müll ließ nicht den nötigen Widerstand erwarten.

Luke zog seinen Kommunikator heraus und rief hinein: »Threepio... Threepio, melden!«

Auch nach einer angemessenen Pause kam keine Antwort. Luke sah seine Begleiter sorgenvoll an.

»Ich weiß nicht, warum er sich nicht meldet.« Er versuchte es noch einmal. »See Threepio, melden! Hörst du mich?«

»See Threepio«, rief die dumpfe Stimme immer wieder, »Threepio, melden!« Es war Lukes Stimme, und sie tönte leise zwischen den Summgeräuschen des kleinen Handsprechgeräts auf der verlassenen Computerkonsole. Bis auf die regelmäßigen Hilferufe war es im Kommandobüro still.

Eine gewaltige Explosion erstickte die gedämpften Hilferufe. Sie blies die Tür durch den ganzen Raum und schleuderte Metallfragmente in alle Richtungen. Mehrere davon trafen das Sprechgerät, warfen es auf den Boden und schnitten Luke das Wort mitten im Satz ab.

Unmittelbar danach kamen vier gepanzerte und kampfbereite Soldaten durch das gesprengte Portal herein. Der erste Überblick zeigte ihnen, daß das Büro leer war – bis sie aus einem der hohen Vorratsschränke an der Rückseite des Raumes eine dumpfe, angstvolle Stimme hörten: »Hilfe, Hilfe! Laßt uns heraus!«

Mehrere Soldaten bückten sich, um die regungslosen Körper des Offiziers und seines Adjutanten zu untersuchen, während andere den Schrank, aus dem gesprochen wurde, öffneten. Zwei Roboter, der eine groß und humanoid, der andere rein mechanisch und dreibeinig, traten heraus. Der größere erweckte den Eindruck, vor Angst halb von Sinnen zu sein.

»Das sind Wahnsinnige, sage ich Ihnen, Wahnsinnige!« Er wies erregt zum Eingang. »Ich glaube, sie sprachen davon, daß sie zum Gefängnisbereich wollten. Sie sind eben gegangen. Wenn ihr euch beeilt, holt ihr sie vielleicht noch ein. Dorthin, dorthin!«

Zwei von den Soldaten im Büro drängten zu denen im Korridor hinaus und eilten mit ihnen davon. Zurück blieben zwei Bewacher. Sie ignorierten die Roboter völlig, als sie besprachen, was geschehen sein mochte.

»Durch die ganze Aufregung sind die Schaltungen in meinem Begleiter hier überlastet«, erläuterte Threepio ruhig. »Wenn es Ihnen nichts ausmacht, möchte ich ihn gerne zum Wartungsbereich hinunterbringen.«

»Hmm?« Einer der Bewacher sah gleichgültig auf und nickte dem Roboter zu. Threepio und Artoo hasteten zur Tür hinaus, ohne sich noch einmal umzusehen. Als sie verschwunden waren, fiel dem Soldaten ein, daß der größere der beiden Roboter von einem Typ war, den er vorher noch nie gesehen hatte. Er zuckte die Achseln. Kein Wunder, in einer so riesigen Station.

»Das war zu knapp«, murmelte Threepio, als sie durch den leeren Korridor eilten. »Jetzt müssen wir eine andere Informationskonsole finden und dich wieder anschließen, oder alles ist verloren.«

Die Müllkammer wurde unbarmherzig kleiner, die glatt eingepaßten Metallwände bewegten sich mit gleichgültiger Unaufhaltsamkeit aufeinander zu. Größere Stücke Abfall führten ein Konzert von Knall- und Platzgeräuschen auf, das zu einem letzten, rauschenden Kreszendo anschwoll.

Chewbacca winselte armselig, während er mit seiner ganzen Kraft bestrebt war, eine der Wände zurückzuhalten. Er sah aus wie ein Sisyphus im Pelz, das letztemal unterwegs mit dem Stein.

»Eines steht fest«, meinte Solo dumpf. »Wir werden alle viel dünner sein. Das könnte sich als neue Abmagerungsmethode empfehlen. Der einzige Haken dabei ist die Endgültigkeit.«

Luke holte Luft und schüttelte wütend den unschuldigen Kommunikator. »Was kann Threepio zugestoßen sein?«

»Versucht es noch einmal mit der Luke«, riet Leia. »Das ist unsere einzige Hoffnung.«

Solo schirmte die Augen ab und tat es. Der unwirksame Blitz fegte durch die schrumpfende Kammer.

Die Servicenische war unbesetzt; anscheinend waren alle Leute von der Unruhe fortgelockt worden. Nachdem Threepio sich vorsichtig umgesehen hatte, winkte er Artoo. Gemeinsam suchten sie die vielen Service-Tafeln hastig ab. Artoo stieß einen Pfiff aus, er war fündig geworden. Threepio wartete ungeduldig, als der kleine Roboter den Anschlußarm behutsam in die offene Fassung steckte.

Ein superschneller Wirbel elektronischer Laute strömte aus dem Sprechgitter des Roboters. Threepio bremste ihn.

»Warte doch, langsam!« Die Geräusche wurden leiser und ruhiger. »Schon besser. Wo sind sie? Was ist? O nein! Da kommen sie nur noch als Flüssigkeit heraus!«

Den in der Falle sitzenden Insassen des Müllraums blieb kein ganzer Meter zum Leben mehr. Leia und Solo hatten sich zur Seite drehen müssen und standen einander gegenüber. Jeder hochmütige Ausdruck war aus dem Gesicht der Prinzessin verschwunden. Sie griff nach Solos Hand und umklammerte sie krampfhaft, als sie die erste Berührung der zusammenrückenden Wände spürte.

Luke war hingefallen und lag auf der Seite, bemüht, den Kopf über dem steigenden Schlamm zu halten, als sein Kommunikator zu summen begann.

»Threepio!«

»Sind Sie da, Sir?« erwiderte der Android. »Wir hatten einige kleine Probleme. Sie würden nicht glauben –«

»Schnauze, Threepio!« brüllte Luke in das Gerät. »Und schalt alle Abfallanlagen im Gefängnisbereich oder unmittelbar darunter ab. Verstanden? Schalt die Abfall –«

Augenblicke später griff sich Threepio entsetzt an seinen Kopf, als ein gräßliches Kreischen und Brüllen aus dem Gerät klang.

»Nein, schalt sie *alle* ab!« flehte er Artoo an. »Schnell! Oh, hör dir das an – sie sterben, Artoo! Ich verfluche meinen Metallkörper. Ich war nicht schnell genug. Es war meine Schuld. Mein armer Herr – sie alle... nein, nein, *nein*!«

Das Schreien und Plärren ging aber unverhältnismäßig lange weiter. In Wirklichkeit waren es Rufe der Erleichterung. Die Kammerwände waren automatisch auf Artoos Schließbefehl auseinandergegangen.

»Artoo, Threepio«, brüllte Luke in das Sprechgerät, »es ist in Ordnung, wir sind in Ordnung! Versteht ihr mich? Es ist uns nichts passiert – ihr habt es großartig gemacht!« Er wischte angeekelt an dem klebrigen Schleim herum und ging zur Luke, so schnell er konnte, bückte sich, kratzte zusammengepreßten Abfall weg, las die dort eingelassene Nummer ab und forderte Threepio auf:

»Öffnet die Druckluke mit der Nummer 366-117891!«

»Ja, Sir«, sagte Threepio.

Es waren vielleicht die erfreulichsten Worte, die Luke je gehört hatte.

10

Der Service-Graben, gefüllt mit Stromkabeln und Schaltleitungen, die aus den Tiefen heraufkamen und am Himmel verschwanden, schien Hunderte von Kilometern tief zu sein. Der schmale Laufgang an einer Seite sah aus wie ein gestärkter Faden, an einen glühenden Ozean geklebt. Er war kaum breit genug für einen Menschen.

Ein Mann schob sich auf dem gefährlichen Laufgang dahin, den Blick auf etwas vor sich gerichtet, nicht auf den ungeheuren metallenen Abgrund unter sich. Das Knacken riesiger Schaltgeräte hallte, als stamme es von gefangenen Leviathanen in der riesigen Weite, unermüdlich, nie schlafend.

Zwei dicke Kabel vereinigten sich an einer Tafel. Sie war abgesperrt, aber nach genauer Betrachtung der Seitenflächen und der Ober- und Unterseite drückte Ben Kenobi an eine ganz bestimmte Stelle, und die Klappe sprang auf. Darunter zeigte sich ein blinkender Computer-Terminal.

Mit ebensolcher Sorgfalt nahm Kenobi dort mehrere Veränderungen vor. Seine Handgriffe wurden belohnt, als verschiedene Anzeigen an der Tafel von Rot auf Blau schalteten.

Ohne Vorwarnung öffnete sich eine Zugangstür in seiner Nähe hinter ihm. Er klappte den Terminal schnell zu und glitt tiefer in die Schatten. Ein Trupp von Soldaten war im Eingang aufgetaucht, und der kommandierende Offizier trat bis auf zwei Meter an die regungslose, verborgene Gestalt heran.

»Sichert diesen Bereich, bis der Alarmzustand aufgehoben ist!«

Als sie ausschwärmten, verschmolz Kenobi mit der Dunkelheit.

Chewbacca grunzte und ächzte und schaffte es nur mit Mühe, seinen mächtigen Rumpf durch die Lukenöffnung zu zwängen, unterstützt von Luke und Solo.

Der Korridor, in den sie hinausgetreten waren, sah staubig aus. Er machte den Eindruck, als sei er seit dem Bau der Station nicht mehr benützt worden. Wahrscheinlich war es nur ein Wartungsflur. Luke hatte keine Ahnung, wo sie sich befanden.

Hinter ihnen klatschte etwas mit einem Knall an die Wand, und Luke schrie eine Warnung, als ein langer, glitschiger Arm sich durch die Luke schlängelte und im offenen Korridor beutegierig herumpeitschte. Solo zielte mit der Pistole darauf, während Leia an dem vor Schreck halb gelähmten Chewbacca vorbeizuschlüpfen versuchte.

»Schaff mir einer diesen großen, wandelnden Haarteppich aus

dem Weg.« Plötzlich bemerkte sie, was Solo vorhatte. »Nein, warten Sie! Das hört man!«

Solo beachtete sie nicht und feuerte auf die Luke. Der Energiestrahl wurde mit einem dumpfen Grollen belohnt, als eine Lawine aus berstender Wandung und Deckenträgern das Wesen in der Kammer praktisch unter sich begrub.

Verstärkt durch den engen Korridor hallten und rollten die Geräusche noch lange weiter. Luke schüttelte ärgerlich den Kopf, als ihm klar wurde, daß einer wie dieser Solo, der mit der Mündung einer Waffe sprach, nicht immer vernünftig handelte. Bis jetzt hatte er zu dem Corellaner auf irgendeine Weise aufgesehen, aber der Blödsinn, auf den Lukenausgang zu feuern, machte dem ein Ende.

Überraschend war die Reaktion der Prinzessin.

»Hören Sie«, sagte sie zu Solo, »ich weiß nicht, wo Sie hergekommen sind, aber ich bin Ihnen dankbar.« Fast beiläufig warf sie auch Luke einen Blick zu und ergänzte: »Ihnen beiden.« Sie wandte sich wieder an Solo: »Aber von jetzt an tun Sie, was ich Ihnen sage.«

Solo glotzte sie an. Diesmal wollte sich sein selbstzufriedenes Lächeln nicht einstellen.

»Hören Sie, Eure Heiligkeit«, stieß er schließlich hervor, »eines wollen wir gleich klarstellen. Ich nehme Befehle nur von einer einzigen Person entgegen – von mir selbst!«

»Ein Wunder, daß Sie noch am Leben sind«, gab sie zurück.

Solo sah Luke an, wollte etwas sagen, zögerte und schüttelte nur langsam den Kopf, sagte aber dann doch:

»Keine Belohnung ist das wert. Ich weiß nicht, ob es genug Geld im Universum gibt, um auszugleichen, daß man sie am Hals hat... He, langsam!«

Leia verschwand hinter einer Biegung im Korridor, und sie hetzten ihr nach, um sie einzuholen.

Das halbe Dutzend Soldaten, das sich um den Eingang zum Energie-Graben drängte, interessierte sich mehr dafür, über die merkwürdigen Vorfälle im Gefängnisbereich zu diskutieren, als ihrer derzeitigen langweiligen Pflicht, ihre Umgebung scharf im Auge zu behalten, Aufmerksamkeit zu schenken. Sie waren so vertieft in ihre Spekulationen über den Anlaß für die Unruhe, daß sie den geisterhaften Schatten hinter sich nicht bemerkten. Er glitt von einer dunklen Stelle zur anderen, wie ein nächtliches Raubtier, erstarrte, wenn einer der Soldaten sich halb herumdrehte, glitt weiter, als schwebe er in der Luft.

Einige Minuten später zog einer der Soldaten die Stirn in seinem Helm kraus und wandte sich der Stelle zu, wo er in der Nähe des Zugangs zum Hauptflur eine Bewegung erkannt zu haben glaubte. Da war aber nichts als ein undefinierbares Etwas, das der geisterhafte Kenobi hinterlassen hatte. Mit einem sehr unbehaglichen Gefühl, aber verständlicherweise nicht gern bereit, Halluzinationen einzugestehen, wandte der Soldat sich wieder der prosaischeren Unterhaltung seiner Kameraden zu.

Jemand entdeckte endlich die beiden bewußtlosen Wachen in den Spinden an Bord des gekaperten Frachters und befreite sie von ihren Fesseln, aber die beiden Männer schliefen trotz aller Versuche, sie zu wecken, weiter. Unter der Aufsicht mehrerer wütender Offiziere trugen Soldaten ihre beiden ungepanzerten Kameraden zum nächsten Lazarett. Unterwegs kamen sie an zwei Gestalten vorbei, die aber hinter einer geöffneten Service-Tafel versteckt waren. Threepio und Artoo blieben dadurch unbemerkt.

Als die Soldaten wieder verschwunden waren, entfernte Artoo schnell eine Manschettenhülle und schob seinen Sensorarm in die Öffnung. Auf seinem Gesicht fingen Lichter wild zu tanzen an, und Rauch drang aus mehreren Nähten am Rumpf des kleinen Roboters, bevor Threepio den Arm in einer verzweifelten Anstrengung herausreißen konnte.

Augenblicklich hörte es auf zu rauchen, und das wilde Blinken ließ nach. Artoo gab ein paar schwache Pfeiftöne von sich, erfolgreich den Eindruck eines Menschen erweckend, der mit einem Glas leichten Weines gerechnet und statt dessen einen Riesenschluck neunzigprozentigen Alkohols erwischt hat.

»Na, paß beim nächstenmal besser auf, wo du deine Sensoren hineinsteckst«, rügte Threepio seinen Begleiter. »Du hättest dir dein ganzes Inneres versengen können.« Er starrte die Fassung an. »Das ist ein Stromauslaß, Dummkopf, kein Informations-Terminal.«

Artoo schrillte klagend eine Selbstbemitleidung. Gemeinsam suchten sie nach dem richtigen Auslaß.

Luke, Solo, Chewbacca und die Prinzessin erreichten das Ende eines leeren Korridors. Er hörte als Sackgasse an einem großen Fenster mit Blick auf einen Hangar auf. Sie konnten den Frachter unter sich stehen sehen.

Luke zog sein Sprechgerät heraus und schaute sich mit zunehmender Nervosität um, als er hineinsprach: »See Threepio ... hörst du mich?«

Es gab eine bedrohliche Pause, dann kam Antwort:

»Ich höre Sie, Sir. Wir mußten den Bereich um das Kommandobüro verlassen.«

»Seid ihr beide in Sicherheit?«

»Im Augenblick ja, wenngleich ich mir auf ein hohes Alter wenig Aussichten einräume. Wir sind im Haupthangar, dem Schiff gegenüber.«

Luke blickte überrascht zum Fenster.

»Ich kann euch nicht sehen – wir müssen genau über euch sein. Wartet. Wir kommen zu euch, sobald wir können.« Er schaltete ab und lächelte plötzlich über Threepios Hinweis auf sein ›hohes Alter‹. Manchmal war der große Android menschlicher als die Leute.

»Möchte wissen, ob es dem Alten gelungen ist, die Schleppstrahlquelle abzuschalten«, murmelte Solo, während er die Szenerie unter sich betrachtete. Zehn, zwölf Soldaten gingen im Frachter aus und ein. »In das Schiff zurückzukommen, wird ungefähr so sein, als durchfliege man die fünf Feuerringe von Fornax.«

Leia Organa drehte den Kopf und warf Solo einen überraschten Blick zu.

»Mit diesem Wrack seid ihr hergekommen? Ihr seid mutiger, als ich dachte.«

Solo, gleichzeitig gelobt und beleidigt, wußte nicht recht, wie er reagieren sollte. Er begnügte sich damit, ihr einen erbosten Blick zuzuwerfen, als sie durch den Korridor zurückgingen, mit Chewbacca als Nachhut.

Sie bogen um eine Ecke, und die drei Menschen blieben wie angewurzelt stehen, ebenso wie die zwanzig Soldaten, die auf sie zumarschiert waren. Solo reagierte ganz natürlich – also, ohne zu überlegen – riß die Pistole heraus und griff den Trupp an, in mehreren Sprachen brüllend und heulend, was seine Lunge hergab.

Erschrocken durch die völlig unerwartete Attacke, und in der fälschlichen Annahme, der Angreifer wisse, was er tue, wichen die Soldaten zurück. Mehrere wilde Schüsse aus der Pistole des Corellaners riefen eine totale Panik hervor. Die Soldaten verloren Zusammenhalt und Fassung, stürzten auseinander und rasten durch den Korridor davon.

Trunken von seinem eigenen Mut, setzte Solo die Verfolgung fort und drehte nur den Kopf, um Luke zuzurufen: »Lauft zum Schiff! Um die da kümmere ich mich!«

»Sind Sie übergeschnappt?« brüllte Luke. »Wohin wollen Sie?«

Aber Solo war schon um eine Biegung gestürmt.

Beunruhigt vom Verschwinden seines Partners, stieß Chewbacca ein röhrendes, unsicheres Heulen aus und hetzte ihm nach. Leia und Luke standen allein im leeren Korridor.

»Vielleicht war ich zu streng zu Ihrem Freund«, erklärte sie widerstrebend. »Mutig ist er ganz gewiß.«

»Ein Idiot ist er ganz gewiß!« sagte Luke wütend. »Ich weiß nicht, was es uns nützen soll, wenn er umgebracht wird.«

Alarmgeschrill ertönte plötzlich hinter und unter ihnen.

»Jetzt ist es passiert«, knurrte Luke unwirsch. »Gehen wir.« Gemeinsam machten sie sich auf die Suche nach einem Weg zum Hangar-Deck.

Solo setzte seinen Ansturm gegen alles Feindliche fort, lief, so schnell er konnte, durch den langen Gang, brüllte und schwenkte seine Pistole. Ab und zu feuerte er einen Schuß ab, dessen Wirkung eher psychologischer als materieller Natur war.

Die Hälfte der Soldaten hatte sich schon in verschiedene Nebentunnels und Korridore verstreut. Die zehn Gegner, denen er auf den Fersen war, rannten immer noch Hals über Kopf vor ihm davon und erwiderten sein Feuer nur sporadisch. Dann liefen sie in eine Sackgasse und sahen sich gezwungen umzukehren und sich zum Kampf zu stellen.

Solo sah, daß die zehn Soldaten angehalten hatten, und verlangsamte auch seine Schritte, bis er endlich stehenblieb. Der Corellaner und die Soldaten starrten einander stumm an. Mehrere Gegner glotzten nicht Han an, sondern sahen an ihm vorbei.

Solo fiel plötzlich ein, daß er ganz allein war, und der gleiche Gedanke kam auch den Soldaten, denen er gegenüberstand. Gewehre und Pistolen wurden emporgerissen. Solo trat einen Schritt zurück, feuerte einen Schuß ab und machte kehrt, um wie ein Wahnsinniger davonzustürzen.

Chewbacca hörte das Pfeifen und Wummern von feuernden Energiewaffen, als er leichtfüßig durch den Korridor stürmte. Die Geräusche hatten aber etwas Merkwürdiges an sich: sie hörten sich an, als kämen sie näher, statt sich zu entfernen.

Er überlegte, was er tun sollte, als Solo um eine Ecke gerannt kam und ihn beinahe niederrannte. Der Wookie sah zehn Soldaten auf Solos Fersen und beschloß, seine Fragen auf einen günstigeren

Augenblick zu verschieben. Er wandte sich auch zur Flucht und hetzte hinter Solo her.

Luke packte die Prinzessin und zog sie in eine Nische. Sie wollte sich gerade umdrehen und ihn anherrschen, als sie Marschtritt hörte und sich tiefer in die Nische preßte.

Eine Abteilung Soldaten kam vorbei, auf den Alarm reagierend, der noch immer gleichmäßig schrillte. Luke schaute den Soldaten nach und versuchte wieder zu Atem zu kommen.

»Unsere einzige Hoffnung, das Schiff zu erreichen, liegt darin, es von der anderen Hangarseite aus zu versuchen. Die wissen schon, daß hier jemand ist.« Luke ging durch den Korridor zurück und winkte Leia.

Zwei Wachen tauchten am anderen Ende des Ganges auf, blieben stehen und zeigten auf sie. Luke und Leia wirbelten herum und liefen den Weg zurück, den sie gekommen waren. Ein größerer Trupp lief um die Biegung am jenseitigen Ende und stürmte auf sie zu.

Vorne und hinten blockiert, suchten sie verzweifelt nach einem anderen Fluchtweg. Dann entdeckte Leia den engen Nebentunnel und machte Luke darauf aufmerksam.

Luke feuerte auf jene Verfolger, die ihnen am nächsten waren, und hetzte mit ihr in den schmalen Gang. Hinter ihnen ertönte das Geschrei der Verfolger ohrenbetäubend laut in der engen Passage. Aber wenigstens verringerten sich dadurch auch die Möglichkeiten der Soldaten, ihr Feuer auf sie zu konzentrieren.

Eine massive offene Lukentür tauchte vor ihnen auf. Das Licht dahinter war merklich dunkler, und Lukes Hoffnungen stiegen. Wenn sie die Luke nur kurz schließen und sich dahinter irgendwo verbergen konnten, mochten sie Aussicht haben, ihre ärgsten Verfolger abzuschütteln.

Aber die Luke blieb offen und zeigte keine Neigung, sich automatisch zu schließen. Luke wollte gerade einen Fluch ausstoßen, als er plötzlich unter den Zehen keinen Boden mehr spürte. Er ruderte verzweifelt, um sein Gleichgewicht wiederzufinden, und erreichte das gerade in dem Augenblick, in dem die Prinzessin von hinten auf ihn prallte, ihn dadurch noch einmal in höchste Gefahr bringend.

Der Laufgang war nämlich nur noch ein abgehacktes Stück, das in die leere Luft ragte. Ein kalter Luftzug wehte Luke ins Gesicht, als er Wände betrachtete, die über ihm zu unsichtbaren Höhen aufragten und unter ihm in unergründliche Tiefen abstürzten. Der Service-Schacht diente dazu, die Luft in der Station umzuwälzen und zu erneuern.

Im Augenblick war Luke zu verängstigt und besorgt, um auf die Prinzessin zornig zu sein, die sie beide beinahe in den Abgrund hinabgestürzt hätte. Außerdem hatte er auch noch auf andere Gefahren zu achten. Ein Energiestrahl explodierte über ihren Köpfen, Metallsplitter fegten herum.

»Ich glaube, wir haben die falsche Abzweigung genommen«, murmelte er, erwiderte das Feuer der näher rückenden Soldaten und erhellte den engen Korridor hinter ihnen mit den Flammen der Zerstörung.

Auf der anderen Seite des Abgrunds zeigte sich eine offene Luke. Diese hätte aber ebenso gut ein Lichtjahr entfernt sein können. Leia suchte am Rand der Türöffnung und entdeckte eine Taste, die sie hastig drückte. Die Lukentür hinter ihnen schloß sich mit dröhnendem Krachen. Wenigstens schützte sie das nun vor dem Feuer der nachrückenden Soldaten. Dafür balancierten die beiden Flüchtlinge aber gefährlich auf einem kleinen Stück Laufgang, das ihnen nur noch geblieben und kaum einen Quadratmeter groß war. Wenn der kümmerliche Rest sich unerwartet auch noch in die Wand zurückziehen sollte, würden sie vom Inneren der Kampfstation mehr zu sehen bekommen, als ihnen lieb war.

Luke bedeutete der Prinzessin, so weit wie möglich zur Seite zu treten, und richtete die Pistole auf die Lukensteuerung. Ein kurzer

Energiestoß ließ die Steuerung mit der Wand verschmelzen und sorgte dafür, daß die Tür von der anderen Seite her nicht so einfach geöffnet werden konnte. Dann wandte Luke seine Aufmerksamkeit dem gewaltigen Abgrund zu, der ihren Weg zum Zugang gegenüber blockierte. Die Öffnung winkte einladend – ein kleines, gelbes Rechteck der Freiheit.

Nur das leise Rauschen der Luft unter ihnen war hörbar, bis Luke meinte: »Das ist zwar eine Abschirmtür, aber lange wird sie die Kerle nicht aufhalten.«

»Wir müssen auf irgendeine Weise hinüber«, sagte Leia und untersuchte die Metallkante um die geschlossene Tür von neuem. »Suchen Sie die Steuerung für das Ausfahren der Brücke.«

Verzweifeltes Nachforschen erbrachte aber nichts, und hinter der verriegelten Tür war ein bedrohliches Hämmern und Zischen zu hören. Ein kleiner weißer Punkt tauchte in der Mitte der Metallfläche auf, dehnte sich aus und begann zu rauchen.

»Sie kommen durch!« stöhnte Luke.

Die Prinzessin drehte sich vorsichtig um und starrte über den Abgrund.

»Das muß eine Einzelbrücke sein, mit der Steuerung nur auf der anderen Seite.«

Luke griff hinauf zu der Stelle am Türblatt, wo sich die unerreichbare Steuerung befand, als seine Hand sich in einem Gegenstand an seinem Gürtel verfing. Ein frustrierter Blick nach unten zeigte die Ursache – und löste so etwas wie praktische Verrücktheit aus.

Das in enge Windungen zusammengelegte Kabel war dünn und sah zerbrechlich aus, aber es war eine Allzweckleine, wie sie vom Militär benützt wurde, und sie hätte sogar Chewbaccas Gewicht leicht getragen. Leia und ihn selbst mußte sie spielend tragen können. Er zog das Kabel aus der Gürtelklemme, schätzte die Länge ab und verglich sie mit der Breite des Abgrunds. Sie reichte ohne weiteres hinüber.

»Was nun?« fragte die Prinzessin neugierig.

Luke antwortete nicht. Statt dessen zog er ein kleines, aber schweres Energiegerät aus dem Traggürtel seiner Panzerung und knotete ein Ende des Kabels daran fest. Er vergewisserte sich, daß die Befestigung standhielt und trat so nahe an den Rand ihres unsicheren Standplatzes heran, wie es ging.

Er wirbelte das beschwerte Ende in immer größer werdenden Kreisen herum und ließ es über den Abgrund fliegen. Es traf einen Vorsprung zylindrischer Leitungen auf der anderen Seite und fiel hinunter. Mit erzwungener Geduld holte er die lockere Leine wieder ein und spulte sie zum erneuten Versuch auf.

Abermals kreiste das beschwerte Ende in immer weiteren Spiralen, wieder schleuderte er es über den Schlund hinüber. Inzwischen konnte er die zunehmende Hitze schon hinter sich spüren, die Hitze von der schmelzenden Tür.

Diesmal wickelte sich das schwere Ende um oben herausragende Rohre, schlang sich mehrmals herum und rutschte, mit der Batterie voraus, in einen Spalt dazwischen. Er beugte sich zurück, zerrte und riß an dem Kabel, versuchte sein ganzes Gewicht daran zu hängen. Das Kabel zeigte keine Neigung zu reißen.

Er wickelte sich das andere Ende mehrmals um die Hüften und den rechten Arm, streckte die Hand aus und zog die Prinzessin an sich heran. Die Lukentür hinter ihnen war inzwischen weißglühend geworden, und flüssiges Metall rann an den Seiten herunter.

Etwas Warmes, Weiches berührte Lukes Lippen und jagte einen Stromstoß durch alle seine Nerven. Er blickte schockiert auf die Prinzessin hinunter und spürte, wie sein Mund von dem Kuß noch immer prickelte.

»Nur als Glücksbringer«, murmelte sie mit einem schwachen, beinahe verlegenen Lächeln, als sie die Arme um ihn legte. »Wir werden Glück brauchen.«

Luke packte das dünne Kabel mit der linken Hand so fest er konnte, legte die rechte darüber, atmete tief ein und sprang hinaus ins Leere. Wenn er den Bogen ihrer Schwingung falsch berechnet hatte, würden sie die offene Luke verfehlen und an die Metallwand links oder rechts daneben oder darunter prallen. Wenn das passierte, bezweifelte er, die Leine festhalten zu können.

Der Flug, bei dem ihm das Herz stehenblieb, dauerte weniger lang, als er erwartet hatte. Einen Augenblick später befand Luke sich auf der anderen Seite und kroch hastig auf den Knien vorwärts, um dafür zu sorgen, daß sie nicht in den Abgrund zurückstürzten. Leia ließ ihn genau im richtigen Augenblick los, rollte vorwärts in den offenen Eingang und sprang gewandt auf, während Luke sich bemühte, von dem Kabel freizukommen.

Aus einem fernen Heulen wurde ein lautes Zischen, dann ein hallendes Ächzen, als die Tür auf der anderen Seite nachgab. Sie fiel nach innen und stürzte in die Tiefe hinunter.

Ein paar Blitze trafen die Wand nebenan. Luke richtete seine Waffe auf die erfolglosen Soldaten und erwiderte das Feuer, während Leia ihn in den Korridor hineinzog.

Hinter der Tür drückte er sofort auf die Schließtaste, und die Tür klappte zu. Es würden ihnen wenigstens einige Minuten bleiben, in denen sie nicht befürchten mußten, von hinten getroffen zu werden.

Solo und seinem Wookie-Partner war es gelungen, einen Teil ihrer Verfolger abzuschütteln, aber es hatte den Anschein, daß stets neue Soldaten auftauchten, wenn sie anderen entkommen waren. Es gab keinen Zweifel mehr: alles in der Station suchte sie.

Vor ihnen schloß sich eine Reihe von Abschirmtüren.

»Schnell, Chewie!« drängte Solo.

Chewbacca brummte etwas und schnaufte wie ein überforderter Motor. Trotz seiner ungeheuren Stärke war der Wookie für lange Sprints nicht gebaut. Nur seine Riesenschritte hatten es ihm ermöglicht, auf gleicher Höhe mit dem agilen Corellaner zu bleiben. Chewbacca ließ in einer der Türen eine Handvoll Haare zurück, aber sie schlüpften beide hinein, bevor die fünf Platten zuklappten.

»Das müßte sie eine Weile aufhalten«, rief Solo triumphierend. Der Wookie blickte pessimistisch, aber sein Partner strahlte geradezu vor Zuversicht und behauptete:

»Natürlich kann ich das Schiff von hier aus finden – Corellaner verirren sich nicht!« Der Wookie knurrte ein wenig anklagend. Solo zuckte die Achseln. »Tocneppil zählt nicht; er war kein Corellaner. Außerdem war ich betrunken.«

Ben Kenobi duckte sich in die Schatten eines engen Tunnels und schien mit der Metallwand zu verschmelzen, als ein großer Trupp Soldaten an ihm vorbeistürmte. Er verharrte einen Augenblick, um sich zu vergewissern, daß alle vorbeigeeilt waren, dann huschte er durch den Korridor. Er bemerkte die schwarze Silhouette nicht, die weit hinter ihm das Licht verdeckte.

Kenobi war einer Patrouille nach der anderen ausgewichen, auf dem Rückweg zu der Dockbucht mit dem Frachter. Noch zwei Biegungen, und er mußte am Hangar sein. Was er dann tun würde, hing davon ab, wie es um seine Schutzbefohlenen stand.

Daß Luke, der abenteuerlustige Corellaner und sein Partner etwas anderes getan haben könnten, als still vor sich hinzudösen, argwöhnte er schon wegen der starken Aktivitäten, die er hatte beobachten müssen, während er den Rückweg vom Energiegraben angetreten hatte. Diese vielen Einheiten waren sicherlich nicht alle unterwegs gewesen, nur um ihn zu jagen!

Ben spürte vor sich etwas und schlich langsamer weiter. Dieses Etwas wirkte halb vertraut, wie eine geistige Aura, über deren Ursprung er sich nicht ganz im klaren war.

Dann trat die Gestalt vor ihm heraus und blockierte den Zugang zum Hangar, der keine fünf Meter entfernt war. Umriß und Größe der Gestalt entzogen dem Rätsel den Boden. Es war die Reife des

Geistes, von Kenobi wahrgenommen, die ihn zunächst beirrt hatte. Seine Hand legte sich wie von selbst auf den Knauf seines abgeschalteten Säbels.

»Ich habe lange gewartet, Obi-wan Kenobi«, erklärte Darth Vader mit feierlicher Stimme. »Endlich begegnen wir uns wieder. Der Kreis ist geschlossen.« Kenobi spürte hinter der grausigen Maske Befriedigung. »Die Präsenz, die ich vor kurzem gespürt habe, konnten nur Sie gewesen sein.«

Kenobi betrachtete die Riesengestalt, die ihm den Weg versperrte, und nickte langsam. Er machte den Eindruck, eher neugierig als beeindruckt zu sein.

»Du hast immer noch viel zu lernen.«

»Sie sind einmal mein Lehrer gewesen«, gab Vader zu, »und ich habe viel von Ihnen gelernt. Aber die Zeit des Lernens ist längst vorbei, und jetzt bin ich der Meister.«

Die Logik, die das fehlende Bindeglied in seinem überaus begabten Schüler darstellte, hatte sich immer noch nicht eingestellt. Mit Vernunft war hier nichts auszurichten, das wußte Kenobi. Er entzündete seinen Lichtsäbel und nahm die Haltung des Kampfbereiten ein. Die Bewegung erfolgte mit der Leichtigkeit und Eleganz eines Tänzers.

Vader ahmte sie nach, aber eher ungeschickt. Es folgten einige Minuten ohne jede Bewegung, und die beiden Männer starrten einander unverwandt an, so, als warteten sie auf das richtige, noch unausgesprochene Signal.

Kenobi zuckte kurz mit den Lidern, schüttelte den Kopf und versuchte, blanke Augen zu bekommen, da sie ihm ein wenig zu tränen begonnen hatten. Auf seiner Stirn bildete sich Schweiß, und seine Lider zuckten wieder.

»Ihre Kräfte sind schwach«, stellte Vader ausdruckslos fest. »Alter Mann, Sie hätten nie zurückkommen sollen. Ihr Ende wird dadurch weniger friedlich sein, als Sie es sich vielleicht gewünscht haben.«

»Du spürst nur einen Teil der Kraft, Darth«, murmelte Kenobi mit der Sicherheit eines Menschen, für den der Tod nur eine Empfindung mehr ist, wie der Schlaf, die Liebe oder die Berührung einer Kerze. »Nach wie vor erkennst du ihre Wirklichkeit so wenig, wie ein Utensil den Geschmack von Nahrung wahrnimmt.«

Mit einer Bewegung von unfaßbarer Schnelligkeit für jemanden, der so alt war, stieß Kenobi auf die riesige Gestalt zu. Vader parierte aber den Strahl mit gleicher Geschwindigkeit und führte einen Nachstoß, den Kenobi kaum abzufangen vermochte. Wieder ein Parieren, und Kenobi konterte erneut und nützte die Gelegenheit, um den Schwarzen Lord herumzuhuschen.

Sie tauschten Hiebe aus, während der alte Mann immer weiter in Richtung Hangar zurückwich. Einmal, als die beiden Lichtsäbel ineinander verkeilt waren, erzeugte die Wechselwirkung der beiden Energiefelder ein heftiges Funken und Blitzen. Aus den überlasteten Energiegeräten ertönte ein leises Summen, als jeder der Säbel sich anstrengte, den anderen zu überwinden.

Threepio schob den Kopf um den Eingang zur Dockbucht und zählte besorgt die Anzahl der Soldaten, die sich um den verlassenen Frachter drängten.

»Wo können sie sein? Oh, oh.« Er zuckte gerade rechtzeitig zurück, als einer der Wachtposten in seine Richtung sah. Ein zweiter, vorsichtigerer Spähversuch erbrachte mehr. Der Roboter beobachtete, daß Han Solo und Chewbacca sich auf der anderen Seite des Hangars an die Wand eines Tunnels preßten.

Solo war ebenso betroffen, als er sah, wie viele Wächter es waren.

»Sind wir von der Party nicht gerade weggegangen?« murmelte er.

Chewbacca grunzte, und die beiden drehten sich um, atmeten aber auf und ließen ihre Waffen sinken, als sie Luke und die Prinzessin erblickten.

»Was hat euch aufgehalten?« spöttelte Solo ohne jedes Lächeln.

»Wir sind auf ein paar alte Freunde gestoßen«, erklärte Leia keuchend.

Luke starrte zum Frachter hinüber.

»Ist das Schiff in Ordnung?«

»Scheint so«, erwiderte Solo. »Es sieht nicht aus, als hätten sie irgend etwas entfernt oder sich am Antrieb zu schaffen gemacht. Das Problem wird sein, hinzukommen.«

Leia deutete plötzlich auf einen der Tunnels gegenüber.

»Da, seht!«

Beleuchtet von Flammen zusammenprallender Energiefelder näherten sich Ben Kenobi und Darth Vader langsam dem Hangar. Der Kampf erregte allgemeine Aufmerksamkeit. Sämtliche Soldaten drängten heran, um die Auseinandersetzung der Olympier besser verfolgen zu können.

»Jetzt kommt unsere Chance«, sagte Solo und trat vor.

Alle sieben Soldaten, die das Schiff bewachten, setzten sich in Bewegung und liefen auf die beiden Kämpfer zu, entschlossen, notfalls dem Schwarzen Lord beizustehen. Threepio zuckte gerade noch rechtzeitig zurück, als sie an ihm vorbeistürmten. Er drückte sich in die Nische und herrschte seinen Begleiter an: »Zieh den Arm raus, Artoo! Wir gehen!« Nachdem das Artoo-Gerät den Sensorarm aus der Manschette gezogen hatte, schoben die beiden Roboter sich langsam hinaus in die offene Bucht.

Kenobi hörte den nahenden Lärm und warf kurz einen Blick in den Hangar. Der Trupp, der auf ihn zustürmte, zeigte ihm deutlich, daß er in der Falle saß.

Vader nutzte den kurzen Moment sofort, um seinen Säbel heruntersausen zu lassen. Kenobi gelang es aber auf irgendeine Weise, den Hieb abzulenken, gleichzeitig parierend und sich im Kreis drehend.

»Ihre Geschicklichkeit besitzen Sie noch, aber Ihre Kraft läßt nach. Bereiten Sie sich darauf vor, der Kraft zu begegnen, Obi-wan.«

Kenobi schätzte die Entfernung zwischen den heranhetzenden Soldaten und sich ab, dann sah er Vader mitleidig an.

»Das ist ein Kampf, den du nicht gewinnen kannst, Darth. Deine Macht ist reifer geworden seit meinem Unterricht, aber auch ich habe viel dazugelernt, seitdem wir uns getrennt haben. Wenn meine Klinge ihr Ziel findet, wirst du aufhören zu existieren. Aber wenn du mich triffst, werde ich nur um so mächtiger. Denk an meine Worte.«

»Ihre Philosophien verwirren mich nicht mehr, Obi-wan«, knurrte Vader verächtlich. »Jetzt bin ich der Meister.« Wieder sprang er vor und fintierte, dann ließ er den Säbel in einem tödlichen Bogen hinuntersausen. Er traf und zerschnitt den alten Mann säuberlich in zwei Hälften. Es gab ein kurzes Aufblitzen, als Kenobis Mantel in zwei Hälften auf das Deck flatterte.

Aber Kenobi befand sich nicht in ihm. Mißtrauisch gegenüber trickreichen Finten, stocherte Vader mit dem Säbel in den leeren Gewandhälften herum. Von dem alten Mann war keine Spur zu sehen. Er war verschwunden, als habe es ihn nie gegeben.

Die Soldaten kamen langsamer heran und suchten gemeinsam mit Vader die Stelle ab, wo Kenobi Sekunden zuvor noch gestanden hatte. Einige flüsterten miteinander, und es gab Anzeichen, daß manchen fröstelte.

Als die Soldaten herumgefahren und zum gegenüberliegenden Tunnel gestürzt waren, machten Solo und die anderen sich sofort auf den Weg zum Sternschiff – bis Luke sah, wie Kenobi in der Mitte zerteilt wurde. Augenblicklich änderte er die Richtung und lief auf die Soldaten zu.

»Ben!« kreischte er und feuerte blindlings auf die Truppen. Solo fluchte, drehte sich aber auch herum und schoß, um Luke zu unterstützen.

Einer der Energieblitze traf den Auslöser der Tunnel-Sprengtür. Da die Notverankerung brach, explodierte die schwere Tür förmlich. Die Soldaten und Vader sprangen zur Seite – die Wachen in die Bucht, Vader zurück, auf die andere Seite der Tür.

Solo hatte gewendet und war auf den Eingang zum Schiff zugeeilt, aber er blieb stehen, als er Luke auf die Soldaten zustürzen sah.

»Es ist zu spät!« schrie Leia. »Es ist vorbei!«

»Nein!« brüllte Luke, halb schluchzend.

Eine vertraute und doch veränderte Stimme hallte in seinem Ohr... Bens Stimme.

»Luke – hören Sie zu!« war alles, was sie sagte.

Verwirrt drehte Luke sich herum, auf der Suche nach dem Ursprung dieser Ermahnung. Er sah nur Leia, die ihm winkte, als sie Artoo und Threepio die Rampe hinauf folgte.

»Kommen Sie! Es bleibt keine Zeit mehr!«

Zögernd, noch immer mit der Stimme, die er sich einbildete, beschäftigt – bildete er sie sich ein? – zielte Luke und schoß noch ein paar Soldaten nieder, bevor er herumwirbelte und sich in den Frachter zurückzog.

11

Betäubt wankte Luke durch das Schiff nach vorn. Er nahm das Fauchen der Energieblitze kaum wahr, die zu schwach waren, um die Ablenkschirme des Schiffes zu durchdringen, und harmlos davor explodierten. Seine eigene Sicherheit bedeutete ihm im Augenblick sehr wenig. Mit verschleierten Augen starrte er vor sich hin, als Chewbacca und Solo sich über die Steuerkonsolen beugten.

»Ich hoffe, daß es dem alten Mann gelungen ist, den Schleppstrahl abzuschalten«, sagte der Corellaner, »sonst wird das ein sehr kurzer Flug.«

Luke beachtete ihn nicht, ging zurück in den Frachtraum, sank in einen Sessel und bedeckte das Gesicht mit den Händen. Leia Organa sah ihn eine Weile still an, dann zog sie den Umhang aus, trat zu ihm und legte ihn ihm um die Schultern.

»Sie hätten nichts tun können«, flüsterte sie tröstend. »Es war zu schnell vorbei.«

»Ich kann nicht glauben, daß er tot ist«, erwiderte Luke kaum vernehmbar. »Ich kann nicht.«

Solo rückte an einem Hebel und starrte nervös nach vorn. Die massiven Hangartore waren dafür konstruiert, sich bei Annäherung jedes Raumfahrzeugs zu öffnen. Diese Sicherheitseinrichtung diente jetzt dazu, ihre Flucht zu ermöglichen, als der Frachter durch die Öffnung hinausglitt in den Weltraum.

»Nichts«, sagte Solo seufzend und las mehrere Instrumente mit tiefer Befriedigung ab. »Kein Erg von Anziehungskraft zu spüren. Er hat es wirklich geschafft.«

Chewbacca brummte etwas, und der Pilot richtete seine Aufmerksamkeit auf andere Geräte.

»Richtig, Chewie. Ich habe vorübergehend vergessen, daß es noch andere Methoden gibt, uns zur Umkehr zu zwingen.« Seine Zähne blitzten, als er entschlossen grinste. »Aber die einzige Art, wie sie uns in dieses wandernde Grabgewölbe zurückbekommen, ist: in Stücken. – Übernimm, Chewie.« Er fuhr herum und lief hinaus. »Kommen Sie mit«, rief er Luke zu, als er den Frachtraum erreichte. »Wir haben es noch nicht hinter uns.«

Luke antwortete nicht, rührte sich nicht, und Leia sah Solo zornig an.

»Lassen Sie ihn in Ruhe! Können Sie nicht sehen, was ihm der alte Mann bedeutet hat?«

Eine Explosion erschütterte das Schiff und warf Solo beinahe zu Boden.

»Na und? Der alte Mann hat sich geopfert, damit wir entkommen können. Wollen Sie darauf verzichten, Luke? Wollen Sie, daß Kenobi sich umsonst geopfert hat?«

Luke hob den Kopf und starrte den Corellaner blind an. Nein, nicht ganz blind... Da funkelte etwas zu Altes und Gefährliches in seinen Augen. Wortlos warf er den Umhang ab und ging auf Solo zu.

Solo lächelte ihn aufmunternd an und zeigte auf einen schmalen Korridor. Luke blickte in die angegebene Richtung, lächelte grimmig und stürzte hinein, während Solo in die andere Richtung lief.

Luke fand sich in einer großen, rotierenden Rundkanzel, die aus dem Schiff herausragte. Ein langes, bedrohlich aussehendes Rohr, dessen Zweck klar ersichtlich war, ragte aus dem Scheitelpunkt der durchsichtigen Halbkugel. Luke ließ sich auf dem Sitz nieder und warf hastige Blicke auf die Bedienungskonsole. Hier einschalten, dort der Abzug... Er hatte mit solchen Waffen schon tausendmal Feuergefechte bestanden – in seinen Träumen.

Vorne suchten Chewbacca und Leia die fleckige Grube draußen nach den angreifenden Jägern ab, die sich auf verschiedenen Bildschirmen als Feuerpünktchen näherten. Chewbacca knurrte plötzlich kehlig und riß gleichzeitig an mehreren Hebeln, während Leia aufschrie:

»Da kommen sie!«

Das Feld der Sterne wirbelte um Luke, als ein Spurjäger des Imperiums auf ihn zuschoß und dann über seinem Kopf davonraste und verschwand. Der Jägerpilot zog die Brauen zusammen in seinem winzigen Cockpit, als der vermeintlich hilflose Frachter außer Reichweite fegte. Er betätigte seine Steuerung und schwang sich in weitem Bogen hoch, um das fliehende Schiff erneut abzufangen.

Solo feuerte auf einen anderen Jäger, dessen Pilot den Motor beinahe aus der Verankerung riß, als er verzweifelt versuchte, den mächtigen Energieblitzen auszuweichen. Dabei führten ihn seine wilden Manöver unter dem Frachter hindurch und auf der anderen Seite wieder herauf. Während er noch den Blendungsschirm über die Augen zog, eröffnete Luke das Feuer auf ihn.

Chewbacca achtete abwechselnd auf die Instrumente und die Peilschirme, während Leia sich anstrengte, ferne Sterne von nahen Killern zu unterscheiden.

Zwei Jäger setzten gleichzeitig zum Sturzflug auf den wirbelnden, in Spiralen taumelnden Frachter an und versuchten ihre Waffen auf das unerwartet so manövrierfähige Schiff zu richten. Solo feuerte auf die herabstürzenden Kugeln, und Luke fiel eine Sekunde danach mit seiner Waffe ein. Die beiden Jäger beschossen das Sternschiff und rasten vorbei.

»Sie kommen zu schnell heran!« brüllte Luke in sein Sprechgerät.

Ein anderer feindlicher Energieblitz traf den Frachter vorne und wurde gerade noch von den Ablenkschirmen abgefangen. Das Cockpit bebte heftig, und Instrumente heulten protestierend auf über die Menge an Energie, die sie messen und ausgleichen sollten.

Chewbacca murrte etwas, und Leia murmelte leise eine Antwort, so, als könne sie ihn fast verstehen.

Ein anderer Raumjäger feuerte Salven auf den Frachter ab, und diesmal durchdrang ein Blitz den überlasteten Ablenkschirm und traf den Rumpf des Schiffes. Wenngleich teilweise abgelenkt, verfügte er noch über genügend Wucht, um im Hauptgang eine große Steuertafel wegzusprengen, so daß ein Regen von Funken und Rauch sich in alle Richtungen ergoß. Artoo Detoo ging unbeirrt auf das kleine Inferno zu, als das Schiff seitwärts kippte und den weniger stabilen Threepio in einen Schrank voller Chip-Schaltungen warf.

Im Cockpit blinkte ein Warnlicht. Chewbacca knurrte Leia etwas zu, die ihn sorgenvoll anblickte und sich wünschte, die Wookie-Sprache zu verstehen.

Dann stieß ein Raumjäger auf den beschädigten Frachter herab, genau in Lukes Fadenkreuz. Mit Lippen, die sich lautlos bewegten, feuerte Luke. Das unglaublich wendige kleine Raumfahrzeug hetzte davon, aber als es unten vorbeikam, verfolgte Solo es auf der Stelle und sandte eine Feuerspur hinterher. Schlagartig explodierte der Raumjäger in einem unglaublich grellen, vielfarbigen Blitz und schleuderte Myriaden Teilchen überhitzten Metalls in alle Richtungen des Kosmos.

Solo fuhr herum und winkte Luke triumphierend zu, der freudig zurückwinkte. Dann beugten sie sich wieder über ihre Waffen, als der nächste Jäger über den Frachterrumpf hinwegsauste und auf die Sendeantenne feuerte.

In der Mitte des Hauptgangs loderten wütende Flammen um eine kurzbeinige, zylindrische Gestalt. Aus Artoo Detoos Kopf sprühte ein dünnes, weißes Pulverspray. Das Feuer zuckte überall zurück, wo es vom Sprühregen getroffen wurde.

Luke versuchte sich zu entspannen, hatte aber keine Zeit dazu. Automatisch, fast ohne es wahrzunehmen, schoß er auf einen abfliegenden Raumjäger. Er traf und sah vor der Kanzel die flammenden Bruchstücke des gegnerischen Raumfahrzeugs eine Lichtkugel bilden.

Leia achtete im Cockpit genau auf die verschiedenen Instrumente und suchte dazwischen den Himmel nach weiteren Schiffen ab. Sie sprach in ein nahes Mikrofon:

»Es sind noch zwei davon draußen. Die Seitenmonitoren und den Ablenkschirm steuerbord scheinen wir verloren zu haben.«

»Keine Sorge«, sagte Solo, so hoffnungsvoll wie zuversichtlich, »das Schiff hält sich.« Er starrte die Rumpfinnenwand flehend an. »Hörst du, Schiff? Reiß dich ja zusammen! Chewie, versuch, sie auf Backbordseite zu halten! Wenn wir –« Er mußte abbrechen, als ein Spurjäger aus dem Nichts aufzutauchen schien und Energiestrahlen dem Piloten entgegenfauchten. Auf der anderen Seite des Frachters tauchte der Begleitjäger auf, und Luke feuerte unablässig, nicht achtend der ungeheuren Energie, die ihm zugeschleudert wurde. Im letztmöglichen Augenblick, bevor der Jäger außer Reichweite gelangen konnte, drehte Luke die Mündung der Waffe minimal und zog den Abzug durch. Der Raumjäger verwandelte sich in eine blitzschnell anschwellende Kugelwolke aus leuchtendem Staub. Der andere Jäger schien die verminderten Aussichten zu bedenken, drehte ab und floh mit Höchstgeschwindigkeit.

»Wir haben es geschafft!« rief Leia, drehte sich um und umarmte den verblüfften Wookie. Er knurrte sie an – ganz leise.

Darth Vader trat in den Kontrollraum, wo Gouverneur Tarkin auf einen riesigen, grell leuchtenden Bildschirm starrte. Er zeigte ein Sternenmeer, aber es war nicht der großartige Anblick, der den Gouverneur im Augenblick beschäftigte. Er schaute sich kaum um, als Vader hereinkam.

»Sind sie entkommen?« fragte der Schwarze Lord.

»Sie haben den Sprung in den Hyperraum eben hinter sich gebracht. Zweifellos gratulieren sie sich gerade in diesem Moment zu ihrem Erfolg.« Tarkin drehte sich nach Vader um, mit einem warnenden Unterton in der Stimme. »Ich gehe auf Ihr Drängen hin ein enormes Risiko ein, Vader. Ich hoffe nur, daß das wirklich von Erfolg gekrönt ist. Sind Sie sicher, daß der Peilstrahl an Bord ihres Schiffes funktioniert?«

Vader strahlte hinter der spiegelnden schwarzen Maske Zuversicht aus.

»Keine Sorge. Dieser Tag wird uns noch lange in Erinnerung bleiben. Er war schon Zeuge der endgültigen Auslöschung der Jedi. Bald wird er auch das Ende der Allianz und der Rebellion sehen.«

Solo tauschte den Platz mit Chewbacca; der Wookie war froh, den Platz an der Steuerkonsole aufgeben zu dürfen. Als der Corellaner das Ausmaß der Schäden überprüfen wollte, kam Leia mit entschlossener Miene an ihm vorbei.

»Was meinen Sie, Mädchen?« sagte Solo selbstsicher. »Nicht schlecht, diese Rettung. Wissen Sie, manchmal setze ich mich selbst in Erstaunen.«

»Gut«, antwortete sie lachend. »Aber merken Sie sich, das Entscheidende ist jetzt nicht meine Sicherheit, sondern die Tatsache, daß die Information im R2-Roboter noch intakt ist.«

»Was schleppt der Roboter denn so Wichtiges mit sich rum?«

»Die vollständigen technischen Pläne der Kampfstation. Ich hoffe nur, daß man eine Schwachstelle findet, wenn die Daten geprüft werden. Bis dahin, bis die Station selbst vernichtet ist, müssen wir weitermachen. Der Krieg ist noch nicht vorbei.«

»Für mich schon«, widersprach der Pilot. »Ich gehöre nicht zu der Mission für euren Aufstand. Mich interessiert das Wirtschaftliche, nicht die Politik. Geschäfte kann man unter jeder Regierung machen. Deshalb erwarte ich von Ihnen, Prinzessin, auch, gut dafür bezahlt zu werden, daß ich mein Schiff und meine Haut riskiere.«

»Über Ihre Belohnung brauchen Sie sich keine Sorgen zu machen«, versicherte sie ihm und wandte sich ab. »Wenn Geld das ist, was Sie lieben... werden Sie das auch bekommen.« Als sie das Cockpit verließ, sah sie Luke kommen und sagte im Vorbeigehen leise: »Ihr Freund ist wirklich ein Söldner. Ich frage mich, ob er überhaupt ein Ideal kennt.«

Luke blickte ihr nach, bis sie im großen Frachtraum verschwunden war, dann flüsterte er: »Aber ich... ich kenne ein Ideal.« Dann trat er ins Cockpit und setzte sich auf den Sessel, den Chewbacca eben freigegeben hatte.

»Was halten Sie von ihr, Han?«

Solo zögerte keinen Augenblick.

»Ich gebe mir Mühe, nicht über sie nachzudenken.«

Luke hatte eigentlich nicht die Absicht gehabt, seine Reaktion laut werden zu lassen, aber Solo hörte sein gemurmeltes »gut« trotzdem.

»Immerhin«, fuhr Solo fort, »zu ihrer Frechheit hat sie auch eine gehörige Portion Schwung. Ich weiß nicht, halten Sie es für möglich, daß eine Prinzessin und ein Mann wie ich...?«

»Nein«, fiel ihm Luke scharf ins Wort und wandte sich ab.

Solo belächelte die Eifersucht des jungen Mannes, im Innersten unsicher, ob er diese Bemerkung gemacht hatte, um seinen naiven Freund zu hänseln – oder weil er sie gar ernst meinte.

Javin war keine bewohnbare Welt. Der gigantische Gasriese war gemustert mit pastellfarbenen Wolkenformationen in großer Höhe. Hier und dort wurde die sanft leuchtende Atmosphäre verformt von Zyklonstürmen mit Windgeschwindigkeiten um sechshundert Kilometer in der Stunde, die wirbelnde Gase aus der Troposphäre Javins heraufsogen. Es war eine Welt nachklingender Schönheit und schnellen Todes für jeden, der versuchen mochte, ihren vergleichsweise kleinen Kern vereister Flüssigkeit zu durchdringen.

Mehrere der zahlreichen Monde des Riesenplaneten waren jedoch selbst planetengroß, und von diesen konnten drei humanoides Leben tragen. Besonders einladend war der von den Entdeckern des Systems als Nummer Vier bezeichnete Satellit. Er leuchtete im Mondhalsband Javins wie ein Smaragd, reich an pflanzlichem und tierischem Leben. Unter den Welten, die menschliche Besiedlung gestatteten, war er jedoch nicht aufgeführt. Javin lag von den besiedelten Regionen der Galaxis zu weit ab.

Vielleicht war dieser Grund, oder beide, oder eine Kombination von noch unbekannten Ursachen ausschlaggebend für jene Rasse, die sich einmal aus den Urwäldern von Satellit Vier hervorgewagt hatte, nur um still zu verschwinden, lange bevor der erste menschliche Forscher den Fuß auf die kleine Welt gesetzt hatte. Man wußte wenig von dieser Rasse, außer, daß sie eine Anzahl eindrucksvoller Monumente hinterlassen hatte und daß sie eine der vielen Rassen gewesen war, die zu den Sternen gestrebt, aber zu kurz gegriffen hatte.

Alles, was blieb, waren nun die Hügel und laubumhüllten Klumpen, gebildet von urwaldüberwachsenen Gebäuden. Aber obwohl sie in den Staub zurückgesunken waren, erfüllten ihre Gebilde und ihre Welt weiterhin einen wichtigen Zweck.

Fremdartige Schreie und weithin wahrnehmbare Stöhnlaute tönten von allen Bäumen und Wäldchen; Knurren und Heulen und seltsames Schnarren wurden laut, von Wesen, die sich damit begnügten, im verfilzten Dickicht zu bleiben. So oft die Morgendämmerung über den vierten Mond hereinbrach, einen seiner langen Tage ankündigend, hallte ein wilder Chor von Kreisch- und unheimlich auf- und abschwellenden Brüllauten durch den dichten Nebel.

An einem bestimmten Ort wurden noch sonderbarere Geräusche laut. Hier befand sich das eindrucksvollste der Gebäude, die eine verschwundene Rasse gen Himmel errichtet hatte. Es war ein Tempel, ein Bau in Pyramidenform, so kolossal, daß es undenkbar erschien, er könne ohne die Hilfe moderner gravitonischer Bautechniken errichtet worden sein. Dabei deutete alles nur auf einfache Maschinen hin, auf Hand-Technologie – und vielleicht auf fremdartige, längst verlorengegangene Geräte.

Während die Wissenschaft dieser Mondbewohner sie, was den Raumflug anging, in eine Sackgasse geführt hatte, war es ihnen andererseits gelungen, mehrere Entdeckungen zu machen, die in bestimmter Weise ähnliche Leistungen des Imperiums übertrumpften – eine davon betraf eine phantastische Methode, riesige Steinblöcke aus der Mondrinde zu schneiden und zu transportieren.

Aus diesen gigantischen, massiven Felsblöcken war der Tempel erbaut worden. Der Dschungel hatte sogar seine ungeheure Höhe überwuchert und ihn in sattes Braun und Grün gekleidet. Nur unten am Sockel, an der Tempelfassade, öffnete sich der Urwald und zeigte einen langen, dunklen Eingang, geschaffen von den Erbauern, und vergrößert, um die Bedürfnisse der jetzigen Bewohner zu erfüllen.

Eine winzige Maschine, deren glatte Metallwände und silberne Farbe aus dem wuchernden Grün hervorstachen, tauchte im Wald auf. Sie summte wie ein dicker, aufgedunsener Käfer, als sie ihre Passagiere zum offenen Tempelsockel beförderte. Sie überquerte eine gewaltige Lichtung und wurde bald darauf von dem dunklen Schlund in der Fassade des hochragenden Bauwerks verschlungen. Der Dschungel lag wieder wie vorher da, erfüllt vom Gebrüll und Gekreische einer unsichtbaren Fauna.

Die eigentlichen Erbauer hätten das Innere ihres Tempels nicht wiedererkannt. Genietetes Metall hatte das Gestein ersetzt, und gegossene Trennwände ersetzten Holz. Sie hätten auch die in den Felsboden gegrabenen Schichten nicht sehen können, Schichten, die Hangar um Hangar enthielten, verbunden durch leistungsstarke Aufzüge.

Ein Landgleiter kam im Tempel, dessen erste Etage der oberste dieser mit Raumschiffen angefüllten Hangars war, langsam zum Stehen. Der Motor verstummte, als das Fahrzeug auf den Boden herabsank. Eine laute Gruppe von Menschen, die in der Nähe wartete, lief auf das Fahrzeug zu.

Zum Glück stieg Leia Organa schnell aus dem Gleiter, sonst hätte sie der Mann, der ihn als erster erreichte, einfach herausgezogen, so groß war seine Freude über ihren Anblick. Sie mußte sich aber auch so noch seiner erwehren, als er sie mit solcher Vehemenz an sich preßte, daß sie beinahe erstickt wäre, während seine Begleiter sie lautstark begrüßten.

»Sie sind in Sicherheit! Wir hatten befürchtet, Sie wären umgekommen.« Plötzlich faßte er sich, trat zurück und verbeugte sich förmlich. »Als wir von Alderaan erfuhren, fürchteten wir, daß Sie... mit der ganzen Bevölkerung umgekommen waren.«

»Das ist bereits alles Geschichte, Commander Willard«, sagte sie. »Wir haben eine Zukunft, für die wir leben müssen. Alderaan und seine Menschen sind ausgelöscht.« Ihre Stimme nahm eine bittere Kälte an, erschreckend bei einer so zerbrechlich aussehenden Person. »Wir müssen dafür sorgen, daß sich so etwas nicht wiederholt.«

»Wir haben nicht viel Zeit für unsere Trauer, Commander«, fuhr sie nach einer kleinen Pause fort. »Die Kampfstation hat unsere Spur hierher sicherlich verfolgt.«

Solo wollte etwas einwenden, aber sie brachte ihn mit einem strengen Blick zum Schweigen und setzte hinzu:

»Das ist die einzige Erklärung für unsere so leicht gelungene Flucht. Sie haben uns nur vier Raumjäger nachgeschickt. Sie hätten ebensogut hundert starten lassen können.«

Leia zeigte auf Artoo Detoo.

»Ihr müßt, um einen Angriffsplan zu entwerfen, die Informationen anwenden, die in diesem R2-Roboter enthalten sind. Das ist unsere einzige Hoffnung. Die Station selbst ist mächtiger, als irgend jemand ahnen konnte.« Ihre Stimme wurde leiser. »Wenn die Daten keine Schwäche aufzeigen, wird sie nicht aufzuhalten sein.«

Luke bekam nun einen Anblick geboten, der in seiner Erfahrung, ja in der Erfahrung der meisten Menschen, einzigartig war. Mehrere Techniker der Rebellen traten auf Artoo Detoo zu, stellten sich um ihn herum auf und hoben ihn hoch. Das war das erste- und vermutlich auch das letztemal, daß er erlebte, wie ein Roboter respektvoll von Menschen getragen wurde.

Theoretisch vermochte keine Waffe den ungewöhnlich dichten Fels des uralten Tempels zu durchdringen, aber Luke hatte die zerfetzten Überreste Alderaans gesehen und wußte, daß der ganze Mond für die Leute in der unfaßbaren Kampfstation nicht mehr als ein kleines Problem in der Umwandlung von Masse zu Energie darstellen würde.

Der zufriedene Artoo Detoo ruhte bequem an einem Ehrenplatz; von seinem Körper gingen Computer- und Datenbankanschlüsse in schier endloser Zahl aus. Auf einer Vielzahl von Bildschirmen und Terminals in der Nähe wurde die technische Information, die auf dem sub-mikroskopischen Magnetband aufgezeichnet war, vom Gehirn des Roboters abgespielt.

Zunächst wurde der Datenstrom von leistungsfähigeren Computergehirnen verlangsamt und verarbeitet, dann reichten diese die wesentlichen Informationen an menschliche Analytiker zur genauen Bewertung weiter.

Die ganze Zeit über stand See Threepio in Artoos Nähe und staunte darüber, wie so viele komplexe Daten im Gehirn eines so schlichten Roboters gespeichert sein konnten.

Der zentrale Einsatzraum lag tief im Inneren des Tempels. Der lange, niedrige Saal wurde beherrscht von einem großen Podest und einem riesigen Elektronik-Bildschirm. Piloten, Navigatoren und vereinzelte Artoo-Geräte nahmen die Plätze ein. Ungeduldig und sich fehl am Platze vorkommend, standen Han Solo und Chewbacca weit entfernt von der Bühne mit ihrer Versammlung von Offizieren und Senatoren. Solos Blick suchte in der Versammlung Luke. Trotz scharfer, vom gesunden Menschenverstand diktierter Ermahnungen hatte sich der verrückte junge Mann unter die regulären Piloten gemischt. Solo konnte Luke nicht finden, erkannte jedoch die Prinzessin, die sich mit einem ordengeschmückten alten Mann unterhielt.

Als ein hochgewachsener, würdevoller Herr mit zu vielen Toten auf dem Gewissen an den Bildschirm trat, richtete Solo den Blick auf ihn, wie alle anderen im Saal. Erwartungsvolles Schweigen breitete sich aus, General Jan Dodonna rückte das Mikrofon an seiner Brust zurecht und wies auf die kleine Gruppe, die in seiner Nähe saß.

»Sie kennen alle diese Leute«, erklärte er mit ruhiger Kraft. »Sie sind die Senatoren und Generäle der Welten, die uns unterstützt haben, ob heimlich oder offen. Sie sind erschienen, um in dem Augenblick bei uns zu sein, der durchaus der entscheidende sein könnte.« Er ließ den Blick über die Menge gleiten, die gebannt an seinen Lippen hing und fuhr fort:

»Die Kampfstation des Imperiums, von der Sie nun alle gehört haben, nähert sich von der anderen Seite Javins und seiner Sonne. Sie muß aufgehalten werden – ein für allemal –, bevor sie diesen Mond erreicht, bevor sie ihre Waffe auf uns richten kann, wie gegen Alderaan.« Ein Raunen ging bei der Erwähnung dieser so kaltblütig zerstörten Welt durch die Menge. »Die Station ist stark abgeschirmt«, fuhr Dodonna fort, »und sie verfügt über mehr Feuerkraft als die Hälfte der kaiserlichen Flotte. Ihre Abwehr wurde aber darauf ausgerichtet, Angriffe von sehr großen, mächtigen Raumschiffen abzublocken. Ein kleiner Ein- oder Zweimann-Raumjäger sollte in der Lage sein, die Abschirmungen zu durchbrechen.«

Ein schlanker, drahtiger Mann, der aussah wie ein älterer Han Solo, stand auf. Dodonna sah ihn an.

»Was gibt es, Leitung Rot?«

Der Mann wies auf den Bildschirm, der ein Computerschema der Kampfstation zeigte.

»Entschuldigen Sie die Frage, Sir, aber was sollen unsere Kleinjäger gegen dieses Ding da ausrichten?«

Dodonna überlegte.

»Nun, das Imperium glaubt, ein Einmann-Jäger sei für nichts eine Bedrohung, außer für ein anderes kleines Schiff wie einen Spurjäger, sonst hätte man undurchdringlichere Abschirmungen geschaffen. Anscheinend ist man davon überzeugt, daß die Abwehrwaffen alle leichten Attacken abschlagen können.

Eine Analyse der von Prinzessin Leia gelieferten Pläne hat jedoch ergeben, was nach unserer Meinung eine Schwachstelle in der Konstruktion der Station ist: Ein großes Raumschiff könnte nicht in ihre Nähe gelangen, aber ein X- oder Y-Flügel-Jäger könnte es schaffen.

Es handelt sich um einen kleinen Thermalabgas-Ausgang. Seine Größe untertreibt seine Bedeutung, da er ein unabgeschirmter Schacht zu sein scheint, der unmittelbar in das Hauptreaktorsystem führt, das die Station mit Energie versorgt. Da er als Notauslaß für überschüssige Hitze bei Überproduktion der Reaktoren dient, würde eine Partikelabschirmung seinen Nutzen vereiteln. Ein direkter Treffer würde eine Kettenreaktion auslösen, die zur Vernichtung der Station führen müßte.«

Ungläubiges Murmeln ging durch die Reihen. Je erfahrener die Piloten waren, desto skeptischer zeigten sie sich.

»Ich habe nicht gesagt, daß es einfach für Sie werden würde«, erklärte Dodorina. Er deutete auf den Bildschirm. »Sie müssen in diesem Schacht direkt hinunterstoßen, im Energiegraben in Horizontalflug übergehen und an der Oberfläche bis zu diesem Punkt fliegen. Das Ziel hat einen Durchmesser von nur zwei Metern. Es wird eines genauen Auftreffens bei exakt neunzig Grad bedürfen, um die Reaktoranlage zu erreichen. Und nur ein direkter Treffer wird die vollständige Reaktion auslösen.

Ich habe gesagt, der Auslaß besitze keine Partikelabschirmung. Er ist jedoch völlig gegen Strahlung abgeschirmt. Das bedeutet: keine Energiestrahlen! Sie werden Protontorpedos verwenden müssen!«

Ein paar Piloten lachten trocken. Einer von ihnen, ein halbwüchsiger Jägerjockei, saß neben Luke. Er trug den unwahrscheinlichen Namen Wegde Antilles. Artoo Detoo war ebenfalls zur Stelle und saß neben einem zweiten Artoo-Roboter, der einen langen Pfiff der Hoffnungslosigkeit ausstieß.

»Ein Zweimeter-Ziel bei Höchstgeschwindigkeit – und noch dazu mit einem Torpedo«, schnaubte Antilles. »Das schafft nicht einmal der Computer.«

»Unmöglich ist es trotzdem nicht«, wandte Luke ein. »Ich habe zu Hause mit meiner T 16 Womp-Ratten genau getroffen. Sie sind nicht viel größer als zwei Meter.«

»So, wirklich?« fragte der flott uniformierte Junge spöttisch. »Sag mal, hat es, als du diesen Tieren nachgehetzt bist, noch tausend andere – wie nennst du sie? – ›Womp-Ratten‹ gegeben, die mit Energiegewehren bewaffnet waren und auf dich geschossen haben?« Er schüttelte traurig den Kopf. »Bei der Feuerkraft der Station, die auf uns gerichtet sein wird, braucht man ein bißchen mehr als Bauern-Scharfschützen, glaub mir.«

Als ob er Antilles' Pessimismus bestätigen wollte, deutete Dodonna auf eine Reihe von Lichtern an dem sich ständig verändernden Schema.

»Achten Sie besonders auf diese Stellungen. An den Breitenachsen ist die Feuerkraft von großer Konzentration, außerdem gibt es rund um die Pole starke Batterien.

Außerdem werden die Feldgeneratoren vermutlich sehr viel Verzerrung erzeugen, vor allem im Graben und in seiner Nähe. Ich schätze, daß die Manövrierfähigkeit in diesem Sektor unter Nullkommadrei liegen wird.«

Das rief unter den Zuhörern erneutes Gemurmel, Ächzen und Stöhnen hervor.

»Vergessen Sie nicht«, hub der General wieder an, »Sie müssen einen direkten Treffer landen. Das Geschwader Gelb wird Rot beim ersten Angriff decken. Grün übernimmt die Deckung von Blau beim zweiten. Noch Fragen?«

Ein gedämpftes Summen erfüllte den Saal. Ein Mann stand auf, schlank und gutaussehend – fast zu gutaussehend, so schien es, um bereit zu sein, sein Leben für etwas so Abstraktes wie die Freiheit wegwerfen zu wollen.

»Was ist, wenn beide Angriffe scheitern? Was geschieht dann?«

Dodonna lächelte schief.

»Ein ›dann‹ wird es nicht geben.« Der Pilot nickte langsam und setzte sich.

»Sonst noch jemand?« fragte Dodonna. Es blieb still, und die

Zuschauer schienen voller Erwartung zu sein. »Dann steigen Sie in Ihre Schiffe, und möge die Kraft Sie begleiten.«

Wie Öl, das aus einer flachen Schüssel rinnt, erhoben sich die Reihen von Männern, Frauen und Maschinen und strömten zu den Ausgängen.

Aufzüge summten geschäftig und hoben ständig neue, tödliche Raumfahrzeuge aus den Tiefen empor zum Bereitstellungsraum im Haupthangar des Tempels, als Luke, Threepio und Artoo Detoo zum Hangareingang gingen.

Weder die hin- und hereilenden Besatzungen noch die Bodenmannschaften, noch die Piloten bei ihrer letzten Überprüfung, noch die riesigen Funken, die aufstoben, als Energiekupplungen gelöst wurden, beschäftigten im Augenblick Lukes Aufmerksamkeit. Statt dessen interessierte er sich für das, was zwei ihm viel vertrautere Figuren taten.

Solo und Chewbacca luden einen Stapel kleiner Stahlkassetten auf einen gepanzerten Landgleiter. Sie waren in ihre Beschäftigung völlig vertieft und beachteten nicht, was um sie herum vorging.

Solo hob kurz den Kopf, als Luke und die Roboter herankamen, dann arbeitete er weiter. Luke sah traurig zu, während in seinem Inneren widersprüchliche Gefühle wirr miteinander stritten. Solo war eingebildet, unbekümmert, unduldsam und selbstzufrieden. Er war auch tapfer, fast tollkühn, erfahren und immer fröhlich. Die Kombination machte einen verwirrenden Freund aus ihm – aber doch einen Freund.

»Sie haben Ihre Belohnung bekommen«, meinte Luke schließlich und zeigte auf die Kassetten. Solo nickte nur. »Und jetzt gehen Sie also?«

»Richtig, mein Junge. Ich muß alte Schulden begleichen, und selbst wenn das nicht der Fall wäre, glaube ich kaum, daß ich närrisch genug wäre, mich hier noch länger aufzuhalten.« Er sah

Luke abschätzend an. »Wenn es hart hergeht, sind Sie recht tüchtig. Warum kommen Sie nicht mit mir? Ich könnte Sie gebrauchen.«

Das habgierige Glitzern in Solos Augen machte Luke nur wütend. »Warum sehen Sie sich nicht um und nehmen einmal etwas anderes als sich selbst wahr? Sie wissen, was hier geschehen wird. Die Leute hier sind im Druck und könnten einen guten Piloten gebrauchen. Aber Sie wenden sich einfach ab.«

Solo schien von Lukes Tirade nicht beeindruckt.

»Was nützt einem eine Belohnung, die man nicht ausgeben kann? Die Kampfstation anzugreifen, ist nicht das, was ich mir unter einer mutigen Tat vorstelle – es ist eher Selbstmord.«

»Ja... Passen Sie gut auf sich auf, Han«, sagte Luke leise und wandte sich ab. »Aber dazu muß ich Sie nicht ermahnen, das ist ja genau das, was Sie am besten beherrschen, nicht?« Er ging zurück in den Hangar, begleitet von den beiden Robotern.

Solo blickte ihm nach, zögerte und rief dann: »He, Luke... möge die Kraft Sie begleiten!« Luke drehte sich um und sah, daß Solo ihm zuzwinkerte. Luke nickte, dann verschwand er zwischen den Maschinen und Mechanikern.

Solo wandte sich wieder seiner Arbeit zu, hob eine Kassette auf – und erstarrte, als er sah, wie Chewbacca ihn musterte.

»Was gaffst du denn so, Unhold? Ich weiß, was ich tue. Mach weiter!«

Der Wookie beugte sich langsam wieder über die Kisten, ohne seinen Partner aus den Augen zu lassen.

Die zornigen Gedanken an Solo traten in den Hintergrund, als Luke die zierliche, schlanke Gestalt neben seinem Schiff sah – dem Schiff, das ihm zugeteilt worden war.

»Sind Sie sicher, daß es das ist, was Sie wollen?« fragte ihn Prinzessin Leia. »Es könnte eine tödliche Sache für Sie sein.«

Lukes Blick glitt über den schlanken, gefährlichen Raumjäger. Ruhig sagte er: »Wir werden sehen.«

»Worüber sprachen Sie mit Solo?« fragte Leia.

Luke sah sie achselzuckend an.

»Ich dachte, er würde es sich noch überlegen. Ich hoffte, er würde sich uns anschließen.«

»Jeder muß seinen eigenen Weg gehen«, erwiderte sie und zuckte ebenfalls die Achseln. »Niemand kann ihn für einen anderen bestimmen. Han Solo hat nicht unsere Dinge im Auge. Ich würde mir wünschen, daß es anders wäre, aber ich bringe es nicht über mich, ihn zu verdammen.« Sie stellte sich auf die Zehenspitzen, gab Luke einen kurzen, fast verlegenen Kuß und drehte sich um. »Möge die Kraft Sie begleiten.«

»Ich wünschte mir nur, daß Ben hier wäre«, murmelte Luke, als er sich seinem Schiff zuwandte.

Er dachte so angestrengt an Kenobi, die Prinzessin und Han, daß er die hochgewachsene Gestalt, die ihn am Arm packte, zuerst gar nicht wahrnahm. Er drehte sich zornig um, aber aus dem Zorn wurde höchste Überraschung, als er den anderen erkannte.

»Luke!« rief der etwas Ältere. »Ich glaube es einfach nicht! Wie kommst du denn hierher? Fliegst du mit uns hinaus?«

»Biggs!« Luke umarmte seinen Freund herzlich. »Natürlich bin ich mit dabei.« Sein Lächeln verblaßte ein wenig. »Ich habe keine Wahl mehr.« Dann hellte sich sein Gesicht wieder auf. »Hör zu, ich muß dir viel erzählen...«

Der Lärm, die Freude, das Gelächter der beiden stand im merklichen Gegensatz zu der Ernsthaftigkeit, mit der die anderen Männer und Frauen im Hangar ihrer Arbeit nachgingen. Luke und Biggs erregten die Aufmerksamkeit eines älteren, kriegserfahrenen Mannes, den die jüngeren Piloten nur als Leitung Blau kannten.

Sein Gesicht widerspiegelte Neugier, als er auf die beiden jüngeren Männer zuging. Es war ein Gesicht, durchglüht von demselben Feuer, das in seinen Augen flackerte, ein Brand, entzündet nicht von revolutionärer Leidenschaft, sondern von den vielen

Jahren, in denen er Ungerechtigkeit erlebt hatte. Hinter der väterlichen Miene tobte ein wilder Dämon.

Jetzt interessierten den Alten diese beiden jungen Männer, die in wenigen Stunden Partikel zu Eis erstarrten Fleisches hoch über Javin sein konnten. Einer von ihnen war ihm bekannt.

»Sind Sie nicht Luke Skywalker? Haben Sie auf der Inkom T 65 geübt?«

»Sir«, sagte Biggs, bevor sein Freund antworten konnte, »Luke ist der beste Buschpilot in den Randterritorien.«

Der ältere Mann klopfte Luke lächelnd auf die Schulter, als sie seinen Raumjäger betrachteten.

»Darauf kann man auch stolz sein. Ich habe selbst über tausend Flugstunden in einem Inkom-Himmelhüpfer.« Er schwieg einen Augenblick. »Ich bin einmal Ihrem Vater begegnet, als ich noch sehr jung war, Luke. Er war ein großer Pilot. Sie werden sich da draußen gut halten. Wenn Sie nur halb soviel Talent haben wie Ihr Vater, wird das ganz gewiß der Fall sein.«

»Danke, Sir. Ich werde mir Mühe geben.«

»Ein großer Unterschied zwischen einer X-Flügel-T 65 und einem Himmelhüpfer besteht nicht«, fuhr Leitung Blau fort. Sein Lächeln wirkte plötzlich wild. »Nur ist die Nutzlast von etwas anderer Art.« Er ließ sie allein und strebte seinem eigenen Raumjäger zu. Luke hätte ihm gerne hundert Fragen gestellt und hatte nicht einmal die Zeit für eine gehabt.

»Ich muß zu meinem eigenen Schiff, Luke. Hör zu, du erzählst mir alles, wenn wir zurückkommen, ja?« sagte Biggs.

»Gut. Ich hab' dir doch gesagt, daß ich eines Tages hier sein werde.«

»Richtig.« Sein Freund schloß seinen Kampfanzug. »Es wird sein wie in alten Zeiten, Luke. Wir sind zwei Sternschnuppen, die keiner aufhalten kann.«

Luke lachte. Mit dieser gegenseitigen Versicherung hatten sie sich stets aufgemuntert, wenn sie hinter den abblätternden, zernarbten Gebäuden von Anchorhead Sternschiffe aus Sandhügeln und Baumstämmen gesteuert hatten... vor vielen Jahren.

Wieder wandte Luke sich seinem Schiff zu und bewunderte es. Trotz der Aussage des älteren Mannes fand er, daß es nicht viel Ähnlichkeit mit einem Himmelhüpfer gab. Artoo Detoo wurde in die R2-Steckhülse hinter dem Cockpit hineingeschoben. Eine einsame metallene Gestalt stand unter der Maschine, verfolgte die Arbeiten und scharrte nervös herum.

»Halt dich gut«, sagte See Threepio zu dem kleineren Roboter. »Du mußt zurückkommen. Wenn du nicht zurückkommst, wen soll ich denn dann anbrüllen?« Bei Threepio kam diese Frage einem überwältigenden Gefühlsausbruch gleich.

Artoo pfiff zuversichtlich zu seinem Freund herunter, als Luke hinaufstieg. Weiter unten im Hangar sah Luke schon Leitung Blau im Beschleunigungssessel sitzen und seiner Bodenmannschaft ein Zeichen geben. Weiteres Röhren verstärkte das ohnehin schon ungeheure Getöse im Hangar, als Schiff um Schiff den Antrieb einschaltete. Der dröhnende Donner im umschlossenen Tempelbereich war von einer überwältigenden Kraft.

Luke schlüpfte ins Cockpit und studierte die Steuerung, als die Bodenmechaniker ihn mittels Kabeln und Anschlüssen mit der Maschine verbanden. Seine Zuversicht wuchs. Die Instrumentierung war bewußt einfach gehalten und glich, wie Leitung Blau angedeutet hatte, der seines alten Himmelhüpfers in der Tat beträchtlich.

Etwas klopfte an seinen Helm, und er blickte nach links, wo der Chef des Bodenteams sich zu ihm beugte und schreien mußte, um das ohrenbetäubende Heulen vieler Motoren zu übertönen:

»Ihr R2 scheint ein bißchen stark mitgenommen zu sein. Wollen Sie einen anderen?«

Luke schaute sich kurz nach dem Roboter um, bevor er antwortete. Artoo Detoo sah aus wie ein fester Bestandteil des Jägers.

»Auf keinen Fall. Der Roboter und ich haben gemeinsam sehr viel durchgemacht. Alles klar, Artoo?«

Der Roboter antwortete mit einem beruhigenden Pfiff.

Als der Bodenmechaniker heruntersprang, schloß Luke die letzte Überprüfung der Instrumente ab. Langsam kam ihm zum Bewußtsein, was er und die anderen vorhatten. Nicht, daß seine persönlichen Gefühle gegen seine Entscheidung, sich dem großen Kampf anzuschließen, aufkamen. Er war nicht länger ein einzelner, der allein dafür da zu sein schien, seine persönlichen Bedürfnisse zu befriedigen. Jetzt verband ihn etwas mit allen anderen Männern und Frauen in diesem Hangar.

Rings um ihn fanden, überall verstreut, Abschiedsszenen statt – manche ernst, manche spaßig, alle mit der Maske der Effizienz vor dem wahren Gefühl. Luke wandte sich von einer Stelle ab, wo ein Pilot eine Mechanikerin, vielleicht eine Schwester oder Ehefrau oder auch eine Freundin, mit einem leidenschaftlichen Kuß verabschiedete.

Er fragte sich, wie viele von ihnen ihre eigene kleine Rechnung mit dem Imperium zu begleichen hatten. In seinem Helm schnarrte etwas. Er drückte auf einen kleinen Hebel. Die Maschine begann zu rollen, langsam, aber mit zunehmender Geschwindigkeit, auf den gähnenden Eingang des Tempels zu.

12

Leia Organa saß stumm vor dem großen Bildschirm, der Javin und seine Monde zeigte. Ein großer, roter Punkt bewegte sich mit gleichbleibender Geschwindigkeit auf den vierten Satelliten zu. Dodonna und mehrere andere Befehlshaber der Allianz standen hinter ihr, den Blick wie gebannt auf den Schirm gerichtet. Um den vierten Mond tauchten winzige grüne Punkte auf und vereinigten sich zu kleinen Wolken, wie schwebende, smaragdene Mücken.

Dodonna legte die Hand auf ihre Schulter. »Der rote Punkt stellt das Vorrücken der Kampfstation in das System Javin dar.«

»Unsere Schiffe sind alle gestartet«, erklärte ein Commander hinter ihm.

Ein einzelner Mann stand allein in dem zylindrischen Saal, auf der Spitze eines papierdünnen Turms verankert. Durch fest montierte Elektroteleskope blickend, war er der einzige sichtbare Repräsentant der ungeheuren, unter dem grünen Dschungel verborgenen Technologie.

Von den höchsten Baumwipfeln drangen gedämpfte Schreie, klang uriges Gurgeln zu ihm. Manches wirkte erschreckend, aber nichts wies so sehr auf gezügelte Macht wie die vier silbernen Sternschiffe, die über dem Beobachter heranschossen. In enger Formation fegten sie durch feuchte Luft und verschwanden binnen Sekunden in der morgendlichen Wolkendecke hoch am Himmel. Schallschatten ließen Sekunden später die Bäume erzittern, in einem vergeblichen Versuch, die Motoren einzuholen, von denen sie hervorgebracht worden waren.

Die Raumjäger formierten sich zu Angriffsgruppen in X- und Y-Flügel-Geschwadern und entfernten sich vom Mond, hinaus, durch und vorbei an der ozeanischen Atmosphäre von Javin, um sich dem technologischen Henker zu stellen.

Der Mann, der die Begegnung zwischen Luke und Biggs verfolgt hatte, klappte das Blendvisier herunter und rückte seine halb automatische, halb auf Handbedienung eingestellte Zielvorrichtung zurecht, während er die Maschinen links und rechts seines Jägers überblickte.

»Geschwader Blau«, sagte er ins Mikrofon, »hier spricht Leitung Blau. Selektoren einregulieren und melden. Annäherung an Ziel bei einskommadrei ...«

Vor ihnen begann die grelle Kugel, die wie einer der Monde Javins aussah, aber keiner war, immer gleißender zu leuchten. Sie gab ein unheimliches, metallisches Glühen von sich, das keinerlei Ähnlichkeit mit dem Licht eines natürlichen Satelliten hatte. Während der Geschwaderführer zusah, wie die riesige Kampfstation um den Rand von Javin herumschwebte, dachte er zurück an die vergangenen Jahre, an die unzähligen Ungerechtigkeiten, an die Unschuldigen, die zum Verhör abgeholt worden und nie mehr zurückgekommen waren – an alles Böse, das eine immer korruptere und gewissenlosere Imperiums-Regierung auf dem Gewissen hatte.

»Das wär's, Jungs«, sagte er ins Mikrofon. »Blau Zwei, Sie sind zu weit außen. Kommen Sie näher ran, Wedge.«

Der junge Pilot, den Luke im Einsatzraum des Tempels kennengelernt hatte, blickte nach Steuerbord und wieder auf seine Instrumente. Er runzelte die Stirn und schob sich näher heran.

»Verzeihung, Chef. Mein Peilgerät scheint ein bißchen abzuweichen. Muß auf Handschaltung gehen.«

»Verstanden, Blau Zwei. Achten Sie drauf. An alle: Fertigmachen zum Einschalten der S-Folien für Angriff.«

Eine nach der anderen, von Luke und Biggs, Wedge und den anderen Angehörigen des Angriffgeschwaders Blau, kamen die Meldungen zurück.

»Fertigmachen« ...

»Einschalten«, befahl Leitung Blau, als John D. und Piggy angezeigt hatten, daß sie bereit waren.

Die Doppelflügel an den X-Jägern teilten sich wie schmale Samenkörner. Jeder Raumjäger zeigte nun vier Flügel; die tragflächenmontierten Waffen und vier Motoren für maximale Feuerkraft und Manövrierfähigkeit waren bereit.

Die Station des Imperiums vor ihnen wuchs weiter. Merkmale der Oberfläche wurden erkennbar, und die Piloten sahen Dockbuchten, Sendeantennen und andere Berge und Schluchten von Menschenhand.

Als Luke sich zum zweitenmal der bedrohlichen schwarzen Kugel näherte, schlug sein Puls schneller.

Irgend etwas begann sein Schiff zu stoßen, so, als sei er wieder in seinem Himmelhüpfer und ringe mit den unberechenbaren Winden von Tatooine. Er erlebte einen unangenehmen Augenblick der Unsicherheit, bis die beruhigende Stimme von Leitung Blau in seinen Ohren ertönte:

»Wir fliegen durch die Außenabschirmung von denen. Festhalten! Schwebesteuerung sperren und die eigenen Ablenkschirme einschalten!«

Das Schütteln und Schleudern hielt an, wurde schlimmer. Luke, der nicht wußte, wie er dagegen vorgehen sollte, tat genau, was richtig war: er behielt die Fassung und hielt sich an die Anweisungen. Dann verschwand die Turbulenz, und die tödliche kalte Friedlichkeit des Weltraums kehrte zurück.

»Das war's, wir sind durch«, sagte Leitung Blau ruhig. »Alle Frequenzen Ruhe, bis wir sie erreicht haben. Es sieht nicht so aus, als rechneten sie mit großem Widerstand.«

Obwohl die Hälfte der großen Station im Schatten blieb, waren sie schon nahe genug, um auf der Oberfläche einzelne Lichter unterscheiden zu können. Ein Schiff, das Phasen wie ein Mond durchlaufen konnte... wieder staunte Luke über die irregeleitete Einfallskraft und Leistung, die hinter dieser Konstruktion steckten. Tausende von Lichtern, auf der gewölbten Weite verstreut, erweckten den Eindruck einer fliegenden Stadt.

Einige von Lukes Kameraden, die der Station zum erstenmal begegneten, waren sogar noch tiefer beeindruckt.

»Seht euch an, wie groß das Ding ist!« stieß Wedge Antilles über die eingeschaltete Sprechanlage hervor.

»Blau Zwei, Schnauze halten!« knurrte Leitung Blau. »Auf Angriffsgeschwindigkeit beschleunigen!«

Grimmige Entschlossenheit zeigte sich in Lukes Miene, als er einige Schalter über seinem Kopf betätigte und das Computerzielgerät justierte. Artoo Detoo starrte auf die näherkommende Station und dachte unübersetzbare elektronische Gedanken.

Leitung Blau verglich die Station mit dem Ort ihres empfohlenen Zielgebiets.

»Leitung Rot«, rief er ins Mikrofon, »hier ist Leitung Blau. Wir sind in Position; Sie können anfliegen. Der Auslaßschacht ist weiter nördlich. Wir beschäftigen die Burschen hier unten schon.«

Leitung Rot war körperlich das genaue Gegenstück zu Lukes Geschwaderkommodore. Er sah aus, wie man sich einen Kreditbuchhalter vorstellte – klein, zierlich, scheu. Seine Fähigkeiten und seine Entschlossenheit jedoch waren um nichts geringer als die seines Gegenstücks und alten Freundes.

»Wir machen uns auf den Weg zum Zielschacht, Dutch. Greift ein, falls etwas schiefgeht.«

»Verstanden, Leitung Rot«, erwiderte der andere. »Wir überfliegen die Äquatorachse und versuchen, das Hauptfeuer auf uns zu ziehen. Möge die Kraft euch begleiten.«

Aus dem sich nähernden Pulk scherten zwei Geschwader aus. Die X-Flügel-Schiffe stürzten sich hinab auf die Rundung der Station tief unten, während die Y-Schiffe hinab- und über ihre Oberfläche nach Norden kurvten.

Im Innern der Station begannen Alarmsirenen ein klagendes, lärmendes Geheul, als die langsam reagierende Besatzung begriff, daß die unüberwindliche Festung tatsächlich einem organisierten Angriff ausgesetzt war. Admiral Motti und seine Taktiker hatten angenommen, der Widerstand der Rebellen werde sich auf eine massive Verteidigung des Mondes selbst beschränken.

Die Leistungsfähigkeit der imperialen Maschinerie stand aber im Begriff, dieses strategische Versehen auszugleichen. Soldaten stürmten zu den riesigen Waffenstellungen. Servoanlagen dröhnten, als mächtige Motoren die gigantischen Geräte feuerbereit machten. Bald hüllte ein Netz der Vernichtung die Station ein, als

Energiewaffen, elektrische Blitze und Explosivkörper die sich nähernden Rebellenschiffe empfingen.

»Hier Blau Fünf«, sagte Luke in sein Mikrofon, als er mit seinem Schiff in den Sturzflug überging, um die elektronischen Voraussagegeräte zu verwirren. Die graue Oberfläche der Kampfstation fegte an seinen Sichtfenstern vorbei. »Ich greife an.«

»Bin hinter dir, Blau Fünf«, tönte eine Stimme in seinem Ohr, die er als die von Biggs erkannte.

Das Ziel in Lukes Visier war so stabil, wie das der Verteidiger in der Station unangreifbar. Blitze zuckten aus den Waffen des kleinen Raumjägers. Einer löste einen Großbrand auf der verschatteten Oberfläche aus, der lodern würde, bis die Besatzung der Station die Luftzufuhr zum beschädigten Sektor abschalten konnte.

Lukes Freude verwandelte sich aber in Entsetzen, als er begriff, daß er mit seiner Maschine nicht mehr rechtzeitig würde ausweichen können, um zu verhindern, daß er durch den Feuerball unbekannter Zusammensetzung flog.

»Hochziehen, Luke, hochziehen!« schrie Biggs.

Aber trotz der Befehle, den Kurs zu ändern, wollten die automatischen Anlagen die nötige Zentrifugalkraft nicht liefern. Lukes Jäger stürzte hinab in die sich ausdehnende Kugel überhitzter Gase.

Dann war er hindurch und frei, auf der anderen Seite. Die schnelle Überprüfung der Steuerung erlaubte ihm, aufzuatmen. Der Flug durch die ungeheure Hitze war so schnell vor sich gegangen, daß nichts Wichtiges beschädigt worden war, wenngleich schwarze Verkohlungsstreifen an allen vier Tragflächen bezeugten, wie knapp er davongekommen war.

Höllenblumen erblühten rings um sein Schiff, als er es in engem Bogen hoch- und herumzog.

»Alles in Ordnung, Luke?« fragte Biggs besorgt.

»Wäre fast ein bißchen geröstet worden, aber mir fehlt nichts.«

Eine andere, strenge Stimme meldete sich.

»Blau Fünf«, warnte der Geschwaderkommodore, »lassen Sie sich lieber mehr Zeit, sonst vernichten Sie nicht nur den Gegner, sondern sich selbst auch.«

»Ja, Sir. Jetzt komme ich zurecht. Wie Sie ganz richtig sagten – es ist nicht ganz genau so wie in einem Himmelhüpfer.«

Energieblitze und sonnengrelle Strahlen erzeugten weiterhin ein chromatisches Labyrinth im Weltraum über der Station, als die Rebellenjäger kreuz und quer über ihre Oberfläche huschten und auf alles feuerten, das sich als lohnendes Ziel darbot. Zwei von den winzigen Maschinen konzentrierten sich auf ein Energie-Terminal. Es explodierte und schleuderte flächenblitzgroße elektrische Lichtbogen aus dem Inneren der Station.

Im Inneren wurden Soldaten, Roboter und Geräte von Nachexplosionen in alle Richtungen gefegt, als die Wirkung der Sprengung sich über Schächte und Leitungen ausbreitete. Wo die Explosion ein Loch in die Rumpfwand gerissen hatte, saugte die entweichende Luft hilflose Soldaten und Roboter hinaus in ein bodenloses, schwarzes Grab.

Darth Vader ging von Stellung zu Stellung, eine Gestalt schwarzer Ruhe inmitten des Chaos. Ein gehetzter Commander eilte auf ihn zu und meldete atemlos: »Lord Vader, wir zählen mindestens dreißig von ihnen, zwei Typen. Sie sind so klein und schnell, daß die montierten Waffen ihnen nicht exakt folgen können. Sie weichen den Voraussagegeräten immer wieder aus.«

»Alle Spurjäger-Besatzungen zu ihren Maschinen! Wir müssen hinaus und sie Schiff für Schiff vernichten!«

In vielen Hangars leuchteten rote Lampen auf, und Alarmanlagen schrillten. Bodenmannschaften arbeiteten fieberhaft, um die Schiffe startbereit zu machen, während die Piloten in ihren Kombinationen nach Helmen und Geräten griffen.

»Luke«, sagte der Kommodore, als er durch einen Feuerregen fegte, »geben Sie mir Bescheid, wenn Sie wieder bereit sind.«

»Bin schon unterwegs.«

»Aufpassen«, drängte die Stimme über die Sprechanlage. »Von der Steuerbordseite des Ablenkturms kommt starker Beschuß.«

»Schon gesehen, keine Sorge«, erwiderte Luke zuversichtlich. Er drehte sich während des Sturzflugs um die eigene Achse und raste erneut über Metallhorizonte. Antennen und kleine, herausragende Stellungen gingen in Flammen auf, als Blitze aus seinen Tragflächenenden mit tödlicher Genauigkeit trafen.

Er grinste und zog die Maschine hoch, während gleißende Energielinien den Raum durchzuckten, wo er eben noch gewesen war. Der und jener sollte ihn holen, wenn das nicht doch wie bei der Jagd auf die Womp-Ratten zu Hause in den Schluchten von Tatooine war.

Biggs folgte Luke mit einer gleichartigen Attacke, während die Piloten in der Station zum Start ansetzten. In den vielen Hangars hetzten Techniker umher, lösten Stromkabel und nahmen verzweifelt letzte Überprüfungen vor.

Besondere Aufmerksamkeit galt einem ganz bestimmten Raumjäger auf einer der vordersten Startpositionen, demjenigen, in den Darth Vader sich nur mit allergrößter Anstrengung hineinzwängen hatte können.

Die Atmosphäre der Befehlszentrale im Tempel war von nervöser Erwartung beherrscht. Gelegentliche Summtöne vom blinkenden Hauptkampf-Bildschirm klangen lauter als das Gemurmel hoffnungsvoller Menschen, die sich bemühten, einander Mut zuzusprechen. In der Nähe einer entlegenen Ecke der Ballung flackernder Lichter beugte sich ein Techniker tiefer über seine Instrumente, bevor er in sein Mikrofon sagte: »Geschwaderführer – Achtung! Geschwaderführer – Achtung! Wir haben neue Signale von der Rückseite der Station. Feindliche Abfangjäger unterwegs.«

Luke hörte die Meldung gleichzeitig mit den anderen. Er begann den Himmel nach den vorausgesagten Jagdschiffen des Imperiums abzusuchen, dann blickte er auf seine Instrumente.

»Mein Gerät zeigt nichts an. Ich kann nichts sehen.«

»Weiterhin Sichtprüfung«, befahl Leitung Blau. »Bei diesem Energiegewirr sind die da, bevor Ihr Peilgerät etwas anzeigt. Vergessen Sie nicht, die können alle Instrumente an Bord zerstören, nur Ihre Augen nicht.«

Luke nickte und sah auch schon einen Gegner, der eine X-Flügel-Maschine verfolgte – ein X-Schiff mit einer Nummer, die Luke sofort erkannte.

»Biggs!« schrie er. »Du hast einen aufgelesen. Hinter dir – Vorsicht!«

»Ich kann ihn nicht sehen«, stieß sein Freund erschrocken hervor. »Wo ist er? Ich sehe ihn nicht.«

Luke konnte nichts tun, als Biggs' Schiff von der Oberfläche der Station davon – und in den Weltraum hinaufschoß, verfolgt von dem gegnerischen Raumjäger. Das feindliche Schiff feuerte beharrlich, und die Blitzstrahlen schienen sich dem Rumpf von Biggs' Jäger immer mehr zu nähern.

»Er sitzt mir im Nacken«, tönte es in Lukes Cockpit. »Ich kann ihn nicht abschütteln.« Biggs fegte mit wilden Manövern zurück zur Station, aber der verfolgende Pilot zeigte keinerlei Neigung, sich abhängen zu lassen.

»Durchhalten, Biggs!« rief Luke und riß sein Schiff so steil herum, daß die Gyrogeräte aufheulten. »Ich komme!«

Der gegnerische Pilot hatte sich in die Hetzjagd auf Biggs so verbissen, daß er Luke nicht bemerkte, der sein Schiff rotieren ließ, aus dem tarnenden Grau unten heraufschoß und sich hinter den Feind setzte.

Das elektronische Fadenkreuz stellte sich nach den Computerangaben ein, und Luke feuerte wiederholt. Es gab eine kleine Explosion im Raum – winzig im Vergleich zu den ungeheuren Energiemengen, die von den Stellungen auf der Oberfläche der Kampfstation hinausgeschleudert wurden – aber die Explosion war für drei Leute von besonderer Bedeutung: für Luke, für Biggs und vor allem für den Piloten des Spurjägers, der mit seinem Schiff verdampft wurde.

»Hab' ihn!« murmelte Luke.

»Ich hab' einen! Ich hab' einen!« dröhnte ein Triumphschrei aus der Bordsprechanlage. Luke identifizierte die Stimme als die eines jungen Piloten, der John D. genannt wurde. Ja, da hetzte Blau Sechs einen anderen Raumjäger des Imperiums über die Metallandschaft. Strahlen zuckten ununterbrochen aus dem X-Schiff, bis der Spurjäger auseinanderbarst und blattartige, glitzernde Metallfragmente in alle Richtungen geschleudert wurden.

»Gut gemacht, Blau Sechs«, sagte der Kommodore. Dann fügte er hastig hinzu: »Achtung, Sie haben einen hinter sich.«

Das strahlende Lächeln auf dem Gesicht des jungen Mannes im Cockpit verschwand augenblicklich, als er sich umschaute, ohne seinen Verfolger entdecken zu können. In der Nähe flammte etwas, so nah, daß sein Sichtfenster an Steuerbord platzte. Dann ein Treffer in noch größerer Nähe, und das Innere des jetzt offenen Cockpits wurde zu einem Flammenmeer.

»Ich bin getroffen, bin getroffen!« Das war alles, was er noch schreien konnte, bevor ihn der Tod ereilte. Der Kommodore, weit darüber und seitlich abseits, sah, wie John D. 's Schiff als glühende Kugel aufleuchtete. Seine Lippen mochten ein wenig weißer geworden sein, das war alles an Reaktion, was er zeigte. Er hatte wichtigere Dinge zu bedenken.

Auf dem vierten Mond Javins begann in diesem Augenblick ein großer Bildschirm zu flackern und zu erlöschen, wie John D. Sekunden zuvor. Besorgte Techniker liefen durcheinander. Einer von ihnen sah Leia, die aufmerksamen Befehlshaber und einen großen, bronzefarbenen Roboter bedrückt an.

»Der Hoch-Band-Empfänger ist ausgefallen. Es wird eine Weile dauern, bis er repariert ist...«

»Tun Sie, was Sie können!« fauchte Leia. »Schalten Sie auf akustischen Empfang allein!«

Jemand hörte es, und im nächsten Augenblick war der Raum erfüllt von den Geräuschen der fernen Schlacht und den Stimmen der Kämpfenden.

»Näher ran, Blau Zwei, näher ran!« sagte der Kommodore. »Achten Sie auf die Türme!«

»Starker Beschuß, Chef«, tönte die Stimme von Wedge Antilles, »bei dreiundzwanzig Grad.«

»Sehe ich. Hochziehen, hochziehen! Wir stoßen auf Sperrfeuer.«

»Ich kann es nicht glauben«, stammelte Biggs. »Solche Feuerkraft habe ich noch nie erlebt!«

»Wegziehen, Blau Fünf, wegziehen!« Eine Pause, dann:

»Luke, hören Sie mich? Luke?«

»Alles in Ordnung, Chef«, erwiderte Luke. »Ich habe ein Ziel. Ich nehm' es mir vor.«

»Da unten ist zu viel los, Luke«, sagte Biggs. »Steig aus! Verstanden, Luke? Zieh weg!«

»Brechen Sie ab, Luke!« befahl der Kommodore. »Das Sperrfeuer ist zu stark. Luke, ich wiederhole, brechen Sie ab! Ich kann ihn nicht sehen. Blau Zwei, sehen Sie Blau Fünf?«

»Negativ«, erwiderte Wedge sofort. »Hier ist eine Feuerzone, die man kaum für möglich hält. Meine Kameras sind gestört. Blau Fünf, wo sind Sie? Luke, alles in Ordnung?«

»Es hat ihn erwischt«, sagte Biggs tonlos. Dann wurde seine Stimme lauter. »Nein, wartet... da ist er! Scheint einen leichten Flossenschaden zu haben, aber der Junge ist in Ordnung.«

Erleichterung machte sich in der Befehlszentrale breit, am auffälligsten im Gesicht der zierlichsten, schönsten Senatorin, die anwesend war.

In der Kampfstation wurden erschöpfte und von dem Dröhnen der großen Geschütze halb taube Soldaten durch frische Truppen ersetzt. Keiner hatte Zeit, sich zu fragen, wie der Kampf stand, und im Augenblick kümmerte es auch keinen besonders, eine Einstellung, die sie mit allen einfachen Soldaten seit Beginn der Geschichte gemein hatten.

Luke fegte tollkühn in niedriger Höhe über die Oberfläche der Station, die Aufmerksamkeit ganz auf einen fernen Metallausläufer gerichtet.

»In der Nähe bleiben, Blau Fünf«, sagte der Kommodore. »Wo wollen Sie hin?«

»Ich habe ausgemacht, was nach einem Seitenstabilisator aussieht«, erwiderte Luke. »Den nehme ich mir mal vor.«

»Aufpassen, Blau Fünf. Starker Beschuß in Ihrem Bereich.«

Luke beachtete die Warnung nicht und raste mit dem Raumjäger direkt auf den seltsam geformten Vorsprung zu. Seine Entschlossenheit wurde belohnt, als er ihn, nachdem er eine Salve abgefeuert, in einem spektakulären Feuerball explodieren sah.

»Erwischt!« sagte er. »Fliege weiter südlich zum nächsten.«

In der Tempelfestung der Rebellen lauschte Leia gebannt. Sie schien gleichzeitig zornig und ängstlich zu sein. Schließlich drehte sie sich nach Threepio um und murmelte: »Warum geht Luke so viele Risiken ein?« Der große Android antwortete nicht.

»Aufpassen, Luke!« rief Biggs. »Aufpassen! Jäger über dir, die angreifen!«

Leia strengte sich an, das, was sie nun hören konnte, auch optisch zu sehen und sich auszumalen. Sie war nicht die einzige, die das tat.

»Hilf ihm, Artoo«, flüsterte Threepio vor sich hin, »und sieh zu, daß du durchhältst.«

Luke setzte seinen Sturzflug selbst dann noch fort, als er sich umblickte und den von Biggs signalisierten Feind knapp hinter sich sah. Widerwillig zog er aber dann doch die Maschine von der

Oberfläche der Station hoch und verzichtete auf sein Ziel. Sein Verfolger, ein erstklassiger Pilot, holte dennoch auf.

»Ich kann ihn nicht abschütteln«, meldete Luke.

Durch den Himmel raste etwas auf die beiden Schiffe zu.

»Bin schon hinter ihm, Luke!« schrie Wedge Antilles. »Durchhalten!«

Luke brauchte nicht lange zu warten. Wedges Zielsicherheit ließ nichts zu wünschen übrig, und der Spurjäger verschwand kurz danach in einem gleißenden Lichtschein.

»Danke, Wedge«, murmelte Luke und atmete auf.

»Gut gemacht, Wedge«, sagte Biggs. »Blau Vier, ich greife an. Deckung, Porkins.«

»Bin schon dabei, Blau Drei«, meldete der andere Pilot.

Biggs flog an und feuerte aus allen Rohren. Niemand konnte danach genau sagen, was er getroffen hatte, aber der kleine Turm, der unter seinen Energiestrahlen explodierte, war offenkundig von größerer Wichtigkeit als vermutet.

Eine Reihe unmittelbar aufeinanderfolgender Explosionen pflanzte sich über einen großen Sektor der Stationsoberfläche hinweg fort, von einem Terminal zum nächsten. Biggs war schon über dieses Gebiet hinausgeschossen, aber sein Begleiter, in einigem Abstand hinter ihm, bekam eine volle Dosis der Energie ab, die unten freigesetzt worden war.

»Ich habe ein Problem«, meldete Porkins. »Mein Energieumwandler dreht durch.« Das war eine Untertreibung. Sämtliche Instrumente in seinem Cockpit waren gleichzeitig in Raserei verfallen.

»Aussteigen – aussteigen, Blau Vier«, riet Biggs. »Blau Vier, verstanden?«

»Es geht schon«, sagte Porkins. »Ich kann sie halten. Machen Sie mir ein wenig Platz, Biggs.«

»Sie sind zu tief!« schrie sein Begleiter. »Hochziehen, hochziehen!«

Da die Instrumente keine brauchbaren Anzeigen mehr lieferten, war Porkins mit seinem Schiff von einer der großen, schwerfälligen Energiekanonen auf der Oberfläche leicht zu verfolgen. Sie tat, was ihre Konstrukteure vorgesehen hatten. Porkins' Untergang war so glorios wie plötzlich.

In Polnähe der Station war es vergleichsweise ruhig. Die Attakken der Geschwader Blau und Grün auf den Äquator waren so heftig gewesen, daß die Abwehr der Station sich dorthin konzentriert hatte. Der Kommodore des Geschwaders Rot betrachtete den falschen Frieden mit düsterem Mißtrauen, denn er wußte, daß die Ruhe nicht lange anhalten konnte.

»Leitung Blau, hier Leitung Rot«, sagte er ins Mikrofon. »Wir greifen an. Der Auslaßschacht ist ausgemacht und markiert. Keine Flak und auch noch keine feindlichen Maschinen hier oben. Sieht so aus, als könnten wir es zumindest einmal ungestört versuchen.«

»Verstanden, Leitung Rot«, erwiderte sein Gegenstück. »Wir werden versuchen, sie hier unten zu beschäftigen.«

Drei Y-Flügel-Jäger stürzten von den Sternen herab auf die Oberfläche der Kampfstation zu. Im letztmöglichen Augenblick schwenkten sie ab und tauchten in einen tiefen Canyon, einen von vielen, die den Nordpol des Todesplaneten durchzogen. Metallene Wälle fegten auf drei Seiten an ihnen vorbei.

Der Kommodore des roten Geschwaders schaute sich um und konnte keine feindlichen Maschinen entdecken. Er drehte an einem Regler und sagte zu seinen Leuten: »Es geht los, Jungs. Vergeßt nicht, wenn ihr glaubt, ihr seid ganz nah dran, dann müßt ihr noch näher hin, bevor ihr den Stein schmeißt. Alle Energie auf die vorderen Ablenkschirme – ganz egal, mit was sie euch von der Seite bewerfen. Darum können wir uns jetzt nicht kümmern.«

Einheiten der Station, die am Graben stationiert waren, wurden unsanft darauf aufmerksam gemacht, daß ihr bislang unbeachteter Bereich angegriffen wurde. Sie reagierten schnell, und nach kurzer Zeit rasten den anfliegenden Raumjägern Energieblitze in immer dichteren Schwärmen entgegen. Ab und zu explodierte einer davon in der Nähe der rasenden Y-Schiffe und beutelte sie, ohne aber ernstliche Schäden anzurichten.

»Bißchen aggressiv, die Burschen, wie?« sagte Rot Zwei.

Der Kommodore reagierte gelassen.

»Wie viele Geschütze schätzen Sie, Rot Fünf?«

Rot Fünf, bei den meisten Rebellenpiloten als Pops bekannt, brachte es auf irgendeine Weise fertig, die Abwehrkräfte am Graben abzuschätzen, während er gleichzeitig seinen Jäger durch den Feuerhagel steuerte. Sein Helm war von den Einwirkungen zu vieler Kämpfe, als daß ein einziger sie eigentlich alle hätte überstehen dürfen, fast bis zur Unbrauchbarkeit verbeult.

»Ungefähr zwanzig Batterien, würde ich sagen«, meldete er schließlich, »manche an der Oberfläche, andere in den Türmen.«

Der Kommodore quittierte die Meldung mit einem Brummlaut und zog die Computer-Zielscheibe vors Gesicht. Die Maschine wurde von Explosionen im Raum geschüttelt.

»Umschalten auf Zielcomputer«, sagte er.

»Rot Zwei«, kam eine Meldung, »Computer angeschlossen, und ich habe ein Signal.« Die Stimme des Piloten klang erregt.

Aber der Senior-Pilot unter den Rebellen, Rot Fünf, war erwartungsvoll kühl und zuversichtlich – auch wenn es sich nicht so anhörte, als er vor sich hinmurmelte: »Kein Zweifel, das wird so eine Sache werden.«

Unerwartet hörte das Abwehrfeuer aus den Geschützstellungen auf. Eine unheimliche Stille lag über dem Graben, während die Oberfläche weiterhin an den dahinfegenden Y-Schiffen vorbeihuschte.

»Was ist denn?« stieß Rot Zwei hervor und schaute sich besorgt um. »Sie haben aufgehört. Warum?«

»Gefällt mir nicht«, knurrte der Kommodore. Aber nichts behinderte jetzt ihren Anflug, es gab keine Energieblitze, denen man ausweichen mußte.

Es war Pops, der als erster die Finte des Gegners richtig einschätzte.

»Heck-Ablenkschirme verstärken«, sagte er. »Auf feindliche Jäger achten.«

»Genau getroffen, Pops«, bestätigte der Kommodore nach einem Blick auf die Instrumente. »Da kommen sie. Drei Stück bei zweihundertzehn.«

Eine mechanische Stimme leierte die schrumpfende Entfernung zu ihrem Ziel herunter, aber sie schrumpfte nicht schnell genug.

»Hier unten sind wir lebendige Zielscheiben«, meinte er nervös.

»Nützt nichts, wir müssen das durchsteh'n«, erklärte der Alte. »Wir können uns nicht verteidigen und gleichzeitig auf das Ziel losgehen.« Er kämpfte alte Reflexe nieder, als sein Bildschirm drei Spurjäger in enger Formation zeigte, die fast vertikal auf sie herabstürzten.

»Drei-acht-eins-null-vier«, sagte Darth Vader, die Hände ruhig am Steuerknüppel. Die Sterne huschten hinter ihm vorbei. »Die übernehme ich selbst. Gebt mir Deckung.«

Rot Zwei starb als erster. Der junge Pilot wußte nicht, was ihn traf, sah seinen Henker nicht. Trotz seiner Erfahrung war der Kommodore des roten Geschwaders einer Panik nahe, als er sah, wie sein Begleiter in Flammen aufging.

»Wir sitzen hier in der Falle. Kein Manövrierraum – die Grabenwände sind zu nah. Wir müssen das einfach auflockern. Wir –«

»Am Ziel bleiben«, ermahnte eine ältere Stimme. »Am Ziel bleiben.«

Der Kommodore fand Aufmunterung in Pops Worten, aber es kostete ihn alle Mühe, die näherrückenden Spurjäger nicht zu beachten, als die beiden verbliebenen Y-Schiffe dem Ziel weiter entgegenrasten.

Vader, über ihnen, gestattete sich einen Augenblick undisziplinierter Freude, als er seinen Zielcomputer neu justierte. Die Rebellenschiffe flogen unbeirrt und ohne Ausweichmanöver weiter. Wieder berührte Vader die Abzugstaste.

Im Helm des Kommodore kreischte etwas, und seine Instrumente gingen in Flammen auf.

»Hat keinen Sinn«, schrie er ins Mikrofon. »Ich bin getroffen. Ich bin getroffen...!«

Ein zweites Y-Schiff explodierte, wurde zu einem Ball verdampfenden Metalls und schleudert ein paar Splitter über den Graben. Diesen Verlust vermochte nicht einmal mehr Rot Fünf zu verkraften. Er betätigte die Steuerung, und sein Raumjäger zog in einer weiten Kurve hinaus aus dem Graben. Der führende Feindjäger hinter ihm setzte die Verfolgung fort.

»Rot Fünf an Leitung Blau«, sagte er. »Breche Angriff unter schwerem Beschuß ab. Spurjäger unvermittelt aufgetaucht. Ich kann nicht – warten –«

Hinter ihm feuerte ein stummer, unbarmherziger Gegner erneut. Die ersten Blitze trafen, gerade als Pops hoch genug gestiegen war, um zu Ausweichmanövern ansetzen zu können. Er hatte ein paar Sekunden zu lange gezögert.

Ein Energiestrahl durchsengte seinen Backbordmotor und entzündete das Gas in ihm. Der Motor explodierte und riß Steuerelemente und Stabilisatoren mit. Unfähig, das auszugleichen, stürzte das außer Kontrolle geratene Y-Schiff in weitem Bogen auf die Oberfläche der Station hinab.

»Alles in Ordnung, Rot Fünf?« rief eine sorgenvolle Stimme über das Bordsprechsystem.

»Hab' Tiree verloren... hab' Dutch verloren«, sagte Pops langsam mit müder Stimme. »Sie tauchen hinter einem auf, und im Graben kann man nicht ausweichen. Tut mir leid... jetzt seid ihr dran. Adieu, Dave...«

Es war die letzte von vielen Meldungen eines Veteranen.

Der Kommodore des blauen Geschwaders zwang sich zu einer Ruhe, die er nicht empfand, während er versuchte, die Gedanken an den Tod seines alten Freundes beiseitezuschieben.

»Geschwader Blau, hier ist Leitung Blau. Sammelplatz bei Punkt Sechsviereins. Alle Maschinen melden.«

»Leitung Blau, hier Blau Zehn. Verstanden.«

»Hier Blau Zwei«, bestätigte Wedge. »Komme auf Sie zu.«

Luke wartete darauf, daß er an die Reihe kam, sich zu melden, als an seinem Armaturenbrett etwas schrillte. Ein Blick nach hinten bestätigte die elektronische Warnung. Er sah einen Raumjäger des Imperiums hinter sich auftauchen.

»Hier Blau Fünf«, meldete er und riß seine Maschine hin und her, um den Spurjäger abzuschütteln. »Ich habe hier ein Problem. Melde mich bald.« Er zog das Schiff in steilem Sturzflug zur metallenen Oberfläche hinunter, dann riß er sie abrupt hoch, um dem Abwehrfeuer zu entgehen. Die beiden Manöver reichten aber nicht aus, um den Verfolger abzuschütteln.

»Ich sehe dich, Luke!« rief Biggs beruhigend. »Bleib dran!«

Luke schaute hinauf und hinunter und seitwärts, aber von seinem Freund war nichts zu sehen.

»Verdammt, Biggs, wo bist du denn?«

Etwas tauchte auf, nicht seitwärts oder hinter ihm, sondern fast genau vor ihm. Es war grell und bewegte sich unglaublich schnell, und dann feuerte es über ihn hinweg. Der feindliche Pilot, völlig überrascht, begriff zu spät, was geschehen war, als seine Maschine zerbarst.

Luke lenkte den Jäger in Richtung Sammelplatz herum, während Biggs über ihm vorbeischoß.

»Gut gemacht, Biggs. Ich bin auch drauf hereingefallen.«

»Ich fange eben erst an«, sagte sein Freund, während er seine Maschine wild herumriß, um dem Bodenfeuer zu entgehen. Er tauchte über Lukes Schulter auf und drehte eine Siegerrolle.

Hinter Javins gigantischer Kugel beendete Dodonna eine angespannte Diskussion mit mehreren seiner Hauptberater, dann trat er an den Fernsender.

»Leitung Blau, hier ist Basis Eins. Angriff genau vorbereiten. Ihre Begleitmaschinen sollen zurückbleiben und Sie decken. Die Hälfte Ihres Geschwaders bleibt außer Reichweite, für den nächsten Anflug.«

»Verstanden, Basis Eins«, kam die Antwort. »Blau Zehn, Blau Zwölf, schließen Sie an.«

Zwei Schiffe fegten heran und nahmen den Kommodore in die Mitte. Er vergewisserte sich, daß sie für den Anflug richtig eingestellt waren, und teilte die anderen für den Fall ein, daß der Angriff scheitern sollte.

»Blau Fünf, hier spricht Leitung Blau. Luke, nehmen Sie Blau Zwei und Drei mit. Halten Sie sich hier vom Sperrfeuer fern und warten Sie mein Signal für Ihren Anflug ab.«

»Verstanden, Leitung Blau«, bestätigte Luke und bemühte sich, seinen Herzschlag zu beruhigen. »Möge die Kraft Sie begleiten. Biggs, Wedge, los!« Gemeinsam bildeten die drei Raumjäger eine enge Formation hoch über dem noch immer tobenden Kampf zwischen den anderen Rebellenschiffen der Geschwader Grün und Gelb und den Kanonieren der Station.

Der Horizont schwankte vor dem Kommodore, als er seinen Anflug auf die Oberfläche der Station begann.

»Blau Zehn, Blau Zwölf, zurückbleiben, bis wir die Jäger finden, dann geben Sie mir Deckung.«

Alle drei X-Schiffe erreichten die Oberfläche, gingen in den Horizontalflug über und rasten in den Graben hinab. Seine Begleiter blieben immer weiter zurück, bis der Kommodore in der riesigen, grauen Kluft allein zu sein schien.

Kein Abwehrfeuer empfing ihn, als er auf das ferne Ziel zuraste. Er ertappte sich dabei, daß er immer wieder nervös nach hinten blickte, immer wieder auf dieselben Instrumente starrte.

»Sieht nicht normal aus«, murmelte er.

Blau Zehn wirkte ebenso besorgt.

»Inzwischen müßten Sie das Ziel anpeilen können.«

»Ich weiß. Die Verzerrungen hier sind unglaublich. Ich glaube, meine Instrumente zeigen falsch an. Ist das der richtige Graben?«

Plötzlich zuckten blendendweiße Lichtstreifen vorbei, als die Grabenabwehr das Feuer eröffnete. Beinahe-Treffer schüttelten die Angreifer durch. Am fernen Ende des Grabens beherrschte ein riesiger Turm die Bergkette aus Metall und spie ungeheure Mengen Energie auf die herannahenden Schiffe.

»Mit dem Turm da vorne wird es nicht leicht sein«, erklärte der Kommodore grimmig. »Fertigmachen zum Näherrücken, sobald ich es sage.«

Schlagartig hörten die Energieblitze auf, und im Graben war es wieder still und dunkel.

»Jetzt geht es los«, sagte der Kommodore und versuchte den Angriff von oben rechtzeitig zu erkennen, der ja kommen mußte. »Haltet die Augen offen.«

»Alle Nah- und Fernpeilgeräte Fehlanzeige«, meldete Blau Zehn gepreßt. »Die Störungen sind hier zu stark. Blau Fünf, können *Sie* etwas erkennen?«

Lukes Aufmerksamkeit war auf die Oberfläche der Station gerichtet.

»Keine Spur von – wartet mal!« Drei rasch dahinfliegende Lichtpunkte fielen ihm auf. »Da sind sie. Anflug bei Nulldreifünf.«

Blau Zehn drehte sich um und blickte in die angegebene Richtung. Die Sonne funkelte auf Leitflossen, als die Spurjäger herabtauchten.

»Ich sehe sie.«

»Es ist der richtige Graben«, sagte der Kommodore, als sein Peilgerät plötzlich rhythmisch zu schrillen begann. Er justierte seine Zielinstrumente und zog das Visier herunter.

»Ich bin fast in Reichweite. Zielbereit... kommt rasch näher! Haltet sie mir nur ein paar Sekunden vom Leib – beschäftigt sie!«

Aber Darth Vader stellte sein Zielgerät bereits ein, als er wie ein Stein auf den Graben herabfiel.

»Formation schließen! Ich übernehme das selbst!«

Blau Zwölf fiel als erster aus, beide Motoren zerschossen. Eine geringe Abweichung in der Flugrichtung, und sein Schiff prallte an die Grabenwand. Blau Zehn verlangsamte und beschleunigte, schwankte bedrohlich, konnte aber innerhalb der engen Metallwände wenig unternehmen.

»Ich kann sie nicht lange halten. Feuern Sie lieber, solange es noch geht, Leitung Blau – wir rücken immer näher.«

Der Kommodore war vollauf damit beschäftigt, zwei Kreise in seinem Zielvisier zur Deckung zu bringen.

»Wir sind fast da. Ruhig, ganz ruhig...«

Blau Zehn schaute sich verzweifelt um.

»Sie sind direkt hinter mir!«

Der Kommodore wunderte sich selbst darüber, wie ruhig er blieb. Das lag zum Teil am Zielgerät, das ihm gestattete, sich auf winzige, abstrakte Bilder zu konzentrieren und alles andere fernzuhalten, so daß er nichts anderes wahrnahm.

»Fast am Ziel, fast am Ziel...« flüsterte er. Dann deckten sich die beiden Kreise, leuchteten rot auf, und in seinem Helm summte es. »Torpedos los, Torpedos los.«

Unmittelbar danach feuerte Blau Zehn die eigenen Geschosse ab. Die beiden Jäger fegten steil empor, dem Grabenende gerade noch ausweichend, als hinter ihnen Explosionswolken aufglühten.

»Ein Treffer! Wir haben es geschafft!« schrie Blau Zehn wie von Sinnen.

Der Kommodore sagte schleppend: »Nein, wir haben es nicht geschafft. Sie sind nicht hineingelangt, sondern vor dem Schacht explodiert.«

Die Enttäuschung brachte ihnen den Tod, als sie nicht auf das achteten, was hinter ihnen vorging. Drei Spurjäger tauchten im verblassenden Licht hinter den Explosionswolken auf. Blau Zehn erlag Vaders Präzisionsfeuer, dann veränderte der Schwarze Lord ein wenig den Kurs, um sich hinter den Kommodore zu setzen.

»Ich übernehme auch den letzten«, sagte er kalt. »Ihr beiden könnt umkehren.«

Luke versuchte, die Angreifer in den glühenden Gasen unter sich zu erkennen, als er die Stimme des Kommodore hörte.

»Blau Fünf, hier Leitung Blau. Gehen Sie in Position, Luke! Greifen Sie an – bleiben Sie tief unten und warten Sie, bis Sie genau darüber sind. Es wird nicht leicht sein.«

»Alles in Ordnung?«

»Sie sind hinter mir – aber ich schüttle sie ab.«

»Blau Fünf an Gruppe Blau«, sagte Luke, »dann mal los!« Die drei Schiffe lösten sich von den anderen und stürzten zum Grabensektor hinab.

Inzwischen gelang es Vader endlich, seine Beute zu treffen, mit einem Streifblitz, der trotzdem kleine, heftige Explosionen in einem Motor auslöste. Das R2-Gerät kroch zurück zur beschädigten Tragfläche und bemühte sich, den beschädigten Antrieb zu reparieren.

»R2, Hauptzufuhr zu Steuerbordmotor Eins abschalten«, befahl der Kommodore ruhig, während er resigniert auf Instrumente starrte, die Unmögliches anzeigten. »Festhalten, das könnte ziemlich rauh werden.«

Luke sah, daß der Kommodore Schwierigkeiten hatte.

»Wir sind genau über Ihnen, Leitung Blau«, sagte er. »Gehen Sie auf Nullnullfünf, und wir decken Sie.«

»Ich habe meinen oberen Steuerbordmotor verloren«, wurde geantwortet.

»Wir kommen zu Ihnen herunter.«

»Negativ, negativ. Bleiben Sie, wo Sie sind, und bereiten Sie Ihren Angriff vor!«

»Sind Sie sicher, daß Sie es schaffen?«

»Ich denke schon... Warten Sie eine Minute!«

Es dauerte keine ganze Minute, bevor das taumelnde X-Schiff des Kommodore auf der Station zerschellte.

Luke verfolgte, wie die gewaltige Explosion sich unter ihm ausbreitete, kannte ohne jeden Zweifel ihre Ursache, spürte zum erstenmal die Hilflosigkeit seiner Lage.

»Wir haben eben den Kommodore verloren«, murmelte er geistesabwesend, ohne sich darum zu kümmern, ob man ihn über die Sprechanlage hören konnte.

Auf Javin Vier stand Leia Organa auf und begann nervös hin und her zugehen. Ihre sonst gepflegten Fingernägel waren zerbissen, das einzige äußere Zeichen für ihre Anspannung. Ihre Miene verriet, wieviel Angst und Sorge in ihr waren.

»Können sie weitermachen?« fragte sie Dodonna.

»Sie müssen«, sagte der General leise.

»Aber wir haben so *viele* verloren. Wie wollen sie sich neu sammeln, ohne Leitung Blau und Rot?«

Dodonna wollte antworten, blieb aber stumm, als Stimmen aus den Lautsprechern tönten.

»Anschließen, Wedge«, sagte Luke, Tausende von Kilometern entfernt. »Biggs, wo bist du?«

»Komme hinter dir heran.«

»Okay, Chef, wir sind in Position«, meldete Wedge nach kurzer Zeit.

Dodonnas Blick richtete sich auf Leia. Seine Besorgnis war unverkennbar.

Die drei X-Schiffe flogen eng nebeneinander zur Oberfläche der Station. Luke studierte seine Instrumente und rang wild mit einem Steuerelement, das defekt zu sein schien.

Eine Stimme tönte in seinen Ohren. Es war eine jung-alte Stimme, eine vertraute: ruhig, selbstsicher, zuversichtlich und beruhigend – eine Stimme, der er in der Wüste Tatooines und im Innern der Station vor langer Zeit aufmerksam gelauscht hatte.

»Vertrau auf deine Gefühle, Luke«, das war alles, was die Stimme Kenobis sagte.

Luke klopfte auf seinen Helm, ungewiß, ob er wirklich etwas gehört hatte oder nicht. Jetzt war aber nicht die Zeit für Selbstversenkung. Der stählerne Horizont der Station hinter ihm kippte.

»Wedge, Biggs, wir greifen an«, sagte er. »Volle Kraft voraus! Gebt euch nicht lange damit ab, den Graben zu finden und dann zu beschleunigen. Vielleicht bleiben die Spurjäger dann zu weit hinter uns.«

»Wir halten soviel Abstand, daß wir dich decken können«, sagte Biggs. »Kannst du bei der Geschwindigkeit rechtzeitig hochziehen?«

»Machst du Witze?« antwortete Luke mit gespielter Empörung, als sie zur Oberfläche hinabstürzten. »Das wird genau wie im Beggars-Canyon zu Hause.«

»Bin dabei, *Chef*«, erklärte Wedge, den Titel zum erstenmal betonend. »Los...«

Mit hoher Geschwindigkeit rasten die drei Jagdmaschinen auf die leuchtende Oberfläche zu und gingen *nach* dem letzten Augenblick in Horizontalflug über. Luke huschte so tief über den Rumpf der Station hinweg, daß ein Tragflächenende eine hochragende Antenne streifte und sie zerschnitt. Augenblicklich waren sie in ein Geflecht von Energieblitzen und Sprenggeschossen eingehüllt, das sich noch verstärkte, als sie in den Graben hinabfauchten.

»Wir scheinen sie durcheinandergebracht zu haben«, meinte Biggs leise lachend und behandelte den tödlichen Energieausstoß, als sei er eine Vorführung, die zu ihrer Belustigung abgehalten wurde.

»Sehr gut«, sagte Luke, überrascht von der klaren Sicht. »Ich kann alles sehen.«

Wedge war nicht ganz so zuversichtlich, als er seine Instrumente ablas.

»Mein Peilgerät zeigt den Turm, aber die Auslaßöffnung kann ich nicht ausmachen. Sie muß verdammt klein sein. Seid ihr sicher, daß der Computer das Ziel berechnen kann?«

»Hoffentlich«, murmelte Biggs.

Luke äußerte keine Meinung – er war zu sehr damit beschäftigt, den Kurs durch die von explodierenden Blitzen hervorgerufene Turbulenz zu halten. Dann hörte das Abwehrfeuer wie auf Kommando auf. Er schaute sich um nach den Spurjägern, sah aber nichts.

Seine Hand hob sich, um das Zielvisier herunterzuklappen, dann zögerte er einen Augenblick. Er preßte die Lippen zusammen und schob das Visier vor die Augen.

»Aufpassen«, warnte er seine Kameraden.

»Was ist mit dem Turm?« fragte Wedge sorgenvoll.

»Kümmert euch um die Jäger«, knurrte Luke. »Ich kümmere mich um den Turm.«

Sie fegten weiter und rückten dem Ziel von Sekunde zu Sekunde näher. Wedge starrte nach oben, und seine Augen weiteten sich.

»Da kommen sie – Nullnulldrei!«

Vader justierte seine Steuerung, als einer seiner Begleiter die Funkstille während des Angriffs brach.

»Die fliegen viel zu schnell an – da kommen sie nie rechtzeitig heraus.«

»Dabeibleiben!« befahl Vader.

»Die sind zu schnell für die Peilung«, erklärte der andere Pilot voll Überzeugung.

Vader betrachtete einige Instrumente und stellte fest, daß seine Sensoren die Schätzung des anderen bestätigten.

»Die müssen langsamer werden, bevor sie den Turm erreichen.«

Luke starrte durch das Zielvisier.

»Fast da.« Sekunden vergingen, und die beiden Kreise schoben sich übereinander. Sein Finger krümmte sich um den Abzug. »Torpedos los! Hochziehen, hochziehen!«

Zwei mächtige Explosionen erschütterten den Graben, weit neben der winzigen Öffnung. Drei Spurjäger schossen aus dem sich rasch verdünnenden Feuerball und hetzten den im Rückzug befindlichen Rebellen nach.

»Erledigt sie«, sagte Vader leise.

Luke entdeckte die Verfolger zur selben Zeit wie seine Begleiter.

»Wedge, Biggs, auseinander – nur so schütteln wir sie ab!«

Die drei Schiffe stürzten zur Station hinunter und jagten plötzlich in drei verschiedenen Richtungen auseinander. Alle drei Spurjäger wendeten und flogen Luke nach.

Vader feuerte auf das wild hin- und herzuckende Schiff, verfehlte und runzelte die Stirn.

»Bei dem ist die Kraft sehr stark. Seltsam. Den übernehme ich selbst.«

Luke huschte zwischen Abwehrtürmen hindurch und schlängelte sich eng zwischen Dockbuchten herum, alles ohne Erfolg. Ein einzelner Spurjäger blieb ihm auf den Fersen. Ein Energieblitz streifte eine Tragfläche, in der Nähe des Motors, der Funken zu sprühen begann. Luke versuchte alles, um auszugleichen und die volle Kontrolle wiederzugewinnen.

Bemüht, seinem Verfolger zu entgehen, flog er wieder in einen Graben hinab.

»Ich bin getroffen«, meldete er, »aber nicht schwer. Artoo, sieh zu, was du machen kannst.«

Der kleine Roboter löste die Verankerung und machte sich über den beschädigten Motor her, während Energieblitze in bedrohlicher Nähe vorbeizischten.

»Festhalten«, warnte Luke, während er um hochragende Türme herumflog, in einem wilden Doppeltanz mit dem verfolgenden Schiff.

Das Sperrfeuer setzte sich fort, während Luke Richtung und Geschwindigkeit unablässig wechselte. Eine Reihe von Anzeigern am Armaturenbrett wechselte langsam die Farbe; drei wichtige Meßzeiger kehrten in ihre Ausgangsstellung zurück.

»Ich glaube, du hast es geschafft, Artoo«, sagte Luke dankbar. »Ich glaube ja, richtig. Versuch, das festzuklammern, damit es sich nicht wieder lösen kann.«

Artoo schrillte zur Antwort, während Luke das wirbelnde Panorama hinter und über ihnen studierte.

»Ich glaube, die Spurjäger haben wir auch abgehängt. Gruppe Blau, hier Blau Fünf. Seid ihr klargekommen?« Er betätigte einige Hebel, und das X-Schiff schoß aus dem Graben empor, noch immer verfolgt vom Bodenfeuer.

»Ich warte hier oben, Chef«, sagte Wedge. »Ich kann Sie nicht sehen.«

»Bin unterwegs. Blau Drei, klargekommen? Biggs?«

»Ich hatte Schwierigkeiten«, erwiderte sein Freund, »aber ich glaube, ich habe ihn abgehängt.«

Auf Biggs' Bildschirm zeigte sich plötzlich etwas. Ein Blick nach hinten bestätigte, daß der Spurjäger, der ihn seit einigen Minuten verfolgte, wieder aufgetaucht war. Er fegte wieder zur Station hinunter.

»Nein, noch nicht«, sagte Biggs ins Mikrofon. »Abwarten, Luke, ich komme gleich.«

Eine dünne, mechanische Stimme tönte aus den Lautsprechern.

»Festhalten, Artoo, festhalten!«

Im Hauptquartier innerhalb des Tempels wandte Threepio sich von den forschenden menschlichen Gesichtern ab, die ihn anstarrten.

Während Luke hoch über der Station dahinraste, näherte sich ein anderes X-Schiff. Er erkannte Wedges Maschine und suchte besorgt nach seinem Freund.

»Wir fliegen an, Biggs – komm herauf! Biggs, alles in Ordnung? Biggs!« Von dem anderen Raumjäger war nichts zu sehen. »Wedge, sehen Sie ihn irgendwo?«

In der durchsichtigen Kanzel des Schiffes neben ihm wurde betrübt ein behelmter Kopf geschüttelt.

»Nichts«, sagte Wedge. »Warten wir noch. Er kommt schon.«

Luke schaute sich bedrückt um, blickte auf einige Instrumente und kam zu einem Entschluß.

»Wir können nicht warten. Wir müssen jetzt anfliegen. Ich glaube nicht, daß er es geschafft hat.«

»He, Jungs«, rief eine Stimme, »worauf wartet ihr denn?«

Lukes Kopf zuckte nach rechts, und er sah einen Raumjäger vorbeihuschen.

»Den alten Biggs braucht ihr nicht so schnell aufzugeben«, tönte es aus dem Lautsprecher, als die Gestalt im X-Schiff sich nach ihnen umschaute.

Im zentralen Kontrollraum der Kampfstation eilte ein nervöser Offizier auf eine Gestalt vor dem riesigen Bildschirm zu und wedelte mit einem Bündel Computerdaten.

»Sir, wir haben eine Analyse ihres Angriffsplans fertig. Es besteht eine Gefahr. Sollen wir den Kampf abbrechen oder Evakuierungspläne ins Auge fassen? Ihr Schiff steht startbereit.«

Gouverneur Tarkin starrte den Offizier ungläubig an.

»Evakuieren?« brüllte er. »Im Augenblick unseres Triumphs? Wir sind im Begriff, die letzten Überreste der Allianz zu vernichten, und Sie sprechen von Evakuierung? Sie überschätzen ihre Chancen gewaltig... Raus hier!«

Überwältigt von der Wut des Gouverneurs, drehte sich der Offizier rasch um und verließ den Raum.

»Wir greifen an«, erklärte Luke und setzte zum Sturzflug an. Wedge und Biggs folgten ihm.

»Los – Luke«, hörte er eine Stimme, die er schon einmal gehört hatte, sagen. Wieder klopfte er auf den Helm und schaute sich um. Es klang, als stehe der Sprecher genau hinter ihm. Aber da war nichts, nur stummes Metall und schweigsame Instrumente. Verwirrt beugte sich Luke wieder über die Steuerung.

Erneut griffen Energiestrahlen nach ihnen und fegten an beiden Seiten vorbei, als die Oberfläche der Station ihnen entgegenraste. Das Abwehrfeuer war aber nicht der Grund für das Erzittern, das Luke wahrnahm. Mehrere kritische Meßzeiger gerieten wieder in die Gefahrenzone.

Er beugte sich zum Roboter zurück.

»Artoo, die Stabilisatoren müssen sich wieder gelockert haben. Sieh zu, ob du sie nicht wieder montieren kannst – ich brauche volle Kontrolle.«

Der kleine Roboter machte sich wieder auf den Weg, ohne auf das heftige Schütteln, auf die Energiestrahlen und Explosionen zu achten, die den Raum rings um sie erhellten.

Zusätzliche, pausenlose Explosionen schüttelten die drei Raumjäger, als sie in den Graben hinabstürzten. Wedge und Biggs blieben zurück, um Luke Deckung zu geben, als er das Zielvisier herunterklappte.

Zum zweitenmal erfüllte ihn ein seltsames Zögern. Seine Hand bewegte sich noch langsamer, als er das Gerät schließlich herunterzog, fast so, als seien die Nerven miteinander im Widerstreit. Wie erwartet, hörten die Energieblitze auf, und er fegte unbehindert durch den Graben.

»Noch einmal von vorn«, sagte Wedge, als er drei Spurjäger entdeckte, die von oben auf sie herabstürzten.

Biggs und Wedge kreuzten sich hinter Luke immer wieder, bestrebt, das Feuer von ihm fortzulenken und die Verfolger zu verwirren. Ein Spurjäger ignorierte die Manöver und holte immer mehr auf.

Luke starrte in das Zielgerät – dann griff er langsam hinauf, um es hochzuklappen. Eine lange Minute starrte er das abgeschaltete Visier an, wie hypnotisiert. Plötzlich klappte er es herunter und betrachtete den winzigen Bildschirm, als dieser die sich verschiebenden Verhältnisse zwischen X-Schiff und näherrückender Auslaßöffnung wiedergab.

»Beeil dich, Luke!« rief Biggs, während er sein Schiff gerade noch rechtzeitig herumriß, um einem mörderischen Strahl zu entgehen. »Diesmal rücken sie schneller an. Wir können sie nicht mehr lange halten.«

Mit unmenschlicher Präzision drückte Darth Vader wieder auf die Abzugstaste seiner Maschine. Ein lauter, verzweifelter Schrei gellte aus den Lautsprechern und verschmolz mit einem letzten Aufkreischen von zerfetzendem Metall, als Biggs' Raumjäger zu Milliarden glühender Splitter zerbarst, die in den Graben hinabregneten. Wedge hörte die Explosion über Lautsprecher und suchte hinter sich verzweifelt nach den Verfolgern.

»Wir haben Biggs verloren«, brüllte er ins Mikrofon.

Luke antwortete nicht sofort. Seine Augen waren feucht, und er wischte sie sich zornig. Sie behinderten ihn beim Ablesen der Zieldaten.

»Wir sind zwei Sternschnuppen, Biggs«, flüsterte er heiser, »und uns hält keiner auf.« Sein Schiff schwankte von einem Beinahe-Treffer, und er gab seinem letzten Begleiter Anweisungen, mit einer Stimme, die selbst seinen Ohren fremd klang:

»Anschließen, Wedge! Da hinten können Sie nichts mehr ausrichten. Artoo, versuch, mir etwas mehr Saft für die Heck-Ablenkschirme zu geben!«

Das Artoo-Gerät beeilte sich, den Befehl auszuführen, während Wedge neben Lukes Schiff auftauchte. Auch die verfolgenden Spurjäger beschleunigten.

»Ich bin am Führenden«, teilte Vader seinen Soldaten mit. »Ihr übernehmt den anderen.«

Luke flog kurz vor Wedge, etwas Backbord. Energieblitze von den Verfolgern zuckten knapp über sie hinweg. Die beiden Männer kreuzten immer wieder ihre Wege, bemüht, ein möglichst verwirrendes Ziel zu bieten.

Wedge rang mit seiner Steuerung, als mehrere kleine Blitze und Funken sein Armaturenbrett erhellten. Eine Tafel wurde herausgesprengt und hinterließ geschmolzene Schlacke. Auf irgendeine Weise gelang es Wedge trotzdem, die Herrschaft über den Raumjäger zu behalten.

»Ich habe einen schweren Defekt, Luke. Ich kann nicht weiter.«

»Okay, Wedge, ziehen Sie weg!«

Wedge murmelte: »Tut mir leid«, und fegte aus dem Graben empor.

Vader, der seine ganze Aufmerksamkeit auf das Schiff vor sich konzentrierte, begann zu feuern.

Luke sah die beinahe tödliche Explosion, die knapp hinter ihm erfolgte, nicht. Er hatte auch keine Zeit, die rauchende Hülle verkrümmten Metalls zu betrachten, die nun neben einem der Motoren mitflog. Die Arme des kleinen Roboters erschlafften.

Alle drei Spurjäger setzten der X-Maschine im Graben nach. Es konnte sich nur um Augenblicke handeln, bis einer von ihnen den hin- und herzuckenden Jäger mit einem Feuerstoß erledigte. Aber dann waren es nur noch zwei Verfolger. Der dritte war zu einem sich ausdehnenden Zylinder von Bruchstücken geworden, die an die Wände der Schlucht prasselten.

Vaders einziger Begleiter, den er noch hatte, schaute sich in Panik nach dem Ursprung der Zerstörung um. Dieselben Verzerrungsfelder, die sich auf die Instrumente der Rebellen auswirkten, störten nun auch die Anlagen der Spurjäger.

Erst als der Frachter die Sonne vor ihnen ganz verdeckte, wurde die neue Bedrohung sichtbar. Es war ein corellanisches Frachtschiff, viel größer als ein Raumjäger, und es stürzte direkt auf den Graben zu. Aber auf eine seltsame Weise verhielt es sich nicht wie ein Frachtschiff.

Wer immer das Raumfahrzeug steuerte, mußte besinnungslos oder irrsinnig geworden sein, entschied der Stationspilot. Verzweifelt justierte er seine Steuerung, um dem voraussehbaren Zusammenprall zu entgehen. Der Frachter fegte knapp oberhalb vorbei, aber beim Ausweichen geriet der Spurjägerpilot zu weit auf eine Seite.

Eine kleine Explosion folgte, als zwei große Leitflossen der beiden Spurjäger sich ineinander verhakten. Nutzlos in sein Mikrofon schreiend, taumelte der Pilot auf eine Grabenwand zu. Er berührte sie aber nicht, denn sein Schiff ging vor dem Anprall in Flammen auf.

Auf der anderen Seite begann Darth Vaders Schiff hilflos zu torkeln. Unbeeindruckt vom finsteren Toben des Schwarzen Lords zeigten die Instrumente wahrheitsgemäß an, was sich abspielte. Völlig außer Kontrolle geratend, wirbelte das winzige Schiff in der entgegengesetzten Richtung davon – hinaus in die endlosen Weiten des Weltraums.

Wer an der Steuerung des Frachters saß, war weder besinnungslos noch verrückt – nun, vielleicht ein klein wenig von Sinnen, aber trotzdem voll beherrscht. Das Schiff flog hoch über den Graben hinaus und deckte Luke von oben.

»Alles klar, junger Mann«, teilte ihm eine vertraute Stimme mit. »Sprengen Sie das Ding endlich, damit wir nach Hause können.« Dem aufmunternden Zuspruch folgte ein ermunterndes Grunzen, das nur von einem besonders mächtigen Wookie stammen konnte.

Luke schaute durch das Kanzeldach hinauf und lächelte. Aber sein Lächeln verschwand, als er sich dem Zielvisier wieder zuwandte. In seinem Kopf prickelte es.

»Luke... vertrau mir«, sagte das Prickeln, zum drittenmal Worte formend. Er starrte ins Visier. Die Auslaßöffnung glitt wieder auf den Zielkreis zu, wie schon einmal – als er sie verfehlt hatte. Er zögerte, aber diesmal nur kurz, dann klappte er den Zielschirm weg. Er schloß die Augen und schien vor sich hinzumurmeln, so, als spreche er mit etwas Unsichtbarem. Mit der Sicherheit eines

Blinden in vertrauter Umgebung führte Luke einen Daumen über einige Hebel, dann berührte er einen. Bald danach tönte eine sorgenvolle Stimme aus den Lautsprechern in das Cockpit.

»Basis Eins an Blau Fünf, Ihr Zielgerät ist abgeschaltet. Was ist passiert?«

»Nichts«, murmelte Luke kaum hörbar. »Gar nichts.« Er blinzelte und rieb sich die Augen. War er eingeschlafen? Er schaute sich um und sah, daß er den Graben verlassen hatte und in den Weltraum zurückflog. Ein Blick nach draußen zeigte den vertrauten Umriß von Han Solos Schiff, das ihm nachflog. Ein zweiter Blick auf die Armaturen ergab, daß er seine letzten Torpedos abgeschossen hatte, obwohl er sich nicht daran erinnern konnte. Aber getan mußte er es haben.

Aus den Lautsprechern drang wildes Geschrei.

»Sie haben es geschafft! Sie haben es geschafft!« brüllte Wedge immer wieder. »Ich glaube, sie sind genau hineingeflogen.«

»Guter Schuß, junger Mann«, lobte Solo und mußte die Stimme erheben, um Chewbaccas Geheul zu übertönen.

Fernes, dumpfes Grollen tönte herüber und ließ Lukes Schiff erzittern, ein Zeichen für den Erfolg. Er mußte die Torpedos abgeschossen haben, nicht wahr? Langsam gewann er seine Fassung wieder und sagte:

»Bin froh… daß Sie dabei waren und es gesehen haben. Und jetzt möglichst viel Entfernung zwischen uns und dem Ding, bevor es auseinanderfliegt. Ich hoffe, Wedge hatte recht.«

Mehrere X- und Y-Schiffe und ein verbeulter Frachter fegten von der Kampfstation davon, hinaus zur fernen Wölbung Javins.

Hinter ihnen bezeichneten kleine Blitze verblassenden Lichts die schrumpfende Station. Ohne Vorwarnung tauchte an ihrer Stelle am Himmel etwas auf, das greller war als der glühende Gasriese, greller als die weit entfernte Sonne. Ein paar Sekunden lang wurde die ewige Nacht zum Tag. Niemand wagte, den Blick direkt darauf zu richten. Nicht einmal die auf Höchstleistung geschalteten Abschirmungen konnten den furchtbaren Glast trüben.

Der Raum füllte sich vorübergehend mit Trillionen mikroskopisch kleiner Metallteilchen, die durch die freigesetzte Energie einer kleinen künstlichen Sonne an den fliehenden Schiffen vorbeigejagt wurden. Der kollabierte Überrest der Station würde sich mehrere Tage lang selbst verzehren und für diese kurze Zeitspanne das eindrucksvollste Grabmal in dieser Ecke des Kosmos darstellen.

13

Ein jubelndes, feierndes Gedränge von Technikern, Mechanikern und anderen Bewohnern des Allianz-Hauptquartiers umschwärmte jeden der Raumjäger, als er landete und in den Tempelhangar rollte. Einige der anderen überlebenden Piloten waren bereits ausgestiegen und warteten auf Luke, um ihn zu begrüßen.

Auf der anderen Seite der Maschine war die Menschenmenge viel kleiner und stiller. Sie bestand aus zwei Technikern und einem großen Androiden, der sorgenvoll zusah, als die Menschen auf den schwarz versengten Jäger stiegen und einen schwer verbrannten metallenen Rumpf herunterhoben.

»O je! Artoo?« klagte Threepio und beugte sich über den verkohlten Roboter. »Kannst du mich hören? So sag doch etwas.« Sein Blick richtete sich auf einen der Techniker. »Ihr könnt ihn doch reparieren, oder?«

»Wir werden unser Bestes tun.« Der Mann betrachtete das verdampfte Metall, die heraushängenden Bauteile. »Er ist schwer mitgenommen.«

»Ihr müßt ihn reparieren! Sir, wenn eine meiner Schaltungen oder Module von Nutzen sein kann, ich gebe sie gerne...«

Sie entfernten sich langsam, ohne den Lärm und die Aufregung ringsum zu beachten. Zwischen den Robotern und den Menschen, die sie reparierten, bestand ein ganz besonderes Verhältnis. Jeder nahm am Schicksal des anderen teil, und manchmal war die Grenzlinie zwischen Mensch und Maschine undeutlicher, als viele zugeben wollten.

Das Zentrum der karnevalähnlichen Atmosphäre bildeten drei Gestalten, die sich darin zu übertreffen suchten, die anderen in höchsten Tönen zu rühmen. Gefährlich waren allerdings die Händedrucke und das Schulterklopfen des Wookie. Man lachte, als er ein verlegenes Gesicht machte, nachdem er Luke beinahe plattgedrückt hatte.

»Ich wußte, daß ihr zurückkommt«, schrie Luke. »Ich wußte es einfach! Ich wäre nur noch Staub, wenn Sie nicht plötzlich zur Stelle gewesen wären, Han!«

Solo hatte nichts von seiner Selbstzufriedenheit verloren.

»Na, ich konnte ja wohl nicht zulassen, daß ein Farmerjunge ganz allein gegen die Station antritt. Außerdem ging es mir gegen den Strich, zuzulassen, daß am Ende Sie ganz allein den Ruhm und die Belohnung ernten würden, Luke.«

Als das Gelächter aufbrandete, stürzte eine biegsame Gestalt mit wehenden Gewändern auf Luke zu.

»Sie haben es geschafft, Luke, Sie haben es geschafft!« rief Leia. Sie fiel in seine Arme und preßte ihn an sich, als er sie herumwirbelte. Dann lief sie zu Solo und umarmte auch ihn. Der Corellaner war, wie man hatte annehmen dürfen, nicht ganz so verlegen wie Luke.

Betroffen über die Verehrung, die man ihm entgegenbrachte, wandte Luke sich ab. Er blickte dankbar auf den halb demolierten Raumjäger, dann wanderte sein Blick hinauf zu der hohen Decke. Einen Moment lang glaubte er, so etwas wie einen glücklichen Seufzer zu hören, ein Aufatmen, das ein verrückter alter Mann in Sekunden der Freude manchmal hatte hören lassen. Natürlich stammte das wohl nur von dem eindringenden heißen Wind einer dampfenden Dschungelwelt, aber Luke lächelte trotzdem über das, was er da oben zu hören glaubte.

Es gab viele Räume in dem riesigen Tempel, die von den Technikern der Allianz für den modernen Gebrauch umgebaut worden waren. Aber selbst bei ihren verzweifelten Bedürfnissen hatten die Architekten den alten Thronsaal in seiner klaren und klassischen Schönheit belassen, wie er war, und ihn nur von Dschungelgewächsen und Schutt gereinigt.

Zum erstenmal seit Jahrtausenden war nun dieser große Raum gefüllt. Hunderte von Rebellensoldaten und Technikern standen auf dem alten Steinboden versammelt, ein letztesmal vereinigt, bevor sie sich zerstreuten, um neue Posten anzutreten oder auf ferne Heimatwelten zurückzukehren. Zum erstenmal vereinigten sich auch die massierten Reihen gebügelter Uniformen und polierter Halbpanzerungen zu einer mächtigen Demonstration der Allianz.

Die Banner vieler Welten, die der Rebellion ihre Unterstützung gegeben hatten, flatterten in der leichten Brise. Am anderen Ende eines langen, offenen Mittelgangs saß eine Gestalt in Weiß, und auf dem Gewand sah man Sardonyxwellen – Leia Organas Amtstracht.

Mehrere Figuren erschienen auf der gegenüberliegenden Seite. Die eine, riesengroß und behaart, schien sofort Deckung suchen zu wollen, wurde aber von ihrem Begleiter mitgezerrt. Luke, Han, Chewie und Threepio brauchten einige Minuten, um den ganzen Weg zurückzulegen.

Sie blieben vor Leia stehen, und Luke erkannte unter den anderen Würdenträgern, die in der Nähe saßen, General Dodonna. Es gab eine kurze Pause, dann gesellte sich ein schimmerndes, vertrautes Artoo-Gerät zu der Gruppe und trat zu dem fassungslosen Threepio.

Chewbacca scharrte nervös mit den Füßen und ließ nur zu deutlich erkennen, daß er sich an einen anderen Ort wünschte. Solo beschwichtigte ihn, als Leia aufstand und vortrat. Im gleichen Augenblick senkten sich alle Fahnen, und die ganze Versammlung wandte sich dem Podest zu.

Sie legte etwas Schweres, Goldenes um Solos Hals, dann um den von Chewbacca – wozu sie sich auf die Zehen stellen mußte – und schließlich um den von Luke. Dann gab sie den Versammelten ein Zeichen, und die starre Disziplin löste sich auf, als alle Männer, Frauen und Roboter Gelegenheit erhielten, ihren Gefühlen freien Lauf zu lassen.

Umtost von Jubelrufen und Triumphgeschrei, stellte Luke fest, daß er weder an seine Zukunft bei der Allianz noch an die Chance dachte, mit Han Solo und Chewbacca abenteuerliche Flüge zu unternehmen. Statt dessen sah er seine ganze Aufmerksamkeit von der strahlenden Leia Organa in Anspruch genommen, auch wenn Solo einmal behauptet hatte, so etwas halte er nicht für möglich.

Sie bemerkte seinen wie gebannt an ihr haftenden Blick, aber diesmal lächelte sie nur.